GENTOSHA OUTLAW

# 修羅の群れ

## 稲川聖城伝（上）

大下英治

幻冬舎アウトロー文庫

# 目　次（上巻）

# 第1章　兄貴横山新次郎との出会い

1

稲川聖城《せいじょう》は、神戸の海上都市ポートアイランドに聳《そび》える「神戸ポートピアホテル」の玄関に出るや、空をふり仰いだ。紋付に羽織袴姿であった。一見好々爺《こうこうや》のように見える顔をほころばせて言った。

「三代目を送るにふさわしい、秋晴れになったなあ……」

台風が過ぎ去ったあとで、神戸港から吹きあげる晩秋の風はやや強いが、抜けるような青空が広がっていた。

この日、昭和五十六年十月二十五日――日本の首領《ドン》と呼ばれた山口組三代目田岡一雄組長の山口組本葬儀が午後二時から執りおこなわれることになっていた。山口組は、傘下組織五百五十九団体、構成員約一万二千人といわれる日本最大のやくざ組織である。

稲川は、一メートル七十センチの骨太でたくましい体を黒塗りのリンカーンコンチネンタルに滑り込ませた。

すかさず、稲川の体を守るように左側から長谷川春治、右側から森田祥生が乗り込んだ。二人は、敗戦直後から、刑務所に入っているとき以外は可能なかぎりこのようにして稲川を守ってきた。長谷川と森田は、黒の礼服であった。

稲川は、横浜、静岡を中心に、北は北海道から関東一円を縄張とする、稲川会の会長であった。稲川会には、七千人を超える配下がいる。

長谷川は、稲川会副理事長であり、東京品川周辺を縄張とする碑文谷《ひもんや》一家の総長である。配下は、約三百名。森田は、稲川会副理事長であり、静岡市を縄張とする森田一家の総長である。配下は、約三百名。

リンカーンは、ホテルの玄関を静かに滑り出した。車は、神戸市有数の高級住宅街である灘区篠原本町にある山口組本家に向かった。

稲川は、腕を組み、眼を閉じた。

田岡と初めて会ったときからこれまでの三十七年間にわたるいくつかの思い出が、つぎからつぎへとまるで昨日のことのように思い出された。

〈三代目と初めて会ったのは、たしか、戦火の激しい昭和十九年だったな……〉

場所は、湯河原の「清光園」であった。「清光園」の温泉風呂は評判がよく、片岡千恵蔵や高田浩吉ら当時の人気役者らもよく風呂に入りに来ていた。

田岡は、昭和十二年、同じ山口組の仲間であった大長八郎を刺殺し、懲役八年の刑を受け高知刑務所に服役した。昭和十八年の夏、皇紀二千六百年の恩赦で二年減刑され出所していた。田岡は、「清光園」に湯治に来ていた。

おれは、のちにおれの親分となった鶴岡政次郎に連れられて田岡と顔を合わせた。田岡は、おれより一歳年上の大正二年生まれで、当時三十二歳であった。山口組三代目を襲名するのは、それから二年先である。当時山口組は、神戸港の港湾荷役人夫の供給業をしていた。組員は、わずか十七名にすぎなかったという。

田岡は、六年もの懲役のせいで、体が弱っていたのであろう。ひどく憔悴《しょうすい》し、病人のように青白い顔をしていた。ただし、眼光は、刺すような鋭さであった。初対面からして、印象は強烈であった。

おれは、田岡がのちに日本の首領と呼ばれるほどにのし上がろうとは夢にも思わなかった。

おそらく、田岡もまた、おれがいまのような大組織を率いる男になるとは思いもしなかったろう。

昭和二十一年、田岡は、山口組三代目を襲名。

昭和二十三年、すでにおれの親分となっていた鶴岡政次郎が、田岡と兄弟分の盃を交わした。鶴岡からの引き立て兄弟分であった。鶴岡は、神奈川県横浜を本拠としてその勢力は、神奈川、静岡、千葉にまでおよんでいた。田岡より格は上であった。

鶴岡親分は、兄弟分になった祝いに、横浜出身の天才少女歌手美空ひばりの興行権を、田岡に譲った。港湾荷役の仕事を業《なりわい》としていた山口組は、これをきっかけに、興行に乗り出した。

山口組の運も、美空ひばりによって拓《ひら》けていった一面もある。

本来なら、美空ひばりの興行権は、鶴岡親分からおれが譲り受けてしかるべきであった。

それを、よりにもよって関西の山口組に譲った。おれだけでなく、横浜近辺の親分のあいだでは、山口組と美空ひばりへの反発は強くなっていった。

おれが親分になってから、山口組との対立は、何度かあった。

稲川は、ふと眼を開け、右隣りの森田に訊いた。

「おい、横浜の『ブルースカイ』事件は、何年のことだったかな……」

「たしか、昭和三十四年のこととおぼえております」

森田が、畏《かしこ》まった口調で言った。

「そうか。あれから、二十二年もたつのか……」

稲川は、再び眼を閉じた。


あの事件も、美空ひばりにからむ事件であった。横浜のナイトクラブ「ブルースカイ」で、田岡と美空ひばりがおしのびで飲んでいた。そのクラブで飲んでいたおれのところの若い衆の佐藤義雄が、クラブのマネージャーを呼びつけて言った。

「おい、ひばりに一曲歌わせろ」

佐藤は、明日は懲役に行くというので最後の娑婆《しゃば》を楽しんでいた。マネージャーが、ひばりのところに行き何やら話していたが、佐藤のところにすぐ引き返してきた。

「田岡さんから、今夜はおしのびで来てるんだから、かんべんしてくれ、とのことでございます」

「田岡？　どこのやつだ!?　そんなやつ知らねえな」

佐藤は、田岡が何者か知らなかった。

「とにかく、ぐずぐず言ってねえで、ひばりに歌わせろ！」

田岡のまわりには、六人ほど若い衆がついていた。彼らが、佐藤に食ってかかった。

「おい、表へ出ろ！」

若い衆たちは佐藤を誰もいない駐車場に呼び出し、佐藤の胸にハジキを突きつけた。そのとき、佐藤の胸のバッジを見て「何や、オジキのところの若い衆や」といい、その場は手を引いた。

おさまらない佐藤は、田岡の一行を八方手をつくし、横浜中を捜した。が、そのとき、田岡は、すでに神戸に引き揚げたあとであった。

神戸に引き揚げた田岡は、さっそく百五十人の黒背広の男たちを、横浜に送り込んだ。急行で百五十人もそろってやってくると警察に目立つ。彼らは鈍行でやってきた。

このもめごとは、結局話し合いでおさまったが、まさに一触即発の危機であった。

つづいて昭和三十八年の三月にも、横浜で山口組とのいざこざがあった。

横浜市中区山下町のサパークラブ「グランドパレス」で、山口組系井志組横浜支部の堀江精一支部長が、酒を飲んでいた。他のテーブルでは、おれの会の大幹部で横浜の縄張を持っている林喜一郎と、かつて「ブルースカイ」事件のきっかけをつくった佐藤義雄が飲んでいた。

堀江が、林たちのテーブルに行き、酒をすすめた。

「お近づきのしるしに、一杯どうでっか」

林が、撥《は》ねつけた。

「こんな酒、飲めるかい！」

当時、山口組は、右翼の大立者児玉誉士夫《よしお》の片腕である町井久之の東声会と兄弟分の結縁《けちえん》をし、関東へ攻めこもうとしていた。横浜にも、二年半前から進出をはじめていた。

林は、ウィスキーを床の上にぶちまけながら言った。

「てめえら、近頃目ざわりでならねえ！　ごたくを並べてねえで、とっとと消えろ！」

撥ねつけられた堀江は、林ら五人が出てくるところを襲おうとした。二十人の組員を従え、「グランドパレス」を包囲した。彼らは、手に日本刀や匕首《あいくち》を持っていた。

が、通行中の市民の通報で、襲撃前に二十名全員が凶器準備集合罪で神奈川県警に逮捕されてしまった。

児玉誉士夫の提案に従い、おれは山口組とともに左翼勢力に対抗するため全国任侠団体の大同団結である「東亜同友会」に加入しようとしていた。その矢先に、「グランドパレス」事件である。

「おたがいに提携すると口では言っていても……おれたちの縄張へ進出しようとする。おれたちは、命を張っても、山口組の関東進出を防がなければならない！」

　おれは、さっそく児玉誉士夫に「東亜同友会」への参加を取り止める、と報告した。

児玉も、弱りはてたようであった。おれの慰留につとめ、自ら仲裁人に立った。手打ちのため、多少の条件を出したが、田岡は、児玉の顔を立てる意味もあってこの条件をのんだ。

三十二年に起こった別府事件から、三十七年の博多事件までまさに全戦全勝、他の組の縄張に攻め込んでは勢力を拡大し、全国制覇の野望に燃えていた田岡にとっては、初めてといっていい苦々しさであったろう。

　その後も、山口組との対立はつづいた。

〈しかし、山口組との対立も、おれがつとめを終えて出てくるまでだった……〉

　昭和四十七年の一月、おれは府中刑務所から出た。現在の住吉会の前身である住吉一家三代目総長阿部重作の引退記念総長賭博事件の逮捕による、三年の服役を終えてのことであった。

　当時、稲川会理事長で横須賀一家総長の石井隆匡と、山口組若頭で山健組組長の山本健一のあいだで、五分《ぶ》の兄弟分の盃の交わされる話が進行していた。

　おれは、尼崎の関西労災病院に入院している三代目を見舞った。心臓が悪いため、七年近い闘病生活をつづけている田岡は、顔色が悪かった。

そばに文子夫人がいた。三代目に訊いた。

「跡目は、誰にするつもりですか」

「健しか、いないだろう……」

独り言のように、三代目は言った。健というのは、おれのところの石井隆匡と兄弟分の話をすすめている山本健一のことであった。

おれは、文子夫人の方を見た。

「姐《あね》さん、いまの話は、証人になって下さいよ」

その年の十月二十四日、これから出かける田岡組長宅の二階の大広間で、山本健一と石井隆匡の兄弟分になる盃が交わされた。同時に、山口組若頭補佐であり、益田組組長であった益田佳於も、稲川会専務理事で箱屋一家総長の趙春樹と兄弟分の盃を交わした。

おれの耳にも、その縁組みに対し関東の他の組からの非難の声が入ってきた。

「稲川は、山口組の関東進出の手引きをするのか！」

おれは、心の中でそういう連中に言いつづけてきた。

「あんたたちの言っていることと、まったく逆だ。むしろ稲川会が山口組と手を結ぶことで、山口組の関東進出への野望に歯止めをかけることができる。結果を見て、判断してくれ……」

田岡は、昭和五十六年七月二十三日午後七時三十一分、関西労災病院で息を引きとった。

〈運命は、不思議なもんだ。おれが三代目の死に水を取ることになってしまった……〉

田岡の遺体は、自宅に帰った。二階の組長の居間兼寝室に安置された。おれは、理事長以下二十人の幹部を従え、田岡家へ向かった。

姐さんは、おれの到着するのを待っていてくれた。遺体の枕元にあげられた線香は、一本だけであった。姐さんのあげた線香であろう。幹部の誰も、親戚の者も、まだ線香をあげていなかった。

姐さんが、頭を下げた。

「稲川さん、先にお願いします」

おれは、三代目の死顔を見た。

〈いい顔をしている……〉

まるで眠っているような顔をしていた。

何度も白刃の下を潜り、しかも、山口組と松田組とのいわゆる〝大阪戦争〟の最中、京都のクラブ「ベラミ」で松田組傘下の大日本正義団の鳴海清に狙撃されるなど生死の淵を突っ走ってきた男の顔とは思えなかった。三代目に、心の中であらためて声をかけた。

〈三代目よ……結局、畳の上で死ねたんだ。大往生じゃないか……〉

おれは、樒《しきみ》を手に取った。水の入った盃に浸した。二度と開くことのない青ざめた唇に、この世で最後の水を飲ませた。

〈三代目よ、安らかに……あとのことは、おれのできるかぎりのことはするから……〉

田岡家の葬儀は、七月二十五日、田岡家葬。七月二十八日に、密葬がおこなわれた。

山口組の本葬は近づいていたが、誰が葬儀委員長をするか……いろいろともめているようであった。

筆頭候補である山本健一は、大阪医療刑務支所に服役中であった。昭和五十一年三月、拳銃不法所持、恐喝、暴力行為など五つの罪の併合審理により神戸地裁で懲役三年六カ月の実刑判決を受け、五十四年に刑が確定し、服役していたのであった。娑婆に出られるのは、五十七年の八月を待たなければならなかった。組葬のチラシ（案内状）を、前もって配らねばならない。早めに決めねばならない。

八月の終わりころであったが、おれは警視庁にたまたま用事があって顔を出した。顔見知りの警部が、声をかけてきた。

「稲川さん、山口組の葬儀委員長選びは、なかなか難しそうですね。あっちを立てれば、こっちが立たずで、へたな人物を据えると、のちのちもめることになる」

「そうだな、難しいところだね……」

山口組から連絡が入ったのは、それから二日後であった。姐さんから、東京の港区六本木にある稲川会本部に電話が入った。

「稲川さんにぜひ相談に乗っていただきたいことがあります。上京するには、いつが都合がよろしいでしょうか……」

連絡の入ったことを聞くや、おれの方から姐さんに電話を入れた。

「わざわざ来ていただかなくても、わたしの方から神戸に出向きます」

新幹線で、さっそく神戸に向かった。田岡家に入った。田岡組長の霊前で焼香したあと、正面玄関左手奥にある応接間に入った。きれいな青畳が広がっている。机をはさみ、虎の毛皮と熊の毛皮が敷かれている。

部屋には姐さんと幹部十人がずらりと並んでいた。

姐さんの口から、

「葬儀委員長をお願いします」

と頼まれた。

「わたしでよかったら、つとめさせていただきます」

おれは、三代目の霊に報いるためにも大役を無事はたすことをその場で心に誓った。

「ところで姐さん」

おれは、文子未亡人に声をかけた。

「施主は、山健ですか」

姐さんは、一瞬複雑な表情になった。おれは、つとめから出てきて関西労災病院で三代目と姐さんと会ったとき、三代目の口からハッキリと「四代目は、山健」と聞いている。姐さんにも証人になるように、と言ったことを忘れていない。いくら山健がつとめに行っている最中とはいえ、施主に選ぶのは当然、と思っていた。

しかし、施主は山健ではないようである。

姐さんは、困惑した顔で言った。

「施主は、なし、ということに決めたんです……」

「施主のない葬儀というのは、おかしいじゃないですか」

「ええ、施主は直若が全員で……」

おれは、その言葉で納得はいったが、姐さんのその言葉を聞き、三代目亡きあとの四代目を誰に決めるか――想像以上に複雑だと思った。もしここで、山健を立てて施主は山健に……という者がいれば、のちのち問題は起きまいが……おれはそう思い、その声を待った。

しかし、誰からも山健の声は聞かれなかった。

〈山健がつとめから帰ってきても、四代目問題は、まだまだもめるな……〉

　おれは、あらためてそう思った。

「ポートピアホテル」からの車が、田岡邸の正面玄関に滑り込んだ。九時二十分であった。

「御苦労さまです」

　待機していた山口組組員に迎えられ、稲川、森田、長谷川の三人が車から降りた。

　稲川の好々爺のような顔が、恐ろしいほど引き締まった顔になっていた。森田は、薄い色の入ったサングラス越しに会長の眼をちらと見て思った。

〈鬼と言われた若いころと同じような、鋭い、精悍《せいかん》な眼をしている……〉

　稲川聖城は、山口組の総本山ともいうべき田岡邸の正面玄関を上がった。

　右手奥に、田岡邸の警護に詰める傘下組員の若者部屋がある。そこから組員たちが、十人ばかり出、そろって頭を下げる。

　稲川の眼には正面玄関のホールに据えられている二メートルもあろうかと思われる木彫の大鷲《わし》も、羽根を広げ出迎えてくれたように映った。

　左手に洋間の応接室、その奥に日本間の応接室がある。

二階は大広間になっている。広間と次の間を合わせると、畳五十枚はある。山口組の祝い事や定例会の場所となる。

ここまでが、山口組本家と呼ばれ、組幹部らが自由に出入りできる。

稲川は、右に長谷川春治、左に森田祥生を従え、ホールを突き抜けた。正面玄関から奥へつづく廊下へと鶯色《うぐいすいろ》の絨毯《じゅうたん》の上を、ゆっくりした足取りで歩んで行った。

中庭をはさんで渡り廊下で通じる北側の建物は、田岡組長の私邸である。組幹部でも、みだりに出入りできない。いわゆる〝聖域〟であった。

私邸では、田岡未亡人がすでに喪服に着替え出迎えた。私邸の応接間に通され、あらためて未亡人に頭を下げられた。

「稲川さん、お忙しい中を、いろいろとありがとうございます」

「いや、どうも……」

長谷川が、ぶ厚い封筒を霊前にそなえた。

稲川会からの香典であった。

兵庫県警と警察庁では、はじめのうちは「組葬は、まかりならぬ」と強硬な態度を見せていた。

山口組では、すでに会葬案内状五千部作成、組内に千部、東日本の親戚または友好団体に二千五百部、西日本には、千五百部を配っていた。

稲川は、葬儀委員長を頼まれると、神戸市灘区の灘署に赴いた。

灘署の署長は、困惑した顔で言った。

「稲川会長、出席者を、せめて全国で百人に制限してもらえませんか」

「百人というわけには……しかし、各組出席者を五人以下に抑えることは約束いたします」

稲川は、約束したとおり、各組出席者を五人以下に抑えるよう通達を出していた。

稲川は、文子未亡人と今後のことについて話し合った。

本葬のはじまる午後の二時に三十分前、稲川は文子未亡人とともに葬儀場に向かった。秋晴れの抜けるように青い空に新聞社のヘリコプターが数機、あわただしく舞っていた。

葬儀場は、田岡邸に隣接する七百坪の空地であった。田岡が、生前悲願としていた山口組会館を建設する予定地であったが、兵庫県警の規制にあい、やむなく断念されていた。

葬儀場のまわりは、警官や機動隊員が取り囲んでいた。

ジュラルミンの盾を持った機動隊員が一メートル間隔で並び、垣根をつくっている。

あとで稲川の耳に入ったところによると、兵庫県警は、神戸市長選もおこなわれたこの日、朝から厳戒体制に入っていた。会場前には、「現地警備本部」を設置、制・私服警官と三百四十人の機動隊員、さらに交通機動隊員まで動員、その数八百四十人で警備に当ったという。

稲川は、警備のものものしさを目《ま》のあたりにし、責任の重大さを感ずるとともに、警察の山口組に対する取り締りの厳しさを、あらためて感じた。

組葬には、アメリカのＡＢＣ放送、スウェーデンの国営テレビ、さらにソ連のタス通信をはじめとする二十社におよぶ特派員が詰めかけていた。

稲川は、式場の正門前で立ち止まった。

樒を中心に草花でアーチが設けられている。上中央には、菊と真紅《しんく》のカーネーションで造られた山口組の山菱の代紋が眼の覚める美しさに飾られていた。

左手には、「三代目山口組組葬」と墨で大書された看板が立てられている。

二百メートルを超す周囲の石垣には、白地に黒で山口組の代紋を染め抜いた大型の幔幕《まんまく》が張り巡らされている。

組幹部の者の説明によると、この広場で組葬が何度も開かれているが、この幔幕を張り巡らせたのは、初めてのことという。

稲川は、落ち着きはらった足取りで会場へ入って行った。

参列者の中から、畏敬のどよめきが起こった。

「稲川さんだ」

「おい、あれが関東の首領の稲川聖城だぜ」

会場真ん中には、一枚張りの超大型テントが張られている。中には、椅子が千脚用意されている。

稲川は、文子未亡人とともに、中央の椅子にゆっくりと腰を下ろした。

眼の前の中央には、菊をふんだんに使った縦十メートル、横二十メートルほどの屋根つきの祭壇が設けられていた。

祭壇の奥の中央には、三代目組長の遺骨が置かれている。その上に、畳一畳大の上半身の遺影が飾られている。その両脇には、子供の背丈くらいの蠟燭《ろうそく》が立てられ、「永照院仁徳一道義範大居士」という戒名が彫りつけられている。

供花も、ずらりと並んでいた。

喪主の文子夫人、本葬儀執行委員長稲川聖城稲川会会長、親戚総代として、田岡のもとで修業をしていたことのある高橋二郎双愛会会長、山口組と親戚関係にある老舗酒梅組五代目谷口正雄組長、業界の長老格の諏訪健治諏訪組組長……らの名が供花に添えられている。

山口組の最高幹部である山本健一若頭と、田岡組長の四人の舎弟、八人の若頭補佐の供花は、祭壇の一番前列に横一列に並べられている。

田岡は、〝若中〟と呼ぶ直系百三人に、それぞれ組織を持たせていたが、それらの組からは、組長以下、幹部十名連記の供花がされ、会場の三方を埋め尽くしていた。

稲川のまわりの椅子が埋まりはじめた。関東から住吉連合会総裁の堀政夫をはじめ「関東二十日会」の親分衆たちが続々と詰めかけてくる。

稲川会からも、東京の箱屋一家総長趙春樹理事長をはじめ、横浜の林一家総長林喜一郎会長補佐、碑文谷一家総長長谷川春治副理事長兼本部長、森田一家総長森田祥生副理事長、神奈川の堀井一家総長和田永吉副理事長、川崎の山川一家総長山川修身副理事長、埼玉深谷の大澤三金吾副理事長、下田一家総長森泉人副理事長、小田原の秋月一家総長田中敬副理事長兼本部事務局長の他、会長補佐の石井隆匡と稲川一家総長の稲川裕紘は、服役中のため、代行二人が列席していた。

ただし、山口組の客というより身内という立場で、山口組の組員たちとともに参列者の側に立っていた。

稲川の背後から、ささやき声が聞こえる。

「さすがに、日本の首領の葬儀だ。出席者は、全国の親分たちばかりだ。稲川聖城が葬儀委員長になったこともあって、本来ならとうてい出席するはずのない親分たちが、つぎつぎにやってくるじゃないか……」

「おい、『北海道同行会』の親分たちも顔を出してるぜ」

昭和五十五年ころより、北海道同行会と山口組は紛争を起こしていた。

ささやきは、さらにつづいた。

「関東関西の親分衆も、代理を立てず、大挙して列席している」

「おい、いま座ったのは、小倉で山口組系の伊豆組組長伊豆健児と兄弟分の盃を交わした草野一家の草野高明総長と〝九州戦争〟でドンパチをやった、工藤会の工藤玄治会長じゃないか」

「間違いねえ。さすがにりっぱな顔ぶれがそろったなあ……」

稲川は、席に着いた工藤会長の顔に眼を放った。

工藤会長と眼が合った。

九州の長老、工藤会長は、丁重に頭を下げた。

稲川も一礼をして、笑顔で応えた。

稲川は、あらためて田岡一雄の遺影に眼を向けた。

〈三代目、あのときが三代目に会った最後になりましたね……〉

稲川は、工藤会と親戚筋にあたる二代目合田一家浜部一郎総長からの依頼で、無理を承知で〝九州戦争〟仲裁の腰を上げた。

浜部総長の綿密な裏工作の協力があり、稲川は無事大役を果たすことができた。

稲川は、草野一家と工藤会の手打ちを終えた帰り、東京へは帰らず、すぐその足で田岡邸を訪ねた。

九州戦争の行方を病床で気にかけていた田岡に、きちんと報告するためであった。激しく雪の降る、昭和五十六年二月二十七日の朝のことであった。

狭心症の再発で、三代目は衰弱していた。しかし、意外に元気そうであった。

稲川は、草野一家と工藤会を手打ちさせた経緯を、三代目に細かく報告した。

田岡は、稲川の手をしっかりと握った。長い闘病生活のためか、痩《や》せ衰えた手であった。

「いや、ありがとう。ありがとう……きみが出ておさめてくれるのを、いつかいつかと待っていた……」

三代目は、眼を細めてよろこんでくれた。

稲川も、田岡の手を強く握った。

田岡が、しんみりした調子で言った。

「久しぶりに、二人でお茶漬けでも食べようか……」

三代目は、長い病床生活で、食欲もないのに……と無理をさせまいとしたときには、田岡は文子夫人に、声をかけていた。

「お茶漬けを持ってきてくれんか。稲川さんと、いっしょに食べるんや……」

やがて、文子夫人自ら膳を運んできた。

稲川は、膳に出された茶碗を見て、一瞬わが目を疑った。茶碗には、稲川会の代紋が焼かれていた。

湯呑みにも目をやった。湯呑みにもまた、稲川会の代紋が焼かれているではないか。三代目が、稲川のためにわざわざ稲川会の代紋入りの茶碗をつくっておいてくれたのだ。三代目の温かい心づくしに、胸が詰まった。

〈三代目が、そこまで……〉

それが田岡との最後の食事であり、最後の場面となってしまった……。

その日の田岡の顔が遺影と重なり、目頭が熱くなった。遺影が揺れはじめた。

そのとき、山口組若頭補佐小田秀臣小田秀組組長の声が響き渡った。

「それでは、ただいまから故三代目山口組組長田岡一雄殿の山口組組葬を執りおこないます」

山口組組葬の導師は、真言宗の高野山の僧侶二十人が務めた。

二十人の読経が、朗々と響き渡る。

稲川は、眼を閉じ、読経の声に耳を傾けた。

上空を、報道関係のヘリコプター数機があわただしい音を立て舞いつづける。読経の声が聞きとりにくい。

稲川は、眉《まゆ》を寄せ、神経を集中させて読経の声に耳を傾け、心に沁《し》みとおらせた。

あらためて、三代目が幽明境《ゆうめいさかい》を異《こと》にしたことが実感としてひしひしと伝わってきた。

読経が終わると、会場いっぱいに、

「本葬儀執行委員長、稲川会会長稲川聖城殿、御挨拶――」

という声が響きわたった。

稲川は、静かに眼を開けた。

稲川は、黒の紋付を着た稲川会副理事長の森泉人をともない、祭壇の前の正面に歩み出た。

森泉人は、稲川の秘書的な役割りをつとめている。稲川が重要な挨拶をするときには、いつも代読をつとめていた。

稲川は会葬者に一礼をした。

森は、一歩前に出てマイクの前に立ち、墨で書かれた巻き紙を代読しはじめた。

「まず冒頭におきまして、本日、故三代目山口組組長、田岡一雄殿の本葬儀に当りまして、不肖稲川が、葬儀執行委員長の大役をおおせつかりましたが、なにぶん不慣れなためにみなさまに対しまして、なにかと不備、不行届の点が多々ございましたことと思いますが、本席を借りまして、ここにお詫《わ》びを申し上げる次第でございます。なにとぞ、平素の御好誼《こうぎ》に免じて御容赦を下さいますよう、お願い申し上げます」

よく通る声であった。上空に舞いつづけるヘリコプターの音をはね返すように、凜とした声が流れつづける。

「……三代目親分は、六十八歳の若さでその立派な人徳を惜しまれながら他界なされましたが、その偉大な業績とその遺徳は、われわれ業界の鑑《かがみ》として永久に不滅の名を残しました。幼少にして父母両親を失い、天涯孤独ともいうべき境涯から身を立てて、われわれ業界の中にあっても、任俠の正道を一筋に精進努力なされ、その間には、港湾荷役の仕事を全国的な組織に統一するなど、社会的にも大きく貢献をいたしました」

稲川は、森の声を通し、幽明境を異にした三代目に語りかけていた。おなじ修羅の道を突っ走りつづけるしか生きる道のなかった三代目に、最後の語りかけをしていた。

「三代目親分の人間的な魅力は、わたしたちが一番よく承知しているところでございます。いまさら言うまでもなく、その高潔な人格と立派な業績とを顧みるとき、まさに日本一の、昭和の俠客と言わざるを得ないのでございます。

警察がなんと言おうと、マスコミがなんと騒ごうと、三代目親分は立派でした。幼少にして、すでに不運な境遇に生きなければならなかった波乱の人生の中で、なお、社会的な正業に力を注いだ立派な人生観と、一筋の道をまっとうなされた偉大な信念とは、人びとが尊敬の念を以て見上げる、その霊峰を頂く泰山のように高く潔く、そして、四方八方から風をうけても微動だにしない尊厳をさえ感じさせるのでございました……」

三千余に上る会葬者たちは、田岡一雄に対する稲川の語りかけに、身動《みじろ》ぎもせず聞き入っていた。

2

世田谷野毛の士道館の支所である横浜・浅間町《せんげんちょう》の吉岡道場では、柔道に励む若者たちの寒稽古の声が力強く響いていた。外は、激しく吹雪《ふぶ》いていた。昭和八年暮であった。

二年前の九月十八日には、関東軍が奉天郊外柳条湖の満鉄線を爆破した。本庄繁軍司令官は、これを中国軍のしわざとして総攻撃を命令。翌日、奉天を占領、満州事変が開始された。

この年五月三日には、関東軍は万里の長城線を越え、華北への進攻を開始した。五月十日には、北京へと迫っていた。

海の向こうのドイツでは、ヒットラーが首相となり、ナチス独裁によるファシズム体制を着々とつくっていた。世界的に、風雲急を告げていた。

道場の一段高くなった上座では、道場主の吉岡日呂史が羽織袴姿で腕を組み、厳しい顔をして座っていた。

その隣りに、鬼瓦《おにがわら》のような顔をした男が座っていた。ひどく小柄で、ずんぐりしている。眼つきは、鋭い。

堀井一家三代目総長加藤伝太郎であった。

堀井一家の初代堀井兼吉は、横浜の保土ケ谷を縄張とした博徒で、通称〝半鐘兼〟と呼ばれていた。加藤伝太郎は、その堀井一家の三代目を継いでいた。縄張としては、片瀬（現藤沢）を本拠として、横浜、川崎の一部から東海道を平塚にかけて支配していた。

当時横浜は、加藤伝太郎の他に、笹田照一、藤木幸太郎、鶴岡政次郎の四親分が支配していた。

加藤伝太郎は、三十七歳まで馬車曳《ひ》きであった。やくざになったのは、ずいぶんと遅かったわけである。のちに、堀井一家の兄弟分の賭場を荒す男がいて、加藤はその男を川っ端に呼び出し、日本刀で叩っ斬った。無期懲役の刑を受け、横浜刑務所へつとめていた。

そこに、ある時、右翼玄洋社の創立者であり、当時日本の大陸進出の黒幕であった頭山満《とうやまみつる》が視察に来た。作業場で働いている加藤伝太郎に目をとめ、看守に訊いた。

「あの若者は、どこの者だ。いい面《つら》構えをしている」

頭山は、加藤に興味を示した。

「博徒で、堀井兼吉のところの若い衆です」

「刑期は、何年だ」

「無期です」

「このまま置いておくと、世の中に出遅れてしまう」

頭山は、さっそく当時犬養内閣の陸軍大臣をしていた荒木貞夫に電話を入れた。

「横浜刑務所に、加藤伝太郎という男が、無期懲役刑でいる。軍の公用ということで、釈放してもらえまいか」

加藤伝太郎は、奇妙な縁で釈放された。

十数年後、加藤伝太郎は堀井一家の三代目を継いだ。ある日、東京の親分に博打を頼まれ、浅草の旅館に出かけた。ところが、警察の手入れを食った。加藤は二階から逃げようとして足を踏みすべらせ、肋骨を折った。その骨接ぎ治療のため、吉岡道場に通っていたのである。

吉岡は、柔道を教えるかたわら、骨接ぎ師の免状も持っていた。

吉岡は、若いころ博打が好きで、一時加藤伝太郎のところに居候をしていたことがある。

加藤親分が、稽古に励む若者を見ながら吉岡に訊いた。

「この若者のなかに、うちへ寄こすようなやつはいないか」

吉岡は、にやりとした。

「いますよ。うってつけの若いのがいます。稲川角二ってんですよ」

稲川角二は、稲川聖城の若き日の名前である。

「強いのかい」

「強いうえに、いたずらが好きなんです」

いたずらというのは、博打のことであった。吉岡は、眼を細め自慢そうに言った。

「今年の正月の二日のことですがね。道場の筋向かいに、相撲取りのようにでかい土方がいましてね。そいつが、酒を飲んだ勢いで、道場の玄関に座り込み因縁を吹っかけやがるんです。そこで稲川が、いいかげんにしろ！ と追い出そうとしたんだが、相手は、でかい体を据えたまま、びくとも動こうとはしない。頭にきて、道場に引きずりこんで締めちまった。おれもいっしょになってやっちまったんで、半殺しの目にあわせてしまった」

「警察の方は、どうなったい」

「稲川が、先生、おれがひとりでやったんだ、っていって、さっさと警察に出ていきましたよ」

「度胸の据わったやつだな」

「ええ。検事の取り調べがあったそうだが、結局、酒のうえの喧嘩ということになってしまった。これから酒は飲まないな、といわれ『はい、飲みません』ということで、不起訴で片がついてしまった」

「おもしろそうな若い衆じゃねえか。すぐにも欲しいな。どの若い衆だい」

吉岡は、道場の真ん中で、ちょうど背負い投げを一本取ったばかりの塾生を指差した。

「あの男です」

「うむ……」

加藤伝太郎は、射るような眼で若者を見た。

若者は、五尺六寸はある。腕っぷしは、たしかに強そうであった。精悍な顔をしている。とくに眼つきが気に入った。挑みかかる虎のような鋭い眼をしていた。

〈鍛えれば、いい若い衆になりそうだ……〉

加藤伝太郎は、吉岡に言った。

「おれのところに、彼をくれないか」

吉岡が言った。

「じつは、警察の方からも彼を欲しい、と言ってきてるんですよ」

当時警察は、剣道や柔道の腕のたつものを片っ端から入れていた。吉岡道場からも、二人ほど警官になっていた。

「ふむ……」

加藤伝太郎は腕を組み、考えこんでしまった。警察と博打うちでは、取り締まる方と取り締まられる方で、あまりに差がありすぎる。正反対である。おなじなるなら、取り締まる方を選ぶかもしれない。

「とにかく、本人を呼んでみろや」

吉岡が、大声を出した。

「おーい、稲川、ちょいと来てくれ」

稲川と呼ばれた若者がやってきた。凍えるような寒さだというのに、額には玉のような汗が噴き出ている。彼は、畳の上に背筋をきちんとのばして正座した。えらく姿勢のいい男であった。

加藤伝太郎は、あらためて稲川を観察した。

太い眉。どんな強い奴にも突っかかっていきそうな、爛々《らんらん》と光る眼。一度こうと決めたら梃子《てこ》でも動かぬ感じの意志の強さが、小鼻の張りにあらわれていた。固く結ばれた唇にも、一徹さがあらわれている。耳も、人一倍大きい。

〈なかなか、いい面構えをしてるじゃねえか……〉

加藤伝太郎は、稲川という男が、ますます気に入っていた。

吉岡が、加藤伝太郎を稲川に紹介した。

「この親分は、片瀬の堀井一家の加藤伝太郎さんだ。わたしも、若いころ世話になっていたことがある」

稲川は、加藤を見上げた。稲川の目は、いきいきと燃えていた。加藤が、片瀬の親分と聞き、胸を弾ませていた。

稲川は、大正三年十一月に、道場のある横浜浅間町で生まれていた。父親は土方をしていた。兄弟は五人で、生活は貧しかった。

父親は、土地の者ではなかった。福島県の須賀川から十二キロ西にある桙衝《ほこつき》村の大地主の倅《せがれ》であった。当時としては珍しく、明治大学を出ていた。小作人の手紙を書いてやったり、大山郁夫らが結党した左翼合法政党である労農党の演説原稿を書いてやったりしたことがある、と母親から聞いていた。

しかし、稲川が物心ついたときには、父親は浅間町にいた。じつは、博打が好きで、田地田畑を博打でみんな取られてしまい、福島から横浜に流れてきたのである。それでも博打好きはやまなかった。博打に勝った日は、土方稼業からは考えられないほど金があった。しかし、負けた日は、御飯も食べられない。経済的には、不安定きわまりなかった。

それでもなんとか子供たちだけには……と母親は夜も寝ないで手内職をし、粟《あわ》や稗《ひえ》の混じった御飯であったが、稲川たちが飢えないように食べさせてくれた。

稲川は、早く一人前になり、おふくろや弟や妹たちに白い御飯をたらふく食べさせてやりたい、と思っていた。

それといまひとつ、親父が博打で負ける姿を見て、子供ながらも、

〈親父が博打ですった分を、息子のおれが機会があったら、取り返してやる！〉

という気概もあった。

稲川は、十六歳のときから三年間この道場の塾生をしていたが、そろそろどの稼業につくか決めねばならなかった。

加藤が、低い声で言った。

「警察から誘いがあるそうだが、行く気かい」

稲川は、返事をしないで押し黙っていた。

子供のころから喧嘩は大好きだったが、読み書きは大嫌いであった。

学校へ行っても、何時間目かになると、鞄を担ぎ、教室の窓から外へ抜け出た。友人の家に鞄を置き、近くの山へ登って遊んだ。

父親が、稲川に言った。

「そんなに勉強が、嫌いか」

稲川は、父親にはっきりと答えた。

「嫌いだ。しかし、勉強以外のことで頑張ってみせます」

父親は、それ以上勉強についてはとやかく言わなかった。

警察へ入ると、試験、試験で読み書きに追いまくられそうであった。それになにより、窮屈な世界が性に合わなかった。

加藤親分が言った。

「どうだい稲川君、ひとつ、ウチでひと修業してみる気はないか」

稲川は、思わず頭を下げて言った。

「もし、わたしのようなものでよければ、よろしくお願いします！」

稲川は、未知の世界を前に、熱い興奮をおぼえていた。稲川、このとき十九歳であった。

稲川が片瀬の加藤伝太郎のもとで修業をはじめることになった三日目の朝のことであった。

「おい、稲川という若い衆は、どの男だ」

大声が家の中に響き渡った。

「はい、わたしです」

稲川は、廊下をへの字になって這《は》いつくばるようにして拭き掃除をしていた。

顔を上げると、前に着流し姿の男が立ちはだかっていた。立ちはだかるといっても、大男が立ちはだかっていたわけではない。五尺足らず、いまでいう一メートル五十センチくらいの背の低い、五分刈りの男であった。額がやけに広い。眼つきからして、精悍な顔をしている。頭はよさそうであった。先輩たちが、しきりに「天一坊」と呼んでいたのがこの男であることは、一目でわかった。

「おれは、横山新次郎っていうんだ」

小男のくせに、えらく威勢がいい。見るからに生意気そうである。

〈がらの小せえくせに、やな野郎だな……〉

血気盛んな稲川の、横山新次郎との初対面の印象であった。

横山は、掃除が終わって一服している稲川のところに再びやってきて言った。

「おい稲川、この世界の言葉に、『馬鹿でなれず、利口でなれず、中途半端じゃなおなれず』っていうのがある。生半可な修業じゃあ、男は磨けねえぞ。あとでこの言葉の厳しさがわかってくるだろう。よくおぼえておくんだな」

横山はそう言うと、くるりと背を見せた。せかせかと急ぎ足で去って行った。

〈癖のある兄貴だなあ……〉

稲川は、横山の言い置いた「馬鹿でなれず……」という文句を何度も頭の中で繰り返していた。

あとでまわりの者に訊いてわかったことだが、横山は、明治三十六年八月十四日生まれ。稲川より、十一歳年上であった。

修業は、たしかに厳しかった。

朝六時に起き、拭き掃除からはじめる。

冬の冷たいのに、文字どおり廊下を腰をへの字にして這いつくばって磨《と》ぎ汁で磨いた。

一階は、十畳の間が三部屋、八畳の間が一部屋ある。二階も、十畳の間が二部屋ある。

障子の桟《さん》も、指ではむずかしいので割箸を布で巻いて隅の隅までこすってきれいにした。

箪笥も、乾《から》拭きした。

「掃除が終わりました」

稲川は、姐さんに報告に行った。姐さんが指で障子の桟を、そっと撫《な》でてみる。少しでも汚れていようものなら、

「やり直し！」

と金切声を出す。異常なほどのきれい好きであった。

再び、やり直しである。

箪笥の乾拭きも、つるつると滑るように磨かれていないと気がすまない。だが、雨の日は、湿っていて、なかなかつるつるに光らない。

〈思っていた以上に、厳しい世界だ……〉

稲川は、この世界がこれまで生きてきたいわゆる堅気の世界より厳しいことを思い知らされた。

食事も堅気の者とは、厳然とちがっていた。

加藤親分と姐さんは、座敷で差し向かいで食事をとる。代貸級《だいがし》は、板の間である。

稲川のような三下《さんした》は、飯《めし》を炊く釜を背中にしょって食事をする。背中が、焼け焦げるほど熱い。

兄貴分に絶えず気を配って飯を盛る。飯は、麦飯と決まっている。自分たちは、兄貴分の残り飯を食べる。いつも冷や麦飯である。惣菜はお新香だけ。それに味噌汁がつく。魚がつくことは、年に一、二度である。兄貴分が箸を置くと、もう一杯食いたい……と思っても、食べることはできない。

お茶もない。井戸の水をがぶがぶ飲んでお腹をふくらませた。

横山が、稲川にしみじみと言いきかせた。

「おれたち博打うちはな、まっとうな仕事をしていないんだ。堅気の者が三度食うところを、おれたちが三度食っちゃあ、申しわけねえ。二度が当り前だ。堅気の者が白米食っても、おれたちは、かならず麦を入れて食うもんなんだ……」

修業の厳しさに、空腹に音《ね》をあげる同僚も多かった。しかし、稲川は、むしろ初めて自分の道を見出したよろこびを感じていた。

〈つらくてもいい。やくざの道に飛び込んだ以上は、この道でなんとしてでも男をあげてやる〉

稲川は、心に誓った。

加藤伝太郎の若い衆になって四カ月後、稲川は兄貴分の横山と片瀬の海岸近くの神社の境内で開かれていた夜店を歩いていた。夜桜が、夢の世界のように美しく咲き誇っていた。

「おい、そこの二人よ」

背後から、声がかかった。

稲川はふり向いた。四人の男が背後に迫っていた。どう見ても堅気とは思えなかった。

稲川は、横山を見た。横山は、知らぬ顔で歩きつづけた。

「おい、ちび、聞こえねえのかよ」

横山は、それでも黙って歩きつづけた。

「てめえ、ふざけやがって……」

四人のうちの一人が、横山の肩に手をかけた。

横山がくるりとふり向いた。その瞬間、横山に手をかけた一人が、股間を押さえてうずくまっていた。横山が男の急所を思いきり蹴りあげていた。稲妻のような早業《はやわざ》であった。

まわりの客たちの、叫び声があがった。

稲川は、他の三人に襲いかかろうと身構えた。が、そのときには、二人目の男がすでに顔面を両手でおおっていた。

「うおッ！」

という叫び声をあげ、のけぞった。顔面をおおった両手の間から、血がたらたらと流れ出ている。目を潰《つぶ》されたらしい。

他の二人も、ほとんど同時に腹を押さえうずくまった。横山が、一人は足で蹴りあげた。いま一人は、膝《ひざ》で腹を突きあげたのだ。四人とも、芋虫のように地べたをのけぞり這い回りはじめた。

横山は、四人に唾《つば》を吐きかけののしった。

「あまり、意気がるんじゃねえぞ！」

稲川は、横山のあまりの早業に、呆気《あっけ》にとられていた。喧嘩の勝負が、背丈の大小、力だけではない、ひとえに度胸にかかっていることを思いしらされた。

稲川は額の広い、やや青ざめた横山の顔を、あらためて見なおしていた。

〈やな兄貴と思っていたが、教えられることばかりだ……〉

3

稲川は、加藤伝太郎のもとから、会津若松第二十九連隊に現役兵として入隊した。父親が福島県出身ゆえである。昭和十年一月のことであった。

入隊して一週間目、上等兵が班内に入ってきた。五尺足らずの、しゃくれ顎《あご》の男である。直立不動で敬礼している稲川を、意地の悪そうな眼つきでじろりと見た。

そばのストーブに近寄り、石炭をくべるシャベルを持ってきた。稲川の剣吊りバンドを通すところを外した。そこに、シャベルをぶら下げた。

上等兵が、吠えるように言った。

「きさま、ふざけた真似をしやがって……このままの格好で内務班をひと回りしてこい！」

稲川には、何の落度があったのかとっさにのみこめなかった。

「上等兵殿、どこが……」

稲川が理由を聞こうとすると、上等兵の顔がゆがんだ。

「とにかく、ひと回りしてこい！」

稲川は、シャベルをぶら下げたまま、内務班を回って歩いた。

ようやくの思いでひと回りしてくると、上等兵が薄笑いを浮かべて言った。

「もう一度回ってこい！」

稲川は、仕方なく再び内務班を回りはじめた。

〈おれが、何を……〉

何故このような罰を食うのか、どうしても納得がいかなかった。恥ずかしさと悔しさに、思わず涙が出た。

稲川は、真冬だというのにひと風呂あびたように全身に汗をかいて上等兵の前に戻ってきた。気に入らない顔で上等兵を睨《にら》みつけるように見た。

上等兵は、軍靴で稲川の鳩尾《みぞおち》を蹴りつけてきた。

「きさま、その態度は何だ！」

稲川は、のけぞり倒れた。焼けるように熱くなっているストーブのそばだった。もう少しうしろに転ぶと、大火傷《やけど》している。

稲川は、立ち上がりながら訊いた。

「上等兵殿、自分の、どこが悪いですか……」

「剣吊りボタンを外しておるではないか。剣吊りボタンを……」

稲川の頭に、カッと血がのぼった。

〈ふざけるんじゃねえ！〉

おれは、初年兵だ。軍隊のことは、何もわからない。一度、きちんと注意したらどうだ。それでもなおおれが間違ったのなら、どう料理したっていい。それを……一度も注意しねえで、いきなり蹴りやがって……。

稲川は、立ち上がるなり、上等兵の顔面めがけ右拳《こぶし》を叩きこんだ。

「うッ」上等兵は、うめき声をあげ、顔面を押さえてうずくまりかけた。

〈いくら上等兵でも、許せねえものは許せねえんだ！〉

稲川は、左の拳で、上等兵のしゃくれ顎を殴りあげた。上等兵は、今度はのけぞった。のけぞった上等兵の足を払った。上等兵は、もんどりうって倒れた。

そのとたん、まわりにいた伍長や古参兵たちが、いっせいに稲川に襲いかかってきた。

稲川は、ふいを衝《つ》かれた。そのうちの一人に背負い投げを食わせようとしたが、相手の腕を持ったまま体勢を崩し、床に崩れてしまった。

すぐに立ち上がろうとした。が、顔面に軍靴が炸裂《さくれつ》した。背中も、軍靴に烈《はげ》しく蹴られた。

「う、うッ……」

息ができなくなった。意識が朦朧《もうろう》としてきた。

それから、何時間たったであろうか……。稲川は、眼を覚ました。ぶるぶるっと体を震わせた。真冬である。

窓から見上げる星空が、美しかった。稲川は、星空を仰ぎながら、自分を袋叩きにした伍長たちの顔を、一人一人脳裏に思い浮かべていった。上等兵をふくめ、三人の顔を、ハッキリと脳裏に焼きつけた。

起き上がった。体中に痛みが走る。顔にさわってみた。蜂《はち》に刺されたように腫《は》れているのがわかった。もう我慢できなかった。

木刀を探した。ちょうど手ごろな木刀があった。それを右手にしっかり握りしめた。

痛めつけられた伍長のベッドに近づいた。伍長の寝顔を、たしかめた。二人目の男の寝顔も、たしかめた。上等兵の寝顔もたしかめた。

三人のそれぞれの位置を頭に入れると、まず上等兵の前に立った。木刀を両手でしっかりと握りなおすと、上等兵の顔に突きつけて叫んだ。

「おい起きろ！」

稲川の声を聞いて起き上がろうとした上等兵の頭めがけ、力のかぎり木刀を振りおろした。

頭蓋骨の割れるような音とともに、

「ぐおッ！」

という声がした。上等兵は頭を抱えこんでうずくまった。

稲川は、つづいて隣りで眼を剝《む》き顔を引きつらせている古参兵の顔面に、木刀を叩きこんだ。相手は顔面を押さえ、体をえびのようにそらせてベッドから転げ落ちた。

稲川は、背後をふり返った。あと一人、始末しなくてはいけない相手がいた。

まわりの兵隊たちは、何事が起こったのか……といっせいに起きあがっていた。

稲川は、眼の前の兵隊を睨みすえた。相手は、死人のように顔色を青ざめさせている。

唇も、土気色であった。

〈昼間は、よくも……〉

稲川は、頭上めがけて木刀をふり下ろした。相手は、頭を抱えこみ、床の上に倒れこんだ。

右に左にのたうちまわる。

三十分後、稲川は中隊長の前に連れて行かれた。班長も同行していた。

軍隊において、上官に反抗することは、天皇陛下に逆らうのと同じ行為と見なされていた。

重営倉に入れるなら、入れてみろ！　と居直っていた。

澄んだ眼をした中隊長が、訊いた。

「どうした？」

班長が、稲川の暴れたことを説明した。

稲川は、荒い息を吐きながら、中隊長に訴えた。

「おれも、天皇陛下の子だ。意味のない初年兵いじめすることは、許せない！」

中隊長は、稲川の言うことを静かに聞いていたが、聞き終わると、やさしく諭した。

「軍隊というところは、そういうものではないんだ」

しかし、稲川の言うことの方が筋が通っていると判断したのか、別に体罰を加えはしなかった。

班としても、今回の事件が表沙汰になると格好が悪いと判断したのか、事は内密にすまされた。稲川は、重営倉送りにならなくてすんだのであった。

この事件以来、稲川の名は一躍内務班に知れ渡った。上等兵たちも、「稲川という初年兵は、ズナイぞ。へたに手が出せない……」と、稲川に一目置くようになった。ズナイというのは東北の方言で、根性がきつい、という意味であった。

ほとんどの初年兵が、上等兵から手のかわりにスリッパで殴られたが、稲川だけはその後、軍隊生活の間、一度も殴られることがなかった。

稲川たちは、会津若松の連隊を出発し、会津の白虎隊が自刃した飯盛山を越える。滝沢峠を通り、磐梯山のふもとに行き、そこで演習をおこなった。

稲川にとっては、磐梯山のふもとは、演習の場であると同時に、内務班で日頃のさばっているやつらを〝締める〟場所でもあった。

「河島よ、ちょっくら下の笹藪《やぶ》までつき合ってもらえねえか」

稲川は、演習の休み時間、古参兵の河島権太郎に声をかけた。河島は、大男であった。稲川は、二年兵になっていた。

「何の用だ」

河島が、顔を強張《こわば》らせた。

「用件は、二人だけのところで言うからよ」

稲川はやんわり言っていたが、眼は恐ろしい光を放っていた。

河島は、射すくまれたように下の笹藪に下りて行った。昭和十一年の一月下旬で、笹藪は枯れていた。

稲川は、河島を締める機会を狙っていた。内務班で締めると、すぐに噂が広まってしまう。演習の場所こそ、懲らしめるのに格好の場所であった。

河島は、飯盛り大将と呼ばれていた。軍隊での食事は、大きなアルミ一杯と決まっていた。麦飯三、白米七の割合であった。飯盛りは、当番制になっている。しかし、実際には飯を盛る者は決まっていた。上の者に言われて特定の者が飯を盛っていた。

座る場所は、決まっている。飯を盛る者は、上の者から言われているとおりに特定の者のアルミだけは山盛りにしておく。逆に平らの飯しか食べられない者も出てくる。その采配をふるっているのが、河島であった。河島のアルミは、いつも人の二倍もあろうかと思われるほどはみ出そうに飯が盛られていた。

稲川は、いつも腹を空《す》かしてつらそうな顔をしている初年兵を見ていて、河島に怒りをおぼえていた。まともに三度三度飯が食えなくてひもじい思いをした自分の子供のころと、初年兵を重ね合わせていた。

〈河島の野郎、締めてやる……〉

そのための機会を狙っていた。

軽いいじめ方をする者に対しては、稲川は別の手を使っていた。

締めてやろうという相手に、わざと銃剣術を申しこむ。銃剣術は、胸を突かれる。みんな嫌がっていた。稲川は、柔道で足腰を鍛えていた。実力三段の腕前であった。銃剣術の腕も師団で優勝したほどのものであった。相手に体当りして、床に叩きつけてやった。うんうん唸《うな》る相手の面《めん》まで取って痛めつけていた。

しかし、河島はその程度の締め方ではおさまらなかった。

稲川と河島は、笹藪のはるか下に下りた。霜《しも》が冬陽に溶け、枯れ笹が濡れている。二人の軍服がびっしょり濡れた。

稲川は、歩いてきた上の方をふり仰いだ。仲間の姿は見えない。稲川は、浅黒い精悍な顔に不敵な笑いを浮かべた。

「あんたは体がでかいから大飯が食いたいかもしれねえが、ひもじいのは、みんないっしょなんだ。おまえのやっていることをやめたらどうだ」

河島の顔が、ゆがんだ。

「なんのことを言われているのか、わからねえ……」

河島が、素っとぼけた。稲川の頭に、血がのぼった。

「わからなければ、わからせてやる！」

稲川の右脚が、太鼓腹を蹴りあげていた。

相手も、巨体である。腕力には自信があるらしく、稲川に摑《つか》みかかろうとした。その手を素早く取り、背負い投げを食わせた。笹の中に、地響きを立てるようにして倒れた。

稲川は、すかさず太鼓腹を蹴りつづけた。顔は、一切攻めなかった。傷になる。あとで、喧嘩をしたことがわかってしまう。表面的にはわからない腹や脛《すね》を蹴りつづけた。

河島は、眼を白黒させて許しを乞うた。

「い、稲川！　やめてくれ……」

「二度と、弱い者いじめはしねえな」

「し、しない……」

「約束するか」

「す、する……」

河島の顔は、恐怖に引きつっていた。稲川は、吐き捨てるように言った。

「やられてから謝るなら、はじめから謝れ！」

稲川は、軍服についた泥を払うと、笹藪を上って行った。


深夜、突然非常呼集の喇叭《らっぱ》が吹き鳴らされた。稲川は、兵舎でうとうとしかけたところであった。

〈何事か……〉

稲川は、跳び起きた。昭和十一年、二月二十六日の夜のことであった。外は大雪で、二階に届くくらい積もっていた。

全員、何事が起こったのか……とささやき合った。大雪の中を汽車に乗せられ、闇の中を東京に向かった。「東京に向かう」とだけは伝えられたが、何のために東京に向かうかは、伝えられなかった。一切秘密であった。

「帝都では、青年将校たちが蹶起《けっき》したそうだ……」
まわりでささやき声がつづいたが、稲川たちには、どのような事件かは皆目見当もつかなかった。

二十六日未明——東京では歩兵第一連隊、第三連隊、近衛歩兵第三連隊などの下士官兵一千四百人に、非常呼集がかけられた。各隊は、暗闇の中を雪を蹴たててそれぞれの目標に向かい営門を出た。

栗原安秀中尉ら率いる三百人は、午前五時すぎ、永田町の首相官邸を襲撃。警官四人を殺し、岡田啓介首相を射殺した。ところが、撃ち殺した相手は、岡田首相ではなく、秘書官の松尾伝蔵大佐であった。岡田首相は、女中部屋の押入れに難を避け、奇跡的に助かっていた。

百五十人は、四谷仲町の斎藤内大臣邸を襲った。物音に気づいて寝室から出てきた斎藤実に、機関銃四十七発を射ちこんだうえ、軍刀で斬り殺した。

三十人は、上荻窪の渡辺錠太郎教育総監私邸に侵入した。渡辺はピストルで応戦したが、弾丸が切れ、撃ち殺された。

百人は、赤坂表町の高橋是清《これきよ》蔵相私邸に乱入。「天誅《てんちゅう》!」と叫び、高橋にピストルを射ちこみ、軍刀で斬り殺した。

百五十人は、麹町三番町の鈴木貫太郎侍従長官邸に侵入、下士官がピストルで四発射ちこんだ。安藤輝三大尉は、軍刀で止《とど》めを刺そうとしたが、孝子夫人に泣きつかれ、止めた。鈴木は、奇跡的に一命をとりとめた。

湯河原の貸別荘にいた牧野伸顕を襲ったグループは、警備の警官との交戦に手こずり、目的を達せず、家屋に放火したのち逃走していた。

警視庁には、約四百名の一団が押しかけ、武力占拠に成功した。

朝日新聞社をはじめ、いくつかの新聞社に押しかけ、蹶起趣意書の紙面掲載を強要した。

それには、

《……いわゆる元老・重臣・軍閥・官僚等はこの国体破壊の元凶なり……ここに同愛同志、機を一にして蹶起し、奸賊《かんぞく》を誅滅して、大義を正し……》

とあった。

このようにして、叛乱軍は、二十六日午前中には官庁街一帯を占拠してしまった。

さらに叛乱軍は、川島義之陸相に迫り、天皇に国家改造の要求を上奏させた。

が、天皇は、川島陸相に対し、逆に叛乱軍の鎮圧を命じたのであった。いわゆる二・二六事件であった。

稲川たちが東京に到着した二十七日の夕刻は、東京もあたり一面雪景色であった。

ここではじめて、戒厳令が布《し》かれていること、叛乱軍が蹶起したこと、これからその叛乱軍を撃つことが、稲川たちに明らかにされた。

稲川には、叛乱軍が何のために蹶起したのか、深い事情はわからなかった。

翌二十八日朝、いっしょの部隊の一人が、稲川のそばでささやくように言った。

「蹶起した者たちの中には、おれたちといっしょの東北の貧しい家の出の者が多いとよ……冷害で大凶作に見舞われ、飯がまともに食えなくてよ……娘を身売りさせなくちゃあいけない家があいついでいる。それなのに、一部のお偉いさんたちは、銀飯《ぎんしゃり》をたらふく食べ、ふんぞり返っている。お偉いさんたちを撃ち、娘たちを身売りしなくてもすむような新しい世の中にする！　と蹶起したそうだ……」

その二年前の昭和九年十月には、東北地方はひどい冷害で、大凶作に見舞われた。秋から冬にかけ、娘の身売り、欠食児童、行き倒れ、自殺などがあいついでいた。

稲川の脳裏に、やはり雪の日の光景が昨日のことのようによみがえった。

稲川が、小学校五年生のときのことだ。冬休みに、福島県の叔母の家に帰っていた。

激しく雪の降る日、近所の十七、八歳になるお姉さんが、髭《ひげ》のはえた恐ろしそうなおじさんに連れられ、母親や父親と泣いて別れていた。

あとで聞くと、彼女を連れて行ったのは女衒《ぜげん》だという。彼女は、女郎屋に売られていったのである。

稲川は、そのお姉さんに二度ばかり近所の子供たちといっしょに遊んでもらったことがある。

女衒に連れられて行くお姉さんは、あかぎれのできた手で、しっかりと風呂敷包みを持っていた。涙声で、何度も振り返っては声をかけていた。

「おっかぁ……」

「おど……」

稲川の耳に、お姉さんの哀しい声がいまも聞こえてくるようであった。稲川は、あらためて涙ぐんでいた。

自分たちが米をつくりながら、白い飯は食うことができない。それどころか、娘たちがつぎつぎに身売りされていく……。

若い兵士たちが、血の叫びをこめて叛乱を起こしたというのだ。

〈そんな彼らを、どうしておれが撃てるのか……〉

稲川は、深い意味はわからなかったが、立場がちがえば、これから撃たねばならぬ若い兵士の中に自分がいることになったかもしれない、そう思っていた。

〈彼らを殺すのは、いやだ……〉
稲川は、あらためてそう思った。

二十九日に入り、曇空に、高々とアドバルーンが上がった。

《下士官・兵ニ告グ――
一、今カラデモ遅クナイカラ原隊へ帰レ
一、抵抗スル者ハ全部逆賊デアルカラ射殺スル
一、オ前達ノ父母兄弟ハ国賊トナルノデ皆泣イテオルゾ
二・二九　戒厳司令部》

稲川は、アドバルーンを見上げ、ほっと胸を撫でおろした。
〈これで、彼らも原隊へ復帰するだろう……〉
彼らと血を流し合わないですむ。
午後二時過ぎ、下士官と兵は、全員原隊に帰った、という情報が耳に入った。
〈よかった……〉

彼らの親や妹や弟たちの気持を考え、稲川は、心を熱くしていた。

稲川は、その翌三十日から首相官邸の警備に当った。岡田啓介首相と間違えられて殺された松尾大佐の血が、部屋の畳の上に固まって不気味な感じで残されていた。まだ拭かれていなかった。

稲川は、首相官邸につづいて代々木にある陸軍刑務所の警備に当った。

そこで、眼だけを出し、顔に白い布をかむせられた男に出会った。

いっしょに警備に当っていた仲間が、稲川の脇腹をつついた。

「おい、あれが相沢中佐だぞ」

相沢三郎中佐は、その前年の八月、統制派の中心人物であった陸軍省軍務局長永田鉄山中将を軍刀で斬り殺していた。この事件が皇道派青年将校を刺激し、二・二六事件となって爆発したわけである。相沢中佐は、二・二六事件の叛乱軍将校たちといっしょに陸軍刑務所に入れられていたわけである。

「稲川よ、相沢中佐は、面会に来ている奥さんに会いに行くらしいぞ」

稲川は、噂に聞いていた相沢中佐の背中に目をやりながら、体を熱くしていた。

〈男たちが、命を張って戦っている……〉

稲川には、これから世の中がどう揺れ動いていくのか、まったく見当がつかなかった。ただ、おれも、おれの道で中途半端な生き方だけはすまい。命を張って生きていこう……あらためてそう言いきかせた。

　稲川は、翌年の一月、二年の勤務を終え、会津若松第二十九連隊を除隊した。あまりに暴れすぎたため、ついに上等兵にはなれなかった。上等兵勤務で終わった。

4

「勝負」

　肩から腕にかけて昇り龍の入れ墨のあざやかな中盆《なかぼん》の、低いがよく通る声であった。十五畳ばかりの賭場に、緊迫した空気が流れる。

　稲川は、背筋をぴんとのばし、花札をあやつる中盆の指の動きを鋭い眼光で追いつづける。彼は、この夜五円持ってきたが負けがこんでいた。最後の五十銭銀貨を、アトサキのアトの方に張っていた。勝負に熱くなっていた。

　稲川が会津若松第二十九連隊を除隊し、堀井一家三代目の加藤伝太郎親分のもとに帰って六カ月後の昭和十二年七月の終わりのことであった。

賭場は閉めきられている。いつ警察のドサを食うかもしれない。障子を開けるわけにはいかない。暑さにうだっていた。三下どもが、団扇《うちわ》で客の背を扇《あお》ぐ。しかし、「勝負」の声が響くや、扇ぐ手もぴたりと止まっていた。

中盆が、花札を三枚ずつ慣れた手つきでさらりと開く。

サキが、菖蒲、梅、萩。アトが、藤、松、月。

中盆は、六枚の花札に眼を走らせる。感情をまったく表面にあらわさないで低い声を発する。

「サキ、四ツヤ。アト、三ズンと出ました」

サキの菖蒲が五月で五。梅が二月で二。萩が七月で七。五、二、七の合計で十四、十は無しとするから、結局四で四ツヤである。

アトは、藤が四月の四。松が一月の一、月が八月の八。四、一、八の合計で十三、十は無しとするから結局三で三ズンである。サキの四ツヤの方が、アトの三ズンより、カブの九に近い。

中盆が、アトに張られた賭金をサキにつける。稲川は、負けた悔しさに盆茣蓙《ぼんござ》を引っくり返したいほどの思いであった。

胴元である山本信治が、勝った賭金の中から五分をテラ（手数料）として取る。六枚の五十銭銀貨を、素焼に泥絵具を塗った宝珠の型をしたテラ箱に入れた。

稲川は、いっしょにいたずらにきた長井誠造に訊いた。

「ドモ誠、金は残ってるかい」

「あ、あにき、お、おれもいまの、ご、五十銭銀貨で、さ、最後だよ」

長井は、ひどくどもる男であった。堀井一家では、長井誠造のことを〝ドモ誠〟と呼んでいた。稲川より年はひとつ下で、稲川はドモ誠をかわいがっていた。

ドモ誠が言った。

「あ、あにき、お、おけらじゃしょうがない。こ、腰を上げますか」

向こうっ気の強い稲川は、このまま負けてすごすごと引き揚げるのが癪《しゃく》でたまらなかった。

ドモ誠は、さっさと座を立った。稲川は、そのまま座りつづけていた。

加藤伝太郎の代貸山本信治が縄張をあずかっている、横浜保土ケ谷の賭場であった。保土ケ谷の賭場は、堀井一家の中で最もテラが多かった。商店街の旦那衆を集め、毎晩のように常盆が開かれていた。当時は、いまのように娯楽は多くない。商店街の旦那衆が、夜ともなると楽しみに集まっていた。

山本は、加藤の代貸の中でも、親分の信頼がもっとも厚かった。堀井一家四代目の最有力候補といわれている。

加藤親分は、毎週一回、かならず保土ケ谷の賭場にテラ銭を集めにきていた。稲川が保土ケ谷の隣りの浅間町の出身であることと腕っぷしの強いことから、保土ケ谷への供《とも》は稲川と決まっていた。

加藤親分は、保土ケ谷の賭場に顔を出すと、テラを貯めてある宝珠のテラ箱を割った。中には、五十銭銀貨が六十枚、三十円近く入っている。一晩でテラが三十円近く貯まった。つまりは、宝珠のテラ箱ひとつが五十銭銀貨でびっしり一杯になった。一週間で七つ。親分は、七つの宝珠のテラ箱を割った。その中から、親分が四、縄張をあずかっている山本信治が六の割り合いで分けた。

しかし、今夜は稲川は加藤親分の供できたのではなかった。博打好きの稲川は、ドモ誠を連れ自分で張りにきたのであった。

胴元である山本信治に声をかけた。

「兄貴、三円ばかり貸してもらえませんか」

山本信治の頰《ほお》に刃傷のある顔が、一瞬赤黒く染まった。稲川はまだ若輩である。それなのに金を貸せとは、言語道断である。しかし、恐いもの知らずの稲川は、執拗《しつよう》に言った。

「三円、頼みますよ」

加藤親分の代貸である山本信治の子分である郷《ごう》三助が、山本の耳元でささやくように言った。

「親分、やつを始末しますぜ……」

山本信治も、吐き捨てるように言った。

「ほんとうにふざけた野郎だ……」

山本信治は、いまだに怒りがおさまらないという顔をしていた。頬の刃傷が、薄桃色に染まっている。怒ったときの癖である。

稲川に金を貸せといわれ、断わった。稲川は、恐ろしい眼でじろりと睨むとムッとして立ち去った。

「親分、いまからやつを追います」

郷三助の眼は、ぎらぎらと燃えていた。

〈今夜こそ、やつを始末する絶好の機会だ……〉

郷は、心の中でほくそ笑んでいた。

郷は、四年前に堀井一家の若い衆になった。稲川より一カ月遅いだけでほとんどいっしょであった。

稲川は、現役入隊し会津へ行った。その間郷は、博打の現場にドサをかけられ、二年の間に三度の懲役をつとめた。やくざの世界で、いわゆる〝男になった〟わけである。郷は、懲役から出てくるや得意満面であった。いっぱしの兄貴分になったつもりでいた。ところが、兵隊から帰ってきた稲川は、一カ月でも自分が先輩のつもりでいるから、「おい郷」と呼び捨てにする。

郷にとっては、てめえは兵隊に行ったんだが、おれは懲役で男になって帰ってきたんだ。兄貴分扱いをしろ……と思っていた。そのうえ、稲川には喧嘩の腕前にしろ、加藤親分からの目のかけられ方にしろ、とうていかないそうになかった。

〈いま始末しておかなければ、あとあとやつに頭を押さえつけられるようになってしまう……〉

そう信じ、稲川を始末する機会を狙っていた。いま、その絶好の機会が到来したのだ。稲川を始末する大義名分も立つ。

「親分、やつをいま始末しとかなきゃあ、堀井一家ものちのち大変なやつを抱えこんじまった……と困りはてることになりますぜ」

郷は、山本を煽《あお》った。

山本は、腕を組んだ。

「ひとりでは、やつを殺《や》るのは無理だろう」

「ドモ誠を連れて行きます」

郷の女房のあけみは、ドモ誠の実の姉であった。

「ドモ誠？　稲川は、やつの兄貴分だぜ。大丈夫か」

「ええ、やつは、わたしのいうことなら、なんだって聞きますから」

郷三助は、ドモ誠を説得して闇の中へ消えて行った。


稲川は、片瀬まで夜道を急いでいた。蔵王神社のそばの竹藪にさしかかったとき、背後に足音を聞いたように思った。ふり返った。

月のない夜だ。あたりは闇であった。かすかに虫の声が響くだけで、足音らしい音は聞こえなかった。藪蚊が、顔のまわりにうるさくつきまとう。そのせいで足音を聞いたように思ったのかもしれない。

稲川は、着流しの裾《すそ》をからげるようにしていっそう歩を速めた。

御堂のそばを通りすぎたとき、人が襲いかかってくる気配を感じた。あわててふり返った。

ドモ誠が、鉈《なた》をふりかざし、ふり下ろしてきた。一瞬、夢かと思った。日頃、あれほどかわいがっていた弟分が、自分を殺そうとしている！

〈ど、どうして、てめえが……〉

一喝しようとしたときには、鉈はふり下ろされていた。

稲川の脳天が割れた。ぐしゃっという音が、自分でも聞こえた。眼の前が、激しく揺れた。

「うッ……」

地面に、くずおれた。

脳天から、たらたらと血が滴《したた》る。脳味噌が流れ出ているのかもしれない。

稲川は、渾身《こんしん》の力をふりしぼって立ち上がった。ドモ誠を睨みすえた。ドモ誠も、返り血をあび、顔や胸や腕が朱に染まっていた。

稲川が恐ろしい眼で睨むと、

「う、うわッ！」

ドモ誠は恐怖におののく声をあげ、鉈を持ったまま後ずさりした。

そのとき、稲川の眼に郷三助の姿が入った。

〈郷、おまえが背後で……〉

稲川は、郷を睨みすえた。眼に血が入り、眼の前が見えなくなった。

郷が、叫んだ。

「ドモ誠、鉈をよこせ！」

郷は、ドモ誠から鉈を引ったくった。稲川の脳天めがけて、跳びあがるようにして、一撃を加えた。

「死ね！」

稲川は、無意識のうちに、利き手の右の手のひらで脳をかばっていた。鉈が、その上から振りおろされた。右の人差指が切れかけ、右耳に刃が流れた。右の耳が熱い。

〈てめえたちに、殺られてなるものか……〉

稲川はそれでもなお、郷に向かって行った。人差指のぶらぶらする右手で、郷の鉈をもぎ取った。

今度は自分で鉈を振りあげた。一歩二歩と前へ進んだ。稲川の血にまみれた形相は、まさに悪鬼《あっき》のようであった。

郷は、あまりの恐ろしさに顔面を引きつらせ、じりじりと後退した。

稲川は、なお一歩進んできた。

〈殺される！〉

郷は、身の毛のよだつ恐怖に声も出なかった。ドモ誠の逃げる足音がする。

郷も、三、四歩後ずさりすると、くるりと向きを変え、闇の中を転ぶようにして走り去った。

稲川も、気力でもったのはそれまでであった。鉈を持ったまま、ばったりと前に倒れた。

稲川の兄貴分である横山新次郎は、稲川の変わりはてた姿を見て、なかばあきらめかけていた。

〈こいつも、一巻の終わりだろう……〉

朝方、横山の自宅に血まみれの稲川が担ぎこまれた。

明け方、加藤親分から、保土ケ谷の山本信治のところに使いが出された。その使いの二人が、蔵王神社のそばで虫の息で倒れている稲川を見つけた。二人は横山の弟分であったことから、稲川を横山の自宅に担ぎこんだのであった。

〈これからじっくりと仕込めば、いい俠客《きようかく》になるだろうと目をかけていたのに……〉

横山は、十一歳年下の、恐いもの知らずの稲川がかわいくてたまらなくなっていた。このまま無鉄砲に突っ走れば、いつかはまわりから袋叩きにあって死ぬだろう。もし死なないで突っ走りつづければ、大変な大親分になるだろう、と読んでいた。ひそかに、稲川を鍛えるのを楽しみにしていた。

〈しかし、おれが思っていたより早く、殺られてしまった……〉

殺られたとなると、よけいに惜しい若者をなくした……という気持がつのってきた。万が一生き返る可能性があるかもしれぬ。

横山は、子分どもに命じた。

「知っている医者を、みんなかき集めてこい！　金に糸目はつけねえ！」

何人かの医者を連れてきたが、稲川の変わりはてた姿を見ると、みんな首を横にふった。

しかし、野方病院の院長だけは、言ってくれた。

「助かっても助からなくても、やるだけのことはやってみましょう」

稲川を、病院に運びこんだ。麻酔もしないで六十数針縫った。縫う途中で、稲川が「ううッ……」とうめき声をあげた。意識が回復したのである。

院長も、驚嘆した。

「この男は、不死身ですよ……」

それから二、三日後、見舞いにきていた横山は、いくらか落ち着いた稲川にしんみりと言った。

「強いものに油断はあっても、弱いものに油断はねえ……この言葉をよく肝《きも》に銘じておけよ」

稲川は、心の中で繰り返した。

〈強いものに油断はあっても、弱いものに油断はない……〉

横山は、説明をつづけた。

「弱いものはよ、面と向かっちゃ強いものにかなわねえ。騙《だま》し討ちでも、飛び道具でも持ってきて襲いかかる。強いものは、つい強いという慢心ゆえに油断をする……」

この言葉は、稲川の胸に沁みた。のちのち、何度このときの横山の言葉が思い返され、役立ったかしれない。

稲川が意識を回復した、という噂を耳にすると、稲川の脳天に鉈をふり上げた郷三助の弟分三人が、刺客として病室に入りこんできた。三人とも、着流しの胸に手を入れている。ドスを吞《の》んでいるらしい。ただならぬ雰囲気であった。

稲川につきそっていた横山が、三人を射るように見た。

「おい、ここをどこだと思ってるんだ！　病人が静かに寝てるんだ。そのへんでちょろちょろするんじゃねえ」

横山は、病室から外へ出た。三人も、気圧《けお》されたように後ずさりし、病院から外へ出た。

横山は、五尺足らずの小男であったが、まわりの者を縮みあがらせるような威圧感があった。

横山は、着流しの胸に手を入れた。

「そんなに殺りたけりゃあ、おれを殺ってから、稲川を殺れ！　おれが相手だ」

横山は、晒《さらし》に突っこんであるドスの柄に手をかけた。腰を据えた。三人を射すくめた。

三人とも、横山の気迫に圧倒されたらしい。苦々しそうな顔をして黙って引き揚げていった。

ベッドに寝ている稲川には、病室の外の気配でやりとりは理解できた。横山が病室に帰ってきた。横山の眼と、稲川の眼が合った。横山は、何も言わなかった。

二百二十日《はつか》――激しい暴風雨の夜であった。時折、稲妻が光り、地が裂けたような轟音《ごうおん》が響き渡る。

稲川は、病室の窓から裏庭に飛び降りた。藪枯らしの陰に身を潜め、あたりの様子をうかがった。誰にも気づかれた気配はない。着流し姿であった。頭には包帯を巻いたままであった。

右手には、長ドスを持っていた。

病院の塀にのぼるや、外の道に飛び降りた。

稲川は、保土ケ谷の郷三助の家に走るつもりであった。殴りこみをかけるのにいい夜を狙っていた。まだ時折意識が朦朧とする日があったが、自分の体などかまってはいられなかった。復讐《ふくしゅう》が先であった。悔しくて居ても立ってもいられなかった。

ドモ誠は、稲川が生き返ったと知るや、恐ろしさに押入れに隠れて震えあがっているという噂が耳に入ってきていた。

稲川は、まず郷を刺し殺すつもりであった。もし山本信治が止めに入るようなら、山本も刺し殺してもいい。そう胆《はら》に決めていた。ドモ誠のような三下は、どうでもよかった。

小走りに進み、大きな欅の木の下に来たとき、ふいに声がかかった。

「稲川、待て」

ふり返ると、横山新次郎であった。

横山は、今夜あたり稲川が出かけるだろうとの察しがついていた。

稲川は、医者も驚くような回復をみせていた。横山が、稲川に金子《きんす》を持って立ち寄ったりしたときに、ベッドから起き上がり、腕をのばしたり、腰をひねったりしている。何げない体操のように見えるが、横山の眼には、その姿が異様な殺気をおびて映っていた。

〈近いうち、復讐に行くつもりだな……〉

横山には、かわいい弟分の考えていることはたいていは察しがついていた。

横山は、自分なら荒れに荒れている今夜あたり殴りこみをかける。そう思い、そっと若い者に見張らせていた。横山は、若い者からの報告を聞くや、稲川が保土ケ谷に向かうときかならず通る場所で、先回りして待っていたのであった。

「兄貴……」

横山は、稲川に言った。

「どうしても、行くのか……」

稲川は、びしょ濡れになりながらうなずいた。復讐に全身の血が熱く滾《たぎ》っていた。なにものをもってしても冷めそうにはなかった。

「どうしてもおまえが行くというなら、おれも行く。おまえひとりでやるわけにはいかねえ」

稲川は、横山の眼を見た。鋭い光の底に、やさしさがあふれていた。

「なあ、稲川、我慢しろ……」

横山は、雨に濡れた稲川の肩を抱くようにして言った。

「殺そうとしたやつを殺るのは、わけはねえ。しかし、あんな下らないやつのために、おまえを長い懲役にやるのはしのびねえ……」

横山は、稲川の肩を強く摑んだ。

「殺るだけが、男の道じゃあねえ。我慢することも、男の道だ」

「兄貴……」

稲川は、横山新次郎の言う言葉をぐっと嚙《か》みしめ、こめかみを震わせながら聞いていた。

稲妻が光り、雷鳴がとどろいた。近くの森にでも落ちたらしい。

# 第2章　稲川売り出す

## 1

稲川は、真夏の炎天下の江ノ島を見回っていた。海水浴客でにぎわう浜辺には、屋台が軒をならべている。

稲川は着流し姿で江ノ島名物のさざえの壺焼屋をはじめ、おでん屋、甘酒屋、射的屋、氷屋……に鋭い眼を走らせていた。

昭和十三年の夏のことであった。

稲川の親分である堀井一家三代目の加藤伝太郎は、片瀬を本拠として、横浜、川崎の一部から東海道を平塚にかけて支配していた。その縄張である江ノ島に海水浴客があるときには、海水浴場でのもめごとの始末から、喧嘩の仲裁、浜辺の掃除まで、一切を引き受けていた。

突然、怒鳴り声が聞こえてきた。

「野郎、ふざけやがって……」

どうやら、四、五メートル先のおでん屋らしい。稲川は、声のする方に走った。

「おい、じじい。てめえのところは芥子《からし》だけじゃなく、髪の毛までつけて売るのかよ！」

「す、すみません」

「すみませんですむと思っているのか！」

「別に、悪気があってやったわけでは……」

老夫婦でやっているおでんの屋台であった。

稲川は、素早く因縁《いんねん》をつけている男たちの人数を計算した。三人いる。三人とも、背中に入れ墨を入れている。

「よう、じじい、おれたちをなめるのか……」

もろ肌をぬぎ、背中の入れ墨をこれみよがしに見せながらからんでいた。チンケな天狗の面の入れ墨である。因縁をつけて、飲み代を払わないで逃げようとしている。よくある手であった。おそらく、加藤伝太郎の縄張と知らないで意気がっているところを見ると、どこかの流れ者らしい。

三人と人数は多いが、相手は酔っている。

天狗の面の男が、立ち上がった。いっそう居丈高《いたけだか》になった。

「どう落とし前をつけるつもりなんだよ。え！」

老夫婦は、おたがいに顔を見合わせ、おろおろしている。

〈わずかの飲み代を踏み倒すために、てめえのおふくろやおやじのような年のものを、いじめやがって……〉

稲川は、怒りがこみあげてきた。三人をどういう順序で片づけるか、頭の中で、とっさに計った。

飛びかかっていこうとした。次の瞬間、ふと金縛りにあったように体が動かなくなった。

「稲川、待て……」

耳の底で、兄貴分の横山新次郎の声が聞こえてきたように思われた。

昨年の二百二十日の嵐の夜の横山の言葉が思い出された。

稲川は、長ドスを持って保土ケ谷の病院からぬけ出して、闇討ちをかけた郷三助たちを血祭りにあげるつもりであった。その稲川を途中で待ちかまえていた横山新次郎が、血気にはやる稲川を引き止めた。

「殺るだけが、男の道じゃあねえ。我慢することも、男の道だ」

稲川は、そのときの言葉をあらためて思い出し、はやる気持をぐっと抑えた。

〈兄貴……〉

三人を締めるのは、むずかしいことではない。しかし、屋台が壊れるかもしれない。まわりの海水浴客を巻きぞえにするかもしれない。あとで、稲川たちの目の届かないとき、老夫婦が仕返しをされ、屋台をひっくり返されることになるかもしれない……。

稲川は、腹を据えた。

三人の背後に回った。

「みなさん、あっしに免じて、おじいさんとおばあさんを、かんべんしてやって下さい」

三人が、そろって稲川の方をふり向いた。

「何だ、てめえ……」

因縁をつけていた天狗の入れ墨の男が、酔いに血走った眼を剝いた。

別の一人が、薄気味悪い笑いを浮かべた。

「おもしれえじゃねえか」

あとの二人も、立ち上がった。

「若いの、謝るんなら、土下座して謝りな」

稲川は、怒りにむらむらしていた。

〈こちらが大人しく出りゃ、つけ上がりやがって……〉

しかし、いまは我慢するしかない。

稲川は、砂浜に膝をついた。陽に焼けた砂が、熱い。

両手もついた。誇り高い稲川には、耐えがたいことであった。いまにも立ち上がり、三人の股間を蹴り上げたい気持であった。

「頭が、高えぞ！」

唾を飛ばしながらののしる。

稲川は、頭を下げた。

「このとおりです。かんべんしてやって下さい」

怒りを抑えに抑え、詫びた。

「若えの、詫び方を知らねえな。頭が砂についてねえじゃねえか」

いっせいに三人の笑い声が湧き起こった。

その光景を、屋台のそばで見つづけている女性がいた。切れ長の眼が美しい。ぬけるほど色の白い女性であった。年の頃は、十七、八か。彼女は、三人の暴れ者が因縁をつけるところから知っていた。はらはらする気持で、息をつめるようにして見つづけていた。

稲川は、砂に頭をつけた。額には、脂汗が滲《にじ》んでいる。焼けるように熱い砂が、額にこびりつく。

「若いの、もっと頭を下げるんだよ。こうしてな……」

一人が雪駄《せった》を履いた足で、稲川の頭をふんづけた。稲川の忍耐もそれまでであった。なにしろ、人一倍血の気が多い。

「ふざけるんじゃねえぞ！」

稲川は、啖呵《たんか》を切ると猛然と立ち上がった。

額に砂のこびりついた稲川の顔は、凄《すさ》まじい形相に変わっていた。文字どおり、鬼のような顔であった。

次の瞬間には、雪駄で頭をふんづけた男の股間を、力のかぎり蹴り上げていた。相手は、股間を押さえて砂浜にうずくまった。

天狗の入れ墨をした男が、飛びかかってきた。その右手を取って、思いきり背負い投げをくらわせた。そのとたん、宙を泳ぐ男の足が屋台に当った。屋台が半分くずれた。男は、砂の上に大の字になって叩きつけられた。

稲川は、残りの一人を睨みつけた。残りの一人は、稲川の殺気にみちた顔に、震えあがったらしい。背を向けると走り去った。

股間を蹴られてうずくまっていた男が、ようやく起き上がった。倒れている天狗の面の入れ墨男を引きずるようにして、逃げていった。

稲川の怒りの血はなお、滾っていた。

稲川は、怒りをけんめいに鎮めながら、屋台の老夫婦に声をかけた。

「おじいさん、屋台を壊しちまって、すまないね」

稲川は、そう言いながらへこ帯の間から銭を取り出した。稲川の父親は、五年前死んでいた。母親に、明日にでも送ろうとしていた銭であった。

「少ないが、これでかんべんしてもらえませんか」

老夫婦が、そろって手を振った。

「助けていただいて、そこまでしていただくつもりはありませんよ……」

稲川は、いくばくかの銭を屋台のじいさんの手に握らせ、すたすたと立ち去った。

屋台の陰で稲川の動きを見ていた女性は、稲川の後ろ姿に熱い眼差しを注ぎつづけた。

稲川にハンカチを渡し、顔の砂を拭《ぬぐ》うように言おうとした。しかし、稲川のあまりの殺気じみた雰囲気に、ハンカチをついに出しそびれてしまった。


その三日後、稲川は日課である江ノ島海岸の掃除を終え、浜辺に並ぶ売店にキャラメルを買いに行った。近所の子供にキャラメルを買ってやる約束をしていた。

平べったい、六角形の形をした、緑色の屋根のキャラメル売店があった。《バナナの味がする、ニイタカキャラメル》という看板が立てかけてある。当時、ニイタカは、森永、明治とならぶキャラメルメーカーであった。

「キャラメル一箱おくれ」

稲川は、十銭を出した。

「あら？」

三人いる売り子の一人が、突然声を出した。稲川を、きらきらとよく光る眼で、じっと見た。三日前の昼、屋台の陰で稲川の土下座する姿を見つづけていた女性であった。

彼女は、ニイタカキャラメルの宣伝ガールであった。いつもは、伊勢丹などの売場に出かけ、キャラメルの宣伝につとめていた。今年の夏は、七月の十日から江ノ島の浜辺に売り子としてやってきていた。青と白の縞《しま》の制服を着ていた。

稲川は、顔を見つめられ、どぎまぎしていた。喧嘩にはめっぽう強いが、女は苦手だった。二十三歳になるこの年まで、仲間と女郎を買ったことはあるが、女に惚《ほ》れたことはない。ちら、とその女を見た。ハッとした。

〈おふくろに、そっくりだ……〉

眼と眼が合った。稲川は、あわてて眼を伏せた。心臓がどきどきしはじめた。喧嘩では、どんなに強い相手と向かい合っても、心臓が激しく打つことはない。むしろ冷静になる。ところが、胸が熱くなり、心臓が高鳴る。生まれて初めてのことであった。

「ありがとうございます」

ういういしい、艶《つや》のある声を耳にすると、ますます恥ずかしくなる。

キャラメルを受け取るとき、彼女の手にふれた。やわらかい、熱い手であった。

稲川は、翌日から江ノ島の浜辺の掃除をすませると、ニイタカキャラメルの店に、毎日欠かさずキャラメルを買いに行った。稲川が目当てに通う売り子に、他の一人の売り子が、稲川のことを不思議がった。

「あのひと、変わってるわねえ。子供も連れないで、毎日キャラメル買いにきて……いい年をして、そんなにキャラメルが好きなのかしら……」

もう一人の売り子が、眼を輝かせて言った。

「きっとあのひと、一二三ちゃんに気があるのよ……」

一二三と呼ばれた女は、顔を赤らめた。彼女は、一二三といった。十八歳であった。

八月の一日であった。

稲川は、この日の朝も、いつものように浜辺の掃除に出かけた。それを終えると、彼女に会いたくて、キャラメルの売店に向かった。

しかし、彼女の姿が見えない。稲川は、他の女の子に訊いた。

「いつもいる女性は、病気でもして休んでいるんでしょうか」

稲川は、そのとき初めて彼女が一二三という名であることを知った。江ノ島に来ている間は寮に入っていて、八月の一、二、三日の三日間は、実家の大森に中休みで帰る、と教えられた。

稲川は、片瀬江ノ島駅に急いだ。

彼女の姿は、見当らなかった。すでに大森に帰ったのかもしれない。稲川は、それでも彼女を待ちつづけた。

一時間たった。

稲川は、じりじりと焼け焦げるような広場に立ちつくしていた。二時間を過ぎ、ようやく彼女が姿をあらわした。稲川の胸が高鳴った。

一二三は、稲川を見て、驚いた顔をした。

稲川は、彼女の風呂敷包みを黙って持つと、ぶっきらぼうに言った。

「送ってやるよ」

稲川はキップを二枚買い、いっしょにホームに入った。

稲川は、電車が走り出しても、ひと言も口をきこうともしなかった。ぴんと背筋をのばし、眼の前をまっすぐに見たまま、黙りこくっていた。

一二三は、うれしかった。黙って隣りに座り、自分を守ってくれている。取っつきは悪そうだが、実《じつ》はありそうだ。

稲川は、この時は大森の駅の改札口まで送り、「気をつけてな」とひと言言っただけで別れた。

夏が終わった。彼女は江ノ島を引き揚げ、大森の実家に帰って行った。

稲川は、この時も、片瀬江ノ島の駅で一二三を待っていて、何も言わずに送っていった。

電車が大森につくと、今度は一二三といっしょに改札口を出た。夕陽が落ちかけていた。すでに赤蜻蛉《とんぼ》が舞っていた。

稲川が、そっと訊いた。

「どっちの道を通って帰ると、遠い……」

稲川は、一分でも一秒でも彼女といっしょにいたかった。

「近道も、遠い道も、いくらでもありますけど……」

「そのうちの、一番遠い道を歩こう」

二人は、ならんで歩きはじめた。稲川は、相変わらず押し黙ったままであった。彼女に、自分の気持を表現しようとするのだが、どう表現していいのかわからなかった。

しばらく歩き、意を決した。歩みを止め、彼女の眼をしっかりと見た。

「おれと……いっしょになってくれ」

稲川は、それだけ言うのに必死であった。

彼女の胸は熱くなった。いますぐにでもうなずきたかった。しかし、母親のことが頭に浮かんだ。

彼女の母親は、江戸時代から大森に八代もつづいた海苔《のり》屋に生まれた。一度結婚をしたが、夫と気性が合わず、一二三と彼女の弟を連れて離婚した。そののちは、大森で小料理屋を営みながら、女手ひとつで二人の子供を育てていた。彼女はいま、母親と二人で暮らしていた。

一二三は、稲川に言った。

「お母さん、女手ひとつで、苦労してわたしを育ててくれたのです。お母さんの許しを得なくては……」

一二三には、気にかかっていることがあった。

「お訊きしたいんです。あなたがどういう商売をしてらっしゃる方か、いまひとつわからないんです……」

稲川は、短い髪の毛をした頭をかいた。

しばらくためらった。

意を決すると、正直に言った。

「本当はおれ、博打うちだよ」

彼女には、博打うちと言われても、どのような職業か、はっきりとはわからなかった。ただ、人に聞かれると非常にきまりの悪い仕事らしい、ということは理解できた。

一二三は、稲川の眼をあらためて見返した。鋭い、何ものかに挑むような稲川の眼であった。

一二三は、自分に言いきかせた。

〈お母さんに、一日も早く会わせたい……〉

稲川は、秋も終わりころだというのに、額に汗を噴き出していた。

彼女の母親に初めて会い、お嬢さんを妻に欲しい、と申し入れたのであった。背筋をきちんとのばし、正座であった。縞の絣《かすり》の着物に、三尺のやわらかいへこ帯を締めていた。彼女の母親が、彼の職業を訊いたのであった。

「は、はい……そのォ……」

稲川の額には、ふつうの汗にまじり脂汗まで、滲みはじめた。

一二三も、母親には彼の職業だけは打ち明けていなかった。一二三は、そっと稲川の手にハンカチを握らせた。稲川は、そのハンカチで額の脂汗を拭った。拭っても拭っても、脂汗が滲んでくる。

　稲川は、苦しまぎれに答えた。

「自動車会社へ、勤めております」

「自動車会社って、どこの自動車会社ですか」

　母親は、探りを入れるように訊いてきた。

「日産自動車です」

　稲川は、日産自動車の名を出した。兄貴分の横山新次郎の住んでいる大船に、日産自動車の工場がある。当時、ダットサンをつくっていた。稲川の脳裏に、とっさにそのことがひらめいたのであった。

　一二三も、内心驚きながら、稲川に合わせてうなずいていた。

　母親は、満足したように言った。

「家督を継がせるこの子の弟がいるので、弟と相談して御返事したいと思います」

　稲川は、その夜大森の彼女の家から出ると、送ってきた彼女に不安そうに訊いた。

「あの雰囲気は、どうもおれが博打うちだということを勘づいたようだぞ……」

　一二三は、くすっと笑った。弾んだ声を出した。

「いえ、勘づいてはいませんでしたよ。あなたが外に出たとき、わたしにひと言、よさそうなひとじゃないか……と言ってたもの」

一二三は、稲川への恋の炎をいっそう激しく燃やしはじめていた。会社が休みである日曜日には、稲川に会うため、自分の方から大船に出かけて行くようになった。

大船に、稲川を子供のようにかわいがってくれている風呂屋があった。そこに一二三が遊びに行くと、その家の主人が電話で稲川と連絡をとり、稲川がかならず姿をあらわした。

昭和十三年の暮も押し迫った夜、一二三は大船の風呂屋に稲川に会いに行っていた。雪が、夕方から激しくなった。

稲川は、一二三を大船の駅まで送って行った。しかし、雪のため電車は止まって動かない。ひとまず、引き返すしかなかった。

稲川は、大船に古くからある旅館に一二三といっしょに泊ることにした。二人は、ひとつふとんに入った。

稲川は、眼を閉じた。やはり、同じふとんに一二三が寝ていると思うと、寝つかれなかった。

雪は、ますます激しくなるようであった。吹雪く音が、部屋の中にまで聞こえてくる。

一二三も、眠れなかった。何度も寝返りをうった。稲川への切ない思いでいっぱいであった。

何時間くらいたったであろうか。吹雪の音は、ますます激しくなってゆく。

一二三は、意を決して、稲川の胸元に顔を埋めた。たくましい、厚い胸であった。稲川の心臓の音が、はっきりと右耳に聞こえる。

「あなた、眠ってしまったの……」

稲川は、返事をしなかった。稲川の心は、外の吹雪のように激しく揺れ動いていた。

一二三の燃えるような肌の熱さが、夜着を通して稲川の腕に伝わってくる。

乳房の弾んだ感じも、はっきりとわかる。いまにも、彼女のういういしい体を激しく抱きしめたかった。

一二三は、稲川にしがみついた。

〈あなたに、どんなことがあっても、ついていく……〉

一二三は、心の中で叫んでいた。どんなことがあっても、引き返さない……そう決心していた。

「一二三……」

稲川も、思わず一二三を激しく抱きしめていた。

しかし、それ以上深く抱こうとはしなかった。一二三の体を、そっと押しもどした。

「おまえのお母さんに、正式な許しを得るまでは……おれの仁義だ」

若い稲川は、苦しんでいた……。

2

稲川は、挑みかかるような眼をして言った。

「おれがやったんです！　やった本人が言ってるんです。間違いありませんよ！」

横浜鶴見署の取調室であった。

「いくらそう言われても、信用できんな」

司法主任の半村寅造は、顔をそむけて熱い茶をすすった。聞く耳持たぬ、といった態度である。

昭和十四年一月十八日のことであった。取調室の中は、凍えるように寒い。

昨夜、関東の大博打狩りがおこなわれた。神奈川の警察本部の司法主任篠山敬之助が陣頭指揮をとっていた。稲川の兄貴分の横山新次郎が、その博打狩りにひっかかった。鶴見署に留置され、取り調べを受けていた。

稲川は、横山新次郎が朝方捕まったと聞くや、すぐに鶴見署に顔を出した。

〈兄貴を懲役に行かせてはならねえ……〉

こういうときこそ、兄貴分のために役に立つときだ。

稲川は、半村寅造が右の方に顔をそむければ、右の方に体を移して訴えた。

「横山新次郎は、昨夜は賭場にいなかったんです。いたのは、おれなんですよ！」

半村は、今度は左の方に顔を向けた。稲川は左側に体を移し、食ってかかった。

「本当にやっていない横山新次郎が留置されて、やったおれが娑婆にいるというのは、いったいどういうわけです！」

半村寅造は、のちに横浜検察庁小田原支部の副検事をつとめ、博打うちの本まで著わしている。博打うちの世界のことはすみずみまで知っていた。博徒にとっては、最も手強い敵であった。〝鬼の半寅〟と恐れられていた。稲川は、その〝半寅〟に食ってかかった。

半村は、正面に顔を向けた。食ってかかる稲川の眼をのぞきこんだ。多くの先輩たちを震えあがらせただけあり、眼光は恐ろしいほど鋭い。

「おまえのような三下を送りこんだって、しようがないよ」

稲川は、いっそう興奮してきた。

「冗談言ってもらっては困ります。おれがこうしてやった、とハッキリ言ってるんだから、間違いねえんです！」

「おまえは、行かなくていい」

「半村さん！」

稲川は、椅子から立ち上がった。取調机の横にまわり、半村の体を摑んだ。相手の耳のそばで叫んだ。

「やっていない者が中にいて、やったおれがこうして外にいるというのは、おかしいじゃないですか！」

稲川は、何としても引き下がる気はなかった。

「おまえ、そんなに懲役に行きたいのか……」

半村は、あらためて稲川の眼をじっと見た。一歩も退《ひ》かぬ、という燃えるような眼をしていた。若造ながら、男らしい顔をしていると思った。

「よし、そこまでおまえが突っぱるなら、望みどおり懲役に送ってやる」

稲川は、弾んだ気持で頭を下げていた。

「ありがとうございます」

稲川は、ホッとした。

〈これで、横山の兄貴が出られる……〉

稲川は、自分の気持を察してくれて、男になれるよう粋な取りはからいをしてくれた〝鬼の半寅〟にあらためて感謝していた。

さっそく横山新次郎は留置場から出された。かわりに、稲川が留置場に入ることになった。当時、賭博開帳なら六カ月か、重くても八カ月の懲役であった。まして稲川は、賭博開帳幇《ほう》助《じょ》であった。四カ月の刑ですんだ。

稲川は、真冬の二月一日、兄貴のために胸を張って横浜刑務所に入った。昭和十一年の五月から、横浜刑務所は神奈川県久良岐《くらき》郡日下村笹下字松本に移っていた。現在の横浜市港南区港南四の二十二の二である。

一二三に、母親のきよが食事をしながらぽつりと聞いた。

「このごろ、稲川さんの姿を見かけないねえ……」

「え⁉　ええ……」

一二三は、思わず御飯を飲みこみそうになった。

母親には、いまだ稲川が博徒であることは隠しつづけていた。日産自動車の社員ということにしてある。懲役に行っている、などなおさら打ち明けられない。

窓から射しこむ陽は、すっかり初夏の陽差しに変わっていた。稲川は二月一日に横浜刑務所に入っていたから、あと半月後の六月一日には出所してくる。この間、稲川はまったく一二三の家に顔を出せなかった。

母親は、不思議に思って訊いたのであった。

一二三は、あまりに突然に訊かれたので、胸がドキドキしていた。

「出張に行っているんです」

もっといい嘘はないかと思ったが、それ以上の嘘が思いつかない。

「そうかい、それにしても、長い出張もあるもんだねえ……」

「はい……稲川さん、今度責任の重い仕事について、出張も長くなると言ってましたから……」

母親は、お茶を飲みながら一二三の必死の抗弁を聞いていたが、どうも腑《ふ》に落ちなかった。

娘が、あの若者について隠していることがあることだけはうすうすわかっていた。どうやら、姿かたちと雰囲気からして、堅気の人間ではないように思われた。やくざかもしれない。

長い出張というのも、ひょっとしたら懲役に行っているのではあるまいか……。

しかし、娘があれほど惚れぬいているのだ。一二三の弟も、はっきりと言っていた。

「お姉さんがそれほど好きだというなら、いいじゃないですか」

いまさら稲川に惚れるな、と止めても、止まるまい。

「一二三や……」

母親は、一二三の眼の中をのぞきこむようにした。

一二三は、母親に隠しだてするのがつらく、母親の眼をまともに見ることができなかった。すぐに眼を伏せた。

母親は、しんみりした口調で言った。

「一二三、男と女が一番いいことをするのに、何も隠れてすることはないんだよ。きちんと道は道を踏んで、籍も入れ、堂々といっしょに生活すればいい」

一二三は、思わず胸が熱くなった。顔を上げ、母親を見た。涙にくもり、母親の顔がよく見えなかった。

「お母さん、あのひとといっしょになって、いいんですか……」

「ええ、わたしはいいと思ってますよ。あなたの弟も、姉さんが好きなら、それでいいじゃないか、と言っている」

「ありがとうございます……」

一二三は、畳の上に三つ指をつき、頭を下げた。

「弟に会わせたいから、稲川さんをうちに連れておいで……」

「ええ、すぐにでも……」

一二三はそこまで言いかけてハッとした。稲川の刑の終えるのは、まだ半月後である。

一二三は、あらためて言いなおした。

「六月のはじめに出張から帰ってくると聞いております。帰りしだい、すぐに呼びますので……」

母親は、娘の必死な言葉を聞きながら、胸を撫でおろしていた。

〈これほど惚れこんでいるなら、安心だ。たとえ彼が博打うちであっても、惚れて惚れて惚れぬけば、苦労も乗りこえられるはずだわ……〉

一二三の母親のきよは、得意の声を張り上げていた。

♪木曾のナー　ナカノリサン
木曾の御嶽さんはナンジャラホイ
夏でも寒い　ヨイヨイヨイ

稲川は、上座に背筋をぴんとのばして座っていた。紋付の羽織袴姿であった。神妙な顔つきをしていた。

隣りには、一二三が寄りそうように座っていた。付けさげ訪問着を着ている。二人の祝言であった。

大森の一二三の実家であった。二十人ばかり集めての、質素な祝言であった。

♪襦袢ナー　ナカノリサン
　襦袢仕立てて　ナンジャラホイ

一二三の母親の木曾節がつづく。

一二三は、母親の歌を聞きながら目頭を熱くしていた。

稲川が横浜刑務所から出て三日目、稲川と一二三の弟が、大森の家で会った。弟は、稲川とじっくり話し合ったすえ、

「姉を、よろしく頼みます」

と、頭を下げた。

弟が承知したことから、話はとんとん拍子に進んだ。昭和十四年八月十五日のこの日、祝言の運びとなったのであった。江ノ島の海岸で知り合って、まる一年たっていた。

稲川の隣りには、江ノ島でも有名な「二見館」の主人が座っていた。二人の仲人であった。

稲川は、加藤伝太郎の子分になったときから「二見館」の主人と知り合いになっていた。稲川は、主人にかわいがられていた。

稲川は、一二三といっしょになろう、と決めるや、主人に仲人になってもらうよう頼みに行ったのであった。稲川の羽織袴も、主人がつくってくれたものであった。

二十人ばかりの出席者のうち、ほとんどが一二三側の親戚ばかりであった。稲川の側からは、稲川と一二三が逢引きを重ねていた大船の風呂屋の主人と、稲川の母親と兄弟だけであった。

堀井一家からは、誰一人出席していない。一二三側の親戚には、あくまで稲川は堅気ということで通していた。兄貴分の横山新次郎さえ出席を控えていた。

稲川は、木曾節を歌う一二三の母親に感謝していた。おそらく、自分が博打うちであることは、途中で気づいたはずである。しかし、それ以上訊きもせず、一二三の弟が認めると、すぐに祝言をあげようと、言ってくれた。

「わたしの目の黒いうちは、あなたたちの間のいやな話を、わたしの耳に入れないようにしておくれね」

ひと言、そう言っただけである。

一二三の親戚の、気のよさそうな、赤ら顔の四十年配の男が稲川に酌にきた。

「一二三ちゃんを、よろしく頼みますね」

稲川は、酒は飲めないが盃を口に運んだ。

「稲川さんは、日産自動車にお勤めらしいけど、自動車の景気はこれからどうですか……」

稲川は、思わず噎《む》せそうになり、懸命にこらえた。もともと酒が飲めないところに、もっとも苦手な質問を受けたのだ。

「そうですねえ……」

うろたえる稲川に、一二三の弟が、すぐに助け舟を出してくれた。

「軍の需要で、忙しくなるそうですよ」

「そうですか。一二三ちゃんは、大舟に乗った気で旦那さんについていけばいいね。いや、よかった。うれしいねえ……」

稲川は、一二三の弟も自分の稼業について知っているな……と思った。一二三の母親同様、そのことをひと言も口に出さず、一二三との愛を見守ってくれている。

稲川は、飲めない酒をぐっと呷《あお》った。胸が熱くなった。酒のせいばかりではなかった。

〈一二三を、堅気の男以上に幸福にするよう頑張ってみせる……〉

一二三は、稲川の母親の前に行き、手をついた。

「お母さん、ふつつかものですが、よろしくお願いいたします。これから、稲川さんと二人、二人で親孝行していきます」

一二三は、稲川がひそかに母親に仕送りしつづけていたのを知っていた。ことあるごとに、母親のよろこびそうな旬のものも送っていた。彼女が稲川に惚れたのは、稲川の男らしい面だけではなかった。その裏に隠された、母親への優しい心遣いにも強く魅かれていた。

稲川の母親は、一二三の言葉に一二三の手を取り、眼を潤ませていた。

一二三は、あらためて言いきかせていた。

〈お母さん、二人でどんな苦労も耐えていきます……〉

祝言を終えると、二人は大船に借りた新居に入った。その夜、稲川は一二三を初めて抱いた。

3

稲川は二階の賭場にいて、はじめのうちは下の騒ぎにはまったく気がつかなかった。

その日の博打は、稲川の親分である片瀬の加藤伝太郎と、横浜の菊川町の上家鉄三郎という親分の乗り、つまり合同の開帳であった。

賭場には、客たちの他に、横山新次郎、出方男、つまり花札を配る中盆の仲代義助、それに稲川の三人がいた。

熱海の中心街である銀座通りにある「新花家」という旅館を借り切り、昼の一時から賭場を開いていた。

稲川が祝言をあげて三カ月後の十一月の中旬であった。海辺から肌寒い秋風が、磯の匂いを運んでくる。

夕方の四時過ぎ、旅館の玄関に三人の男があらわれた。三人とも、大男で、見るからに腕っぷしが強そうであった。やくざ者であることは、一目でわかる。

「こちらさんにうかがっている桜木のエイ坊に用がある。取りついでもらえませんか」

三人のうち最も兄貴分格の男が、丁寧に言った。

玄関番は、上家の親分のところの者であった。たしかに桜木のエイ坊と呼ばれる中畑英吉は、二階の賭場にいた。しかし、三人を賭場に上げると、盆の客に迷惑がかかりそうである。

「おたずねの方は、こちらにはおいでになりません」

「おれたちは、東京の関根組の者だ。今日、ここでエイ坊と会う約束になっている」

関根組は、戦後に東京で一大勢力を樹立するが、当時から東京で羽ぶりを利かせていた。

関根組は土建業でも名の知れた博徒であった。親分の関根賢は、大正中期に名を馳《は》せた土木業の談合屋である河井徳三郎の子分であった。談合の仕事で歩く河井親分の用心棒として、河井親分といっしょに全国を歩き回っていた。

関根組の勢力は、墨田区の向島を中心に、下谷から、平井、四ツ木、その他下町の広汎《こうはん》な地域にのびていた。その関根組最高幹部の藤田卯一郎は、のちに政治結社松葉会を結成し、一大勢力にのし上がっていく。

玄関にあらわれた三人は、副組長の木津政雄、〝コブマツ〟と呼ばれていた三下、殺人で七年の刑を受け、娑婆に出てきて間もない組員であった。玄関番は、言い張った。

「そう言われても、いないものはいないんですよ」

木津政雄は、むっとした。

〈ふざけやがって……〉

桜木のエイ坊は、東京の関根組の賭場で負けがこみ、関根組に金を借りていた。エイ坊は、手を合わせた。

〈近いうち、片瀬の加藤親分と、菊川町の上家さんの乗りのいたずらが熱海である。そのとき来てくれ。そこで払うから……〉

木津たちは、エイ坊の言葉を信じてきたのに、玄関払いを食わされた。天下の関根組を、なめやがって……。

〈しかし、こう丁寧に出られたんじゃ、これ以上押すわけにもいくめえ……〉

木津は、二人を連れていったん引き揚げ、近くの飲み屋で飲みはじめた。

そのうち、コブマツが木津を焚《た》きつけた。

「兄貴、あの玄関番め、嘘をついているんですぜ。きっとエイ坊のやつ、二階にいますぜ。居留守を使ってるんですよ」

木津は、酔いも手伝ってむらむらしてきた。

「よし、もう一度行こうぜ」

三人は、再び「新花家」に押しかけた。陽が暮れ、あたりは暗くなりかけていた。

三人は、木津を先頭に、玄関に入った。

「ごめんよ」と言うなり、二階目がけて駈け上がった。玄関番と言い合えば、また追い返されるに決まっている。

二階に駈け上がるや、賭場が見えた。盆に座っているエイ坊の姿が、彼らの眼に入った。

「ふざけやがって……やはり居留守を使ってやがったな……」

コブマツは、着流しの袖をたくしあげ、賭場に駈けこんだ。正面横に座っていたエイ坊の胸ぐらを摑み、食ってかかった。

「この野郎！　いねえふりはねえぜ！　この前の銭を払ったらどうだい！」

横山新次郎が、血相を変えて間に入った。

「ちょっと、待て！」

横山は、エイ坊の胸ぐらを摑んだコブマツの手を振り払った。コブマツの頬に、拳をぶちこんだ。コブマツの大きな体が、盆の上に転がった。花札が、飛び散った。

木津は、エイ坊のことについてみんなに筋道をたてて説明しようと思っていた。しかし、コブマツがそこまでやられれば、引っこみがつかなくなった。

木津は、まわりのものに言った。

「お楽しみ中のところを、申しわけありません。あっしは、関根組の木津政雄と申します……」

関根組と聞いて加藤伝太郎が、遮るように大声を張り上げた。

「おい、盆を上げろ！」

加藤は、二十人近い客に詫びた。

「みなさん、申しわけありません。博打は、今日のところは、これまでにさせていただきます」

客が、いっせいに立ち上がった。横山新次郎が、三人を睨みつけて言った。

「おまえさんたち、賭場を荒されたんじゃあ、生かして帰すわけにはいかねえ」

横山の手には、すでに日本刀が握られていた。柄に手がかかっていた。

賭場が、殺気立った。

木津は、懐に手を入れ、腰を落とした。あとの二人も同じように身構えた。

横山は、日本刀の鞘《さや》を払った。

稲川は、横山の前に躍り出た。兄貴に殺らせてはまずい。

木津は、すでに匕首を抜いてかまえていた、眼には、刃物のような殺気があった。

稲川は、素手で向かい合った。柔道は、実力三段の腕前である。自信はあった。

しかし、相手は天下の関根組の大幹部である。稲川の額に、じんわりと脂汗が滲んできた。

木津は、両手で匕首を握った。体ごとぶつかるように、稲川に襲いかかってきた。

4

匕首は、稲川の心臓めがけてまっすぐに突き進んできた。切っ先が、ぎらりと光った。

木津の体が、稲川に体当りした。

加藤伝太郎親分や、横山新次郎は、ひやりとした。

次の瞬間、稲川は、木津の匕首を持った右腕をとった。

「野郎！」

稲川は、そう叫ぶや、木津の腕を逆手にとっていた。

ボキッという鈍い音がした。木津の右腕の折れた音であった。

稲川は、間髪を入れず木津の体を二階の階段に押しやり、階段の下に向け叩きつけた。

稲川の右肩に、焼けるような痛みが走った。着流しの右肩から、鮮血が滴った。匕首で、一突きされていたようである。

稲川は、階段の下に倒れている木津に追い打ちをかけようとした。階段を駈け下りようとした。

そのとき、稲川の前に、両手を広げて相手の仲間が飛びこんできた。コブマツであった。

稲川は、コブマツの胸ぐらを摑んだ。

「どけ！」

稲川の拳のあたりまで、肩から流れる血に染まっていた。

しかし、コブマツは必死でかばう。一歩も退かぬ……という気迫に満ちていた。三下ながら、命がけである。その気持が、ひしひしと伝わってくる。

もし逆の立場で、横山新次郎の身に何かが起これば、稲川も命を張ってかばう。

いつもは歯止めのきかない稲川も、三下ながら命を投げ出して仁義に生きようとする、この若者に熱いものを感じた。

稲川は、背中を波打たせていた。

コブマツは、急いで階段を駈け下りた。木津に、「兄貴、兄貴……」と声をかけている。

木津は、さすがに売り出し中の男だけのことはある。腕を折られながらも、うめき声ひとつ立てない。

二階の座敷には、殴りこんできた三人のうちの一人の組員が倒れていた。加藤伝太郎と合同開帳した横浜の菊川町の上家鉄三郎親分の若い衆たちに、袋叩きにあっていた。

加藤親分が、横山新次郎に命じた。

「おい、関根組に電話を入れろ！　引き取りに来いってな」

横山は、帳場に下りて行った。

電話を借り、片瀬に電話を入れた。関根組の電話番号を調べさせた。

横山は、向島の関根組に電話を入れた。

「ちょっとばかり、間違いがあって、木津さんとあと二人を預かっている。熱海の『新花家』だ。引き取りに来てくれ」

その夜、「新花家」の二階で、横山新次郎と稲川の二人が関根組の者を待ちつづけていた。

横山新次郎は、日本刀を持っていた。稲川も、懐《ふところ》に匕首を呑んでいた。稲川は、木津に匕首で刺された右肩を、包帯で縛っていた。傷は疼《うず》きつづけた。

畳の上には、腕の折れた木津と、袋叩きにあった組員が転がっていた。

コブマツは、兄貴分の木津の折れた腕の介抱をしていた。手拭いを水に浸し、折れた部分に当てていた。

「新花家」の斜め前の「高村旅館」には、片瀬から急遽《きゆうきよ》呼び寄せた二十数人の若い衆が待機していた。もし関根組の者が大勢で押しかけて暴れはじめた場合、すぐに助っ人に来れる態勢になっていた。

夜の九時過ぎ、車に乗って関根組の者があらわれた。やがて階段を駈け上がってくる音がした。

横山が、稲川に声をかけた。

「油断するな」

稲川も、身構えた。

相手は、四人であった。

木津たちの姿を見て、三人が部屋に飛びこんだ。

「ひでえことしやがる……」

といきり立った。

兄貴分らしい男が、

「静かにしねえか」

凛とした声で言った。

「あたしは、関根組の山形正造です」

突っ立っている横山と稲川に向かって静かに挨拶した。

横山が、おれは堀井一家の横山新次郎だ、と名乗った。

「いきさつは、木津から聞いてくれ」

平然と言った。

しばらくして、山形が、

「いずれ日をあらためて、落とし前をつけさせてもらう」

横山が言った。

「いつでも、待ってるぜ」

瞬間、殺気がみなぎった。

ふり返った山形が、若い衆に言った。

「怪我人を、下ろせ」

片瀬の加藤伝太郎の家に、子分どもがつぎつぎに薪《まき》を運びこんだ。

横山が指図していた。

「おい、入口のあたりに、もっと高く積め！」

入口のあたりに、人の高さくらいに薪が積まれてゆく。「新花家」で木津の腕を折って三日後の夜であった。

横山は腕を組み、にんまりしていた。

関根組が、かならず押しかけてくる。おそらく、少なく見積っても百人は駈けつけるであろう。関根組の喧嘩のうまさには、定評があった。これまで関根組といざこざを起こして殺された者は、横山新次郎が知っているだけでも、二十人は下らなかった。関東の中でも、喧嘩のうまさでは、一、二を争っていた。

その関根組に歯向かったのである。これからが大変であった。こちらは、一家の者四十人に、助っ人を集めても、せいぜい五、六十人。関根組の二分の一であった。しかも、関根組は荒くれ者ぞろいであった。

そこで、横山は奇策を思いついた。天一坊と仇名《あだな》されるほど頭は切れる。

家の中に、人型《ひとがた》に薪を積み、外から見ると、いかにも人がいるように見せかけた。そうしておいて、家の中を空っぽにする。家のそばに大挙して隠れている。

関根組の者が、押しかけてくる。家の中には、煌々《こうこう》と明りがついている。家の中で待ちかまえているにちがいない。そう思いこみ、銃を撃ちこむ。そうしておいて、家の中にいっせいに殴りこんでくる……。

横山は、家の中に殴りこんだ関根組を、両側面から攻めかかる計画を立てていた。はさみ撃ちにすれば、袋の鼠《ねずみ》だ。相手が倍の百人であろうと、五十人で勝てる。

加藤親分は、横山の作戦に鬼瓦のような顔をゆがめて喜んだ。

薪を積み終わるや、横山が大きな声を張り上げた。

「よーし、明りをつけて、所定の場所に散れ！」

五尺足らずの小さな体のどこからこんな声が出るのか、と思われるほどの大声であった。

全員、暗闇の中に散った。手に猟銃を持った者もいる。戦闘のために、十数丁の猟銃などをかき集めていた。

稲川も、家のそばの庭木に身を隠し、興奮しながら思っていた。

〈今夜あたり、かならず攻めこんでくる……〉

さいわい、空には月も星もなかった。あたりは、深い闇に呑みこまれていた。

その頃、熱海にはぞくぞくと関根組の者が集結していた。

関根組の者の乗った車が、十数台熱海に乗りこんできた。一台に、四、五人乗れる。あとの者は、汽車で熱海駅までやってきた。

彼らは、熱海の「見晴荘」「湯の屋」「あけぼの荘」の三つの旅館のいずれかに吸いこまれていった。

ほとんどが喧嘩支度の姿であった。

それぞれの旅館で、おたがいに連絡を取り合った。総勢百数人いた。

関根組親分からの指令を、じりじりする思いで待っていた。

「かかれ」の命令が下されれば、百数人が、すぐに片瀬の加藤親分のところに攻めこむ手はずになっていた。熱海から片瀬まで、車で海岸ぞいの道を飛ばせば、一時間半もあれば着ける。

彼らは、四十丁を超える銃を用意していた。

地元の熱海警察署も、町の不穏な動きに調査をはじめていた。

そのころ、向島二丁目の関根組の本拠では、親分の関根賢が、腹の底からこみあげてくる怒りを抑えていた。

かわいい子分の木津政雄が腕を折られただけでなく、ほかの組員も袋叩きにあってしまった。

〈片瀬の田舎博徒が、いつでも待ってますと言いやがった……〉

もめごとの原因が当方の木津にあったことはわかる。しかし、このまま泣き寝入りすることは、関根の意地が許さなかった。

明日の朝にでも熱海に電話を入れ、片瀬に突入する指令をあたえようと腹を決めた。

高木組組長高木康太は、同じころ、腕を組み、深刻な顔つきをしていた。

「本当か……」

思わず子分に訊いた。

「間違いありません。関根組はすでに準備万端を整え、いつでも出動できる態勢です」

高木は、自分でも顔から血の気が引いていくのがわかった。

〈どうして、約束を守ってくれんのだ……〉

高木は、今回の事件で関根組と堀井一家の仲裁に入っていた。

高木は、横浜の出身で、人足上がりの博打うちであった。子分をまわりに集め、勢力をのばしていった。そのうち、横浜から出、蒲田に本拠を構えた。蒲田では縄張が小さすぎる、「男になれぬ」と、本格的に東京進出を考えた。

そこで、深川の洲崎《すさき》に本拠を構え一大勢力を誇っていた武部申策親分に、頼みこんだ。

「芝浦の埋立地で、野天博打のテラを取らせていただけませんでしょうか。わたし一代限りでようございます。倉持さんに頼んでいただけませんでしょうか」

倉持直吉は、住吉一家二代目で、芝浦の港湾を本拠にしていた。

武部は、さっそく倉持に話を持ちかけた。倉持は、

「おじさんに言われるなら、認めましょう」

と、海岸の埋立地でおこなう野天博打にかぎり、高木がテラを取ることを認めた。

高木は、芝浦を拠点として得るや、勢力を拡大していった。そのうち、関根組組長の関根賢と兄弟の盃を交わした。東京では、関根賢が、唯一の兄弟分であった。

今回の事件が起きたとたん、横浜の主な親分たちがさっそく寄り集まった。笹田照一、藤木幸太郎、鶴岡政次郎の三親分であった。

しかし、三人とも関根組とはまったく縁がなかった。

加藤伝太郎と深い縁があり、関根親分とも繋がりが深いとなると、高木しかいなかった。そこで、高木が仲裁に入るよう白羽の矢が立てられた。

高木は、仲裁に入ることを引き受けた。仲裁に入るのは、よほどの覚悟がいる。もし説得に失敗すれば、のちの騒動は、自分の組が一身に受けて立たなくてはならない。

高木は、前の夜、関根組の本拠に出かけ、三時間も話しこんだ。

「おたがいに、手ちがいから起きたことなんだ。悪気があってのことじゃないんだ。今回は、おれの顔に免じて、引き下がってくれないか」

関根は、はじめのうちは取付く島もなかった。が、高木の粘り強い説得に折れた。

「いいだろう。兄弟の顔を立てて、今回は我慢をしよう」

高木は、関根の手を握った。

「兄弟、すまない……」

手打ち式は、早い方がいい。二日後の昼にでも、と日取りまで決めた。場所も、高木に一任されていた。そのため、芝浦にある大きな待合「松杉館」に予約までとっていた。

〈それなのに……組をあげて殴りこみにかかるとは……〉

高木は、腸《はらわた》のねじ切れる思いがしていた。

さっそく子分たちに命じた。

「関根組の連中の動静を探れ！」

しばらくして、関根組の者が熱海に大挙して乗りこんでいる、という情報が入ってきた。

高木は、一時間前、笹田、藤木、鶴岡の横浜の三親分に電話を入れ、無事おさまった、あとは手打ちの式だけ、と連絡したばかりであった。彼らに合わせる顔がなかった。

〈おれの指を詰めるしか、道は残されていない……〉

高木は、覚悟を決めた。

翌朝八時すぎ、高木は向島の関根組本部に車を乗りつけた。

高木の血相を変えた顔を見て、関根は、一瞬顔を強張らせた。

「兄弟、まさか……」

高木は、震える声で言った。

「今日かぎり、兄弟の縁を切る！」

高木の浅黒い顔が、みるみる朱に染まっていった。

「喧嘩は、向こうに乗って解決する」

高木はそう言うなり、席を立った。

呼び止める声をふり切り、玄関に向かった。

高木は喧嘩の仲裁が不成立に終わったことについて、指を詰めて、一応身を退くことにした。


稲川は、一二三を大森の実家までわざわざ送って行った。

一二三は、眉を寄せ不安そうに訊いた。

「ね、何か、あったの……」

稲川はこれまであまり着たことのないジャンパーにニッカーボッカー姿であった。一二三は、よけいに不安であった。しかも、急に実家へ帰っていろ、という。夫の身辺に異変が起きたことはわかっていた。それが何なのかは、わからない。やくざ者と結婚したからには、いつ何が起こるかわからない。何事にも堪えるつもりであった。しかし、今回は不吉な思いがしていた。

〈このひと、このまま二度と帰ってこないのでは……〉

ふと、そういう思いがしていた。実家に帰っていろ、というのも尋常ではない。

稲川は、一二三の顔に、あらためてジッと眼をそそいだ。

〈一二三……これが見おさめかもしれねえな……〉

稲川は、内ポケットに拳銃を隠し持っていた。着物では、隠しようがない。そのため、それまでほとんど着たことのないジャンパーを着ていたのであった。

関根親分を殺りにいくのであった。昼、加藤親分のところに、仲裁に入った芝浦の高木親分が指を詰めた、という知らせが入った。

加藤親分は、全員を集め檄《げき》を飛ばした。

「いよいよ、関根組との全面戦争に入った。相手にとって不足はねえ。みんな死ぬ気で戦え！」

稲川は、今回の事件の責任者である。このまま全面戦争に入る前に、関根親分の命を取ろう、と決めた。

横山新次郎に決心を話した。横山は黙ってうなずいた。稲川についていく二人の若者と拳銃を用意してくれた。

横山新次郎は、さらりと言った。

「稲川よ、男になるときがきた。あとのことは、引き受けた」

稲川には、不思議と悲壮感はなかった。

「今夜、向島へ発ちます。関根親分の出入りする場所に待ち伏せ、狙い撃ちするつもりです」

稲川は、そのため、生まれて初めて持つ拳銃を内ポケットにしのばせていた。

稲川は、一二三の肩に手を置いた。

浜から潮風が吹き上げてくる。一二三の黒い髪が乱れる。

「一二三……」

あとは言葉に出せなかった。

関根を撃ち殺して懲役に行くか、失敗して逆に殺されるか。二つに一つしか道は残されていない。稲川は、そう覚悟していた。

やくざの行く道は、赤い着物か、白い着物か……の心境であった。

昭和二十二年まで、刑務所での舎房着は、赤い色であった。つまり、懲役に行って赤い着物を着るか、殺されて白い経帷子《きようかたびら》を着るか、という意味である。

稲川は、いま一度、一二三の美しい澄んだ眼を見た。

「…………」

言葉が出なかった。うしろを向こうとしたとき、一二三が震える声で言った。

「あなた、子供が……」

稲川は、ハッとした。

一二三は、稲川を燃えるような眼で見た。

「…………」

稲川は、次の言葉が出なかった。どう言っていいのか、自分でもわからなかった。

「そうか……」

その子の顔を見ることができるのだろうか……稲川の胸に、熱いものがこみあげてきた。

しかし、その前に片をつけなければならぬ仕事が待っていた。

「体に、気をつけてな……」

稲川はそれだけ言うと、一二三に背を向けた。片瀬江ノ島駅に、関根をともに狙いに行く
二人の子分を待たせていた。

5

稲川の眼は、獲物を狙う虎のように、薄闇の中で爛々と燃えていた。

稲川は舎弟分の井原高志を連れ、浅草界隈を関根組の親分を捜し歩いていた。秋の夜風が、めっぽう身に沁みる。

二人とも、ジャンパー姿であった。ジャンパーの内ポケットには、それぞれ拳銃を隠し持っていた。拳銃は、重い。拳銃を入れた左胸が、下がる。歩きながら、人に気づかれないように、時々下がった拳銃を、ジャンパーの上からそっと押し上げた。

関根組の縄張は、向島を中心に下谷から平井、四ツ木、その他浅草もふくむ下町の広汎な地域にのびていた。

稲川たちは、向島を中心に、敵の縄張の中を関根親分を捜しつづけていた。関根組の者に堀井一家の者とわかれば、殺される。とくに、稲川の面は相手側に割れていた。

片瀬を出るときは、下はニッカーボッカー姿であった。しかしいまは、敵に勘づかれないため、ふつうのズボンにはきかえていた。

稲川は、そばを車が通れば、車の中をのぞきこむようにして見た。関根親分が乗っているかもしれない。もしどこででも見つければ、すぐに狙い撃ちするつもりであった。

「兄貴、関根親分は、戦争の真っ最中には、いくら自分の縄張とはいえ、このあたりをうろつくことはねえんじゃないですかい」

稲川は、むっつりと押し黙ったまま眼だけ光らせていた。

稲川の眼には、関根親分の顔が焼きついていた。片瀬を出るとき、兄貴分の横山新次郎から関根の顔写真を見せられていた。談合屋である河合徳三郎のパーティで撮った写真である。眉の太い、どっしりした鼻の、見るからに剛毅な顔をしていた。関東で一、二を争う喧嘩の強い組の組長にふさわしい、荒々しさであった。

稲川は、写真で見た男の顔を見つけ出そうと必死であった。容易に見つけ出せないことは、はじめからわかっていた。

しかし、万が一の可能性に賭けていた。そのときは、命を捨てても確実に撃ち殺すつもりであった。殺気に、全身の血が騒ぎ滾っていた。

いま一人の舎弟佐山信介には、向島二丁目の関根組の本拠の周辺を探らせていた。

「兄貴、そろそろ信介との待ち合わせの時間ですぜ」

稲川は、横山新次郎から借りた懐中時計を見た。八時五十六分であった。夜の九時に、浅草の観音様裏で待ち合わせることにしていた。

稲川は、信介の赤ら顔を脳裏に浮かべ、不安な思いにかられていた。

〈信介のやつ、おっちょこちょいだから、へたな動きをしすぎて、殺られてなけりゃいいが……〉

映画館の並んでいる浅草六区を足早に通った。夜の九時だというのに、昼間のような明るさとにぎわいであった。

長谷川一夫、李香蘭（現在の山口淑子）主演の『支那の夜』の看板が、眼に飛びこんできた。「支那の夜」の主題歌が流れている。『西住戦車長伝』という看板もある。

稲川は、若い男女連れや夫婦者の多い人混みをかきわけた。ふと、子供をみごもっているという一二三の顔が脳裏に浮かんだ。が、すぐにふり払った。稲川は、拳銃を落とさないように、ジャンパーの上から左胸を押さえながら急いだ。

あらためて、まわりの堅気の者たちとはちがう世界に生きている……という思いが胸に沁みた。

浅草観音の裏へ行くと、嘘のように静かになった。

信介は、そばの木陰から躍り出てきた。

稲川は、ホッとして信介の肩に手を置いた。

「無事だったかい……」

「やつら、ものものしい警戒体制を敷いてますぜ」

信介が、興奮したように言った。

絣を着、わざわざ鳥打帽をかむった丁稚《でっち》の格好に変装し、関根組の本部のまわりを探ってきたのであった。

「やつら、鯉口《こいぐち》のはっぴに、地下足袋《じかたび》という喧嘩支度ですよ。本部のまわりにも、二十人近く見張りをつけていますぜ」

関根親分の命を狙うのは、想像以上に難しそうであった。稲川は、二人に命じた。

「関根のよく行く料亭がどこか、探り出せ！　料亭の出入りのときなら、隙《すき》がある。そこを狙うんだ」


武部申策は、白い毛の混じった眉をしかめるようにして言った。

「高木さん、今回は、大変な苦労だったな……」

洲崎の料亭「藤の家」の奥座敷であった。高木組組長の高木康太は、羽織袴姿で神妙な顔をして正座していた。左小指から手のひらにかけてはすかいに巻かれた白い包帯が、ひときわ目立った。

高木が関根組と堀井一家の仲裁に入ったが、話がつかず指を詰めて二日後の夜のことであった。

武部は、あらためて高木の包帯に眼をやった。高木の男としての無念さが、痛いほどわかった。高木の小指を〝死に指〟にしてはならぬ。

「高木さん、あんたの気持はおさまるまいが、わたしに、後のことは任せてもらえまいか。悪いようにはしない」

武部申策は、洲崎遊郭で全国に名を売っていた深川の洲崎を本拠とする、武部組の親分であった。

彼は、車曳きをしているとき、衆議院議員までした自由党の星亭《とおる》と知り合った。それが縁で、星の書生となった。ところが、星は、明治三十四年に剣客伊庭想太郎に刺殺された。そのあと、武部は深川洲崎の遊郭一帯をも縄張としていた博徒生井一家の四代目総長井上吉五郎の舎弟分となった。

彼は、生井一家の貸元として武部組を名乗り、急速に勢力をのばしていった。子分は、千人を超え、関東一と呼ばれるまでになっていった。

武部は、そのうち日本商工会議所会頭の郷誠之助から頼まれた。

「株主総会が荒れてしかたがない。何か、いい方法はないものか」

武部は、郷の頼みなら、ときっぱり引き受けた。

「いいでしょう。やってみましょう」

さっそく総会に顔を出し、武部組の勢力を背景に、反対派や会社ゴロを押さえた。

このようにして、武部組は、博徒と総会屋両方の世界で幅をきかせていた。武部申策は、年齢も六十七歳となり、関東の大長老としてますます風格をそなえてきた。

高木康太が指まで詰めた、との話を聞き、武部申策は、このまま放っておくわけにはいくまい、そう判断し、乗り出したのであった。

高木は、恭《うやうや》しく頭を下げた。

「親分がそうおっしゃるなら、わたしは親分にお任せいたします……」

高木は、武部親分に深い恩義を感じていた。住吉一家二代目の倉持直吉の縄張である芝浦に出てくるとき、芝浦の埋立地で野天博打のテラを取らせてもらうよう倉持親分に口をきいてもらっていた。あとは、武部親分にすべてを任せよう、と決めた。

武部申策は、翌日の夜、同じ料亭に住吉一家二代目の倉持直吉と、生井一家七代目で銀座を縄張にしている篠原縫殿之助の二人を呼んだ。

倉持は、高木に自分の縄張である芝浦内で野天博打に限りテラを許してやったほど高木とは縁が深い。

篠原も、生井一家七代目で、新橋から銀座にかけての縄張を持っていた。〝銀座のライオン〟と呼ばれていた。生井一家の流れをくむ武部とは縁が深い。その武部が日頃目をかけている高木とも、繋がりは深いといえる。

武部は、二人の顔をあらためて見ながら言った。

「高木があいうことになってしまったあとだが、このまま黙って見すごしておくわけにもいくまい。どうだい、ひとつ仲裁の腰をあげてやってくれないか」

武部申策は、今回の喧嘩をまとめるには、二人しかいないと思っていた。二人とも、貫禄も十分である。

二人の親分とも、口をそろえるようにして返事をした。

「いいでしょう。やってみましょう」

武部親分からの、あえての頼みであった。


稲川は、向島の料亭「たちばな家」の門近くの電柱の陰に立っていた。糠雨《ぬかあめ》が降りつづいている。黒塀の向こうからは、三味線のにぎやかな音が聞こえてくる。稲川は、ジャンパーの胸に手を入れていた。爛々と燃える眼は、料亭の入口にそそがれていた。

この夜は、二人の舎弟はそばにはいなかった。彼一人であった。

二人は、それぞれ別の料亭の入口に張りこませていた。

稲川は、片瀬の横山新次郎と絶えず電話で連絡を取り合っていた。

関根が出入りする料亭は、容易には探しにくかった。横山新次郎は、東京の知り合いのやくざに頼み、浅草の料亭「鯉の滝」か、向島の「京の川」「たちばな家」の三軒が関根の行きつけで、中でも「たちばな家」に顔を出すことが最も多い、との情報を摑み、教えてくれた。

稲川は、関根親分を狙える可能性の高い「たちばな家」を張りこむことにした。舎弟の佐山を「京の川」に、井原は「鯉の滝」に配置した。

三人のうち、誰かが関根を射殺できる。

横山新次郎は、電話したとき緊迫した声で言った。

「東京の他の組の情報では、真偽はわからねえが、熱海に待機している関根組の若い衆たちのうち何人かが、片瀬にすでに潜入したとのことだ。やつらも、うちの親分の命を狙いにきている」

稲川は、よけいに殺気立っていた。

糠雨は、降りつづける。

稲川の焦りは濃くなっていた。東京に出てきてから、すでに四日もたつ。男をあげるときがきた、と熱い気持を抱きながらも、いっこうに相手が見つからない。

そのうち、料亭の前に白いぴかぴか光った車がとまった。

車から、羽織袴姿の恰幅《かっぷく》のいい男が降りてきた。写真で見た関根に、そっくりである。供を、一人連れている。稲川の全身の血が、興奮に滾った。ジャンパーの中に手をつっこんだ。拳銃を握った。糠雨の湿りのためか、銃把が異様に冷たい。

次の瞬間、待てよ……と思った。

相手の顔は、たしかに写真で見た関根とよく似ている。が、雰囲気がちがう。土建業を表看板にしている関根は、いつも背広を着ている。横山新次郎から、そう聞いていた。写真でも、背広を着ていた。しかし、いま眼にしている男は、羽織袴姿で、どこかやくざとはちがう。

〈おかしい……おれの眼が狂ってしまったのか……〉

関根親分の命を狙うことばかり考えているうち、誰を見ても、関根の顔に見えはじめたのか……。

稲川の焦りは、いっそう濃くなった。

雨脚が、しだいに激しくなっていく。

思い詰めているうち、

〈あッ！〉

と思った。

関根親分には、兄弟が二人いるということを耳にしたことがあった。兄はたしか政友会院外団の常任理事をしていたほどの大物であった。弟は完全な堅気で、裁判所につとめている、と聞いていた。

〈いま入っていったのは、兄貴の方にちがいねえ……〉

羽織袴という雰囲気からして、兄貴の方にちがいない。

〈兄貴が来たのなら、もしかして関根も来るかもしれねえ……〉

喧嘩の最中でも、兄弟なら会う可能性がある！　稲川の体は熱くなった。

関根親分の来るのを、待ちつづけた。

三十分、一時間、一時間半……と待った。その間、数台の車が到着した。そのたびに、今度こそ……と稲川は緊張したが、関根親分の姿はなかった。

糠雨が、ますます雨脚の激しい雨になってきた。

稲川の全身はびしょ濡れになっていた。雨を吸って、ジャンパーが重たい。しかし、胸中は灼《や》けるような興奮に昂《たか》ぶっている。寒さや冷たさを感じる余裕はなかった。

「兄貴……」

ふいに、背後からささやくような声がした。

稲川は、驚いてふり返った。信介が立っていた。向島の料亭「京の川」を張らせていたはずである。どうして持ち場を離れるんだ……稲川が怒ろうとすると、信介が言った。

「横山の兄貴に連絡を入れたところ、すぐに電話をくれ……ってことですぜ。すぐに帰れって……」

「なに……帰れって……」

稲川は、しかし慎重であった。

「信介、ここで見張りをつづけていろ！　関根が来るかもしれねえからな」

稲川は信介にこの場を離れないように固く命じると、近くの居酒屋に走った。

この時間でもやっている居酒屋を見つけて、入った。片瀬に電話をつないでもらった。

しばらく待つと、電話が通じた。横山新次郎の声が響いてきた。

「稲川……無事だったかい……御苦労だった。すぐに信介と高志を連れて引き揚げてこい」

「引き揚げろといったって、熱海には、やつらの兵隊は、まだいるんでしょう」

「やつらも、引き揚げはじめた」

「では、話し合いが……」

「ああ、武部の親分が、高木親分に口をきき、住吉一家の倉持親分と、銀座の篠原親分が仲裁に入った。これで、高木親分の指も、生きたよ……」

「わかりました……」

稲川は電話を終え、雨の中をまた飛び出した。

この五日間殺気に燃えつづけていた血は、容易に鎮まりそうになかった。

関根組と堀井一家の手打ち式は、芝浦の大きな待合「松杉館」の二階大広間で執りおこなわれた。

仲介は、篠原縫殿之助親分と倉持直吉親分の二人であった。

関根組からは、関根賢親分をはじめ、のちに政治結社松葉会を結成し、一大勢力にのし上がっていく最高幹部の藤田卯一郎ら十人が出席した。

堀井一家からも、加藤伝太郎親分をはじめ、保土ケ谷の山本信治ら幹部十人の同数が出席した。

両者の間には、衝立《ついたて》が置かれている。両者の顔は、おたがいに見えない。木津政雄、稲川の喧嘩の当事者は出席していない。

床の間の中央には、三ところに浪《なみ》の花が盛られている。その右に、白米、左に鰹節、浪の花の前には、背中合わせの鯛が置かれている。その前に、やはり背中合わせの刀がぶっちがいに供えてある。その上に、白扇が開かれて置かれている。戦いを押さえたという意味である。

秋の朝陽に、部屋は明るんでいる。

仲介人の篠原親分と倉持親分の間に座っている媒酌人が、凛とした声を張り上げた。

「このたびのできごとにつきましては、篠原縫殿之助さんと倉持直吉さんに、すべてを黒ぶたでお任せ下すったそうですが、それに相違ありませんか」

黒ぶたというのは、喧嘩の仲裁の内容のことは、世間に一切公開しない。いままでのことはなかったことにする、という意味である。

関根親分と、加藤親分が同時に声を放った。

「いかにも、相違ございません」

「それでは、衝立を引かしていただきます」

媒酌人はそう断わり、介添人に言い渡した。介添人は、仲介人である篠原親分の子分と、倉持親分の子分たちであった。

「衝立を、引きなさい」

介添人は、同時に立ち上がった。

二人が衝立の両側に立つと、同時に衝立に手をかけた。さっと下座に向かって取り払った。

関根親分と加藤伝太郎の眼が、はじめて合った。幹部たちの眼も、合った。

両者とも、無言で辞儀をした。

媒酌人の声が、響く。

「わたしから神前に御報告をいたします」

媒酌人は、神前まで進み出る。背中合わせになっている刀を、腹合わせに直して水引きでゆわえる。それを、元に納め、神前に報告した。

「関根組と堀井一家とのこのたびの件につきましては、仲介者倉持直吉さん、篠原縫殿之助さんお二方《ふたかた》に黒ぶたでお任せ下すって、これまでのいきがかりは、すべて芝浦の大海へ流し、これからは水魚《すいぎょ》の交わりを結ぶということになりました。このことを御報告いたし、これより式を執りおこなわせていただきます」

いよいよ、式がはじまった。

二人の介添人が、神前から供えものを下げてくる。

媒酌人が、二つの盃に神酒《みき》をつぐ。それをいっしょの三方《さんぽう》に乗せ、媒酌人が言った。

「ごいっしょに、口をつけていただきます」

関根親分と加藤親分が同時に手を出し、同時に盃に口をつけた。なかばまで飲んだ盃を、二人とも三方に返した。

媒酌人が、再び盃に神酒をそそぐ。

その盃を、おたがいに取りかえ、再び関根親分と加藤親分に渡した。

関根親分と同時に、加藤親分が盃に口をつけた。今度は、あますところなく飲み干さねばならない。

加藤親分は、ゆっくりと飲み干した。胸に熱く神酒が沁みてゆく。満足であった。

ここではじめて、背中合わせになっている鯛が腹合わせに直された。これまでは背中合わせであっても、これからはこのようにひとつ腹になろうという意味である。

天下の関根組を相手に戦い、手打ちとなったのである。

加藤親分は、稲川の顔を脳裏に浮かべていた。

〈稲川よ、おまえも男をあげたぜ……〉

心の中で稲川に声をかけていた。


この事件によって、堀井一家に稲川あり、と稲川の名は関東一円に知れ渡った。

昭和二十年の五月、米軍のB29が、東京を何度も空襲しはじめていた。

稲川は、一週間前から、御殿場線山北《やまきた》に勤労奉仕で駆り出されていた。

鶴岡親分が、軍から命じられた。

「博徒も、国のために役立たねばならぬ。鶴岡親分、あんたが責任者になって、ひとつ東海道の博徒を集めて勤労奉仕をさせてくれ。そのかわり、博打は大目にみる。ただし、飯場《はんば》では、喧嘩だけはしてくれるなよ」

京浜地区と東海道の博徒が、鶴岡親分の命令で勤労奉仕に出ることになった。山北に秘密工場を建設するのが目的であった。飛行機の秘密部品の製作をその工場でするらしかった。あるいは、参謀本部をそちらに移すという噂もあった。

一週間交代で、三十人ずつ博徒が山北に通った。

稲川も、若い者たちを連れ、山北に出かけた。

山北の飯場は、神奈川県足柄上郡山北町にあった。山北駅は、御殿場線の国府津《こうづ》駅と沼津駅の真ん中にあった。

駅を降りると、南側に酒匂《さかわ》川が流れていた。北には、高松山が緑色に萌えていた。そこから奥に二十分ばかり歩いたところに、飯場があった。

稲川は、若い者といっしょに泥だらけになってトロッコを押した。

小さい山を切り崩し、その泥を田んぼに運んだ。

山北で働きはじめて三日後、稲川が仕事をしていると、背後から怒鳴りつける声がした。

「おい、トロッコに入れる泥が少ねえ！　もっと入れろ！」

何事が起こったのか……と稲川は振り返った。

怒鳴ったのは、笹田照一の妹の亭主の桐原銀一郎であった。笹田照一は、鶴岡親分と兄弟分の横浜四親分の一人である。その親分を後ろ楯《うしだて》に持っていることで、桐原銀一郎は日頃から賭場でも威張っていた。

稲川は、この飯場に勤労奉仕に来たときから、荒くれが集まっているので、若い身内の者には、誰とのいさかいも固く禁じていた。しかし、仲間連中からは仕事もしないで威張っている桐原に対する不満がみちみちてきていた。

はちまき姿の稲川は、桐原銀一郎に啖呵を切った。

「ふざけるんじゃねえ！　てめえの足袋は、まっ白じゃねえか！　昼間からてめえだけ酒をくらってぶらぶらしやがって、てめえこそ、少しはトロッコに泥を入れたらどうだ！」

桐原銀一郎は、顔色を変えた。

「なに……もういっぺん言ってみろ！」

笹田照一を後ろ楯に持っているため、これまで誰にも食ってかかられたことなどない。荒い息をし、大きな体全体に怒りをあらわしていた。

稲川は、桐原銀一郎を睨みすえて言った。

「おお、何回でも言ってやる」

桐原には、若い衆がついている。その連中が、血相を変えて集まって来た。

稲川の若い衆も、無言でそれに対抗するように前に出てきた。

海岸の渋谷惣二が、稲川に叫んだ。

「稲川、桐原は半纏《はんてん》に鈍をくるんでいるぞ！」

桐原は、右手に半纏を持っていた。

桐原銀一郎の半纏が取り払われた。渋谷が指摘したとおり、半纏の中から鈍が出てきた。

陽の光に、ギラリと薄気味悪く光った。

稲川は、桐原が鈍をかまえるや、トロッコのそばに投げてあったスコップを握った。

二人は、鈍とスコップを握って睨みあった。

桐原銀一郎は、鈍をふりかざして稲川に襲いかかってきた。

鈍とスコップの鉄の部分のぶち当る音が、耳をつんざくように響いた。

次の瞬間、稲川はスコップで桐原に襲いかかった。

桐原は鈍をふりまわして応戦した。スコップと鈍がカチーンという音を立ててぶつかり合う瞬間、火花が散った。

桐原の鈍が、ものすごい勢いで飛んでいった。

桐原は、素手になった。

稲川は、スコップを捨てた。素手の桐原にスコップでかかっていくことはしなかった。

稲川は、桐原に飛びかかっていくと、桐原の胸ぐらを摑んだ。

「野郎！」

と叫ぶや、地面に叩きつけた。

一瞬の早業であった。

次の瞬間、桐原の子分ども七、八人が稲川を取り囲んだ。

稲川は、あらためて身構えた。

「おいみんな、待て！」

鶴岡親分の声であった。監督の意味もふくめて山北に来ていた鶴岡親分は、それまで黙って喧嘩を見ていたが、勝負が終わるや声を発したのであった。

「一騎打ちで勝負がついたんだ。見苦しい真似はするんじゃねえ！」

鶴岡親分の命令で、桐原の子分どもは、手を引いた。

鶴岡親分は、この事件以来、稲川を見どころのあるやつだ、と思った。

〈もしおれの若い衆にできるなら、ぜひほしい……〉

6

賭場は、活気づいていた。湯河原の「静山荘」二階には、三十人近い客がつめかけていた。外は冷え冷えとしているが、部屋の中は熱気にむんむんしていた。

「どっちも、どっちも」

感情を押し殺した中盆の声が響く。

暮も押し迫った昭和二十年の十二月の末であった。

昭和十八年に入り、日本軍はニューギニアのブナで玉砕、ギルワから撤退、ガダルカナル島からも撤退……と苦戦を強いられはじめていた。

決戦標語「撃ちてし止まむ」のポスターが、街々に貼られた。

博徒も、兵隊に行ったり、勤労奉仕に駆り出されて、博打どころではなくなった。十八、十九、二十年と敗戦までの三年間は、賭場は死んでいた。

しかし、八月十五日の敗戦をきっかけに、賭場は再び生き返った。三年間の空白を埋めるかのように、賭場は活気に燃えあがっていた。

湯河原は温泉場である。神奈川県と静岡県の境ということで、警察の眼も届きにくい。賭場はとくに活気づいていた。

「勝負!」

中盆の低いが凛とした声が響いた。

六枚の花札が、三枚ずつアトサキにさらりと開かれた。

勝負が決まった瞬間、森田祥生が舌打ちした。

サキは、桜、萩、菊のカブ。アトは、藤、菖蒲、牡丹《ぼたん》の五ス。森田は、アトに張っていた。負けである。

森田は、連れの長谷川春治を見た。長谷川も、アトに張っていた。おたがいに鋭い眼を見合わせるや、うなずき合った。二人とも、当時流行であったホームスパンのトップズボンスタイルであった。

二人は、同時に席を立った。

賭場を開帳している親分の座っているところに向かった。

森田が、親分の座布団に手をかけた。

「えらそうな顔をして、座布団に座っているこたあねえ!」

思いきり、座布団を引っ張った。

親分は、仰向けに転んだ。

「な、なにしやがるんでえ！」

あわてて起きながら、叫んだ。

賭場が殺気立った。

代貸らしい大男が、間に割って入った。着流しの袖をまくった。牡丹の入れ墨を彫りこんだ右腕をあらわにし、怒鳴った。

「愚連隊、表へ出ろ！」

長谷川が、浅黒い削《そ》げた頰にふてぶてしい笑いを浮かべた。

「上等だ！」

森田と長谷川は、代貸をはさむようにして階段を下りた。

暗闇の中へ出た。

代貸は、背後を振り返った。いつの間にか、二人だった愚連隊が増えていた。八人にもなっていた。

長谷川が、まわりの仲間に言った。

「おまえたちは、ここであとにくる野郎どもを、叩きのめせ！」

森田が言った。

「おい、こいつを山へ連れて行こうぜ」

長谷川と森田の二人は、代貸をはさむようにして、闇に呑まれている大観山に登って行った。

凍るように寒い風が、上の方から顔面めがけて襲いかかる。

少しばかり登ったところに、小さな地蔵があった。その前が広くなっている。

長谷川が、代貸の着物の胸元を摑んだ。

代貸の顔は、引きつっていた。

当時、ところによっては博徒より愚連隊の方が幅をきかせていた。なにしろ、命知らずの若者たちである。懐には、ドスを呑んでいる。親分も子分もない連中だから、仁義も義理もない。狂犬の群れのようなものであった。へたに逆らって嚙みつかれると、命を落としかねない。

長谷川たちは、一週間前から湯河原に流れてきていた。賭場という賭場を荒し回っていた。すでに悪名はとどろいていた。

森田が、懐から、ドスを取り出した。代貸の頰に、ぴたりと当てた。

「おれたちは、気が短けえんだ。黙って突っ立ってねえで、何か言ったらどうだい」

代貸の唇が、ぶるぶる震えている。

「賭場での威勢のいい啖呵は、どうしたんだよ」

森田は、ドスの刃を右頬の上に立てた。さっと横に引いた。代貸の頬から血が噴き出した。その瞬間、代貸は、「うッ」という声を出し、頬を押さえうずくまった。

代貸は、震え声で言った。

「ま、待ってくれ……」

長谷川が、そばから言った。

「じゃあ、どう落とし前をつけるんだ」

「わ、詫び料を出す」

代貸は、血のついた手で腹巻きから百円札を何枚か取り出した。

長谷川は、ふんだくるようにして百円札を摑んだ。

数えてみた。二十枚ばかりある。

「いいだろう。今日のところは大人しく帰してやる。文句があるならいつでも来い！　相手になってやる。『湯の屋』に泊っている」

代貸は頬を押さえ走るようにして山道を下って行った。

その翌日の夜、森田祥生や長谷川春治ら八人は、「湯の屋」の二階で車座になり、仲間同士で花札を引いていた。小遣いが入ったので、卓の上の徳利の数も増えていた。

若い彼らは、世の中に恐いものを知らなかった。おたがいに大正十五年生まれだから、敗戦のこの年には、十九歳の血気盛りであった。

長谷川は盃を呷り、にやりとした。

長谷川も森田も、千葉の九十九里、荒浜育ちであった。おたがいの小学校は違っていたが、道路ひとつ隔てたところに住んでいた。

二人とも、小さいときから暴れん坊であった。不思議とウマがあって、二人が喧嘩することはなかった。いつも二人が組んで、隣り町の餓鬼大将どもを殴りに出かけていた。

長谷川は、小学校を卒業すると、台湾に渡った。台湾で七つボタンに憧れ、予科練に入った。それから内地の奈良海軍航空隊飛行予科練習生として入隊した。

森田は、志願して千葉の柏の航空隊に入った。二人とも、国のために命を捨てることを覚悟していた。

ところが敗戦を迎え、二人は生きのびた。

長谷川は郷里に引き揚げた。おなじように郷里に帰った森田と再会した。

一度お国のために死ぬと決めていた森田も長谷川も、これからどう生きていけばいいのか、皆目見当がつかなかった。虚脱感の中で、若い血だけは燃え滾っていた。

二人は、茂原《もばら》から千葉へ、千葉からよりにぎやかな都会へと若さにまかせて流れて行った。

ついには、浅草まで出た。

当時の浅草は、池袋、新宿の盛り場といっしょで、博徒より、愚連隊、テキヤが幅をきかせていた。

戦前は縄張りが一定していた。ところが、敗戦を境に一変した。空襲のため、都市の家屋は焼け、空地ができた。インフレ、食糧難が起こり、闇市ができた。そのため、戦後派のテキヤが出現し、活況を呈していた。

長谷川、森田の二人は、浅草で拳闘を習った。「革新拳闘倶楽部」に所属した。いわゆる四回戦ボーイであった。

力いっぱい戦った。どこにどう向けていいかわからぬ若い激情を、拳闘の中で思いっきり爆発させた。

リングの上で、眼が切れ、鼻血が噴き出た。そのような修羅の中に浸っていることで、やり場のない憤懣《ふんまん》をかろうじて鎮めることができた。

しかし、それも長い期間ではなかった。

十二月に入り、二人は、また旅に出たくなった。

湯河原に、同じ千葉の一宮出身の鶴岡政次郎親分がよく顔を出していると聞いていた。

鶴岡政次郎は、横浜一帯を縄張とする綱島一家の親分であった。

通称〝ニッケルの政〟と呼ばれていた。若いころ神戸にいたことがあり、そのころ、木のかわりにいつでも武器にかわるニッケルのステッキをついて歩いたところから、そう呼ばれていた。笹田照一、藤木幸太郎、加藤伝太郎とならぶ横浜四親分の一人であった。

しかも、鶴岡親分の愛人が湯河原にいて、彼女も千葉の出身であった。長谷川、森田の遊び友だちのおばさんに当っていた。

二人は、浅草で知り合った予科練崩れの愚連隊六人を連れ、湯河原に乗りこんだのであった。

うしろに鶴岡親分が控えていると思うと、いっそう強気になり、暴れまくっていたわけである。

夜がふけてきた。

仲間の一人が、呂律《ろれつ》のまわらなくなった舌で言った。

「おい、ちょっくらまた賭場を荒しに出かけてくるか」

そのとき、階段を勢いよく駈け上がってくる音がした。

仲間の一人が、怒鳴った。

「うるせえぞ！　夜ふけにもっと静かに歩かねえか」

次の瞬間、部屋の障子が大きな音を立て、蹴とばされた。八人は、何事が起こったのか、と蹴とばされた障子の方に酔いに血走った眼を向けた。

障子を蹴とばして乗りこんできた男は、頭にはちまきをし、浴衣の尻をまくっていた。荒い息をしている。

なにより、その男の形相に、八人は、度肝《どぎも》をぬかれた。

文字どおり、鬼のような顔をしていた。太い眉は、つり上がっている。眼は、ぎらぎらと殺気じみて燃えている。八人の顔を、ひとりひとり射るように睨みすえた。

太い右の手には、日本刀が握られていた。すでに鞘は払われ、ぎらりと光っている。

稲川であった。

あとにつづいて上がってくる気配はなかった。八人の中に、一人で乗りこんできたのであった。

八人のうちの一人が身を起こし、中腰にかまえた。愚連隊仁義をきろうとした。

稲川が、一喝した。

「仁義もへちまもねえ！　表へ出ろ！　叩っ斬ってやる」

森田は、懐に手を入れた。ドスを握った。が、背筋に冷たいものが走った。これまで、どんな喧嘩相手を前にしても、恐ろしいと思ったことはなかった。いま初めて、恐怖をおぼえていた。

〈本当に、叩っ斬られるかもしれねえ……〉

眼の前に立っている鬼のような男なら、八人全員を斬り殺しそうであった。全身に、殺気が漂っていた。

〈湯河原の親分どもめ、殺し屋を差し向けやがったな……〉

森田は、ドスの柄をしっかりと握った。

長谷川は、二階からちらちらと外を見た。

旅館の下には、二十人を超える親分や代貸たちが待ちかまえていた。

手には、棒切れや日本刀を持っている。闇の中から、いくつかの眼が二階を睨みつけている。袋の鼠であった。中には、森田が頬を斬った代貸の憎しみに満ちた顔もあった。

稲川は、八人の愚連隊の顔をあらためてひとりひとり睨むように見ていった。

夕方、清水の賭場から引き揚げてくると、湯河原の親分たちが「下田旅館」に集まり、愚連隊八人を始末する話をしていた。

稲川は一週間ばかり湯河原を留守にしていた。愚連隊どもが暴れているのを知らなかった。話を聞くなり、稲川は言った。

「なに、愚連隊！」

わけのわからない愚連隊どもに賭場を荒されることは、稲川の博徒としての誇りが許さなかった。

十九の年から、すすんで博徒の世界に飛びこんできた稲川であった。文字どおり、廊下をへの字に這って拭き掃除の修業から始めてきた。朝から晩まで、厳しい修業の明け暮れであった。時には一家のために、命も張ってきた。そのようにして、ようやく一人前の博打うちになっていた。

稲川はいま堀井一家の加藤伝太郎親分のもとから、鶴岡政次郎親分のもとに預かりの身になっていた。浪人中で縄張はなかったが、湯河原で賭場を開き、テラを取っていた。

戦争中の三年間の空白もいっきょに取り返そうと、みんな燃えているところであった。愚連隊どもに博打うちの米櫃《こめびつ》に砂をぶちこまれて、黙っているわけにはいかなかった。

〈八人とも、叩っ斬ってやる！〉

三十一歳になった稲川の全身の血が、若いころと変わらず煮え滾っていた。八人を叩っ斬る自信はあった。

日本刀を、両手でしっかり握った。

部屋に殺気がみなぎった。

そのとき、旅館の女将が部屋に飛びこんできた。

「稲川さん、待って！」

稲川の前に、女将が立ちはだかった。

階段を駈け上がってきたらしい。はあはあと荒い息をしている。

「このひとたち、鶴岡さんの関係で泊めているんです！」

鶴岡の名を聞き、稲川はふりかざしていた日本刀を下ろした。

「鶴岡さんの故郷の方たちなんです……」

稲川には、深い事情はわからなかった。が、鶴岡親分と関係があるとなると、事を荒立てない方がいい。のちのち、鶴岡親分の顔を潰すことになるかもしれない。

稲川は、八人の愚連隊に、あらためて声をかけた。

「てめえら、すぐに引き揚げろ！」

森田と長谷川は、思わず顔を見合わせた。鶴岡親分の名が出て、にわかに風向きが変わった。稲川が、相変わらず恐ろしい顔で言った。

「このままここにいると、おまえたちの体がもたねえぞ！」

今度は、八人が思わず顔を見合わせた。

稲川が、長谷川に言った。

「おい、わらじ銭だ。持って行け！」

ぶっきらぼうだが、どこか情のこもった言い方であった。

腹巻きから百円札の束を摑み出し、長谷川の前に放り投げた。

長谷川が見たところ、百円札で、五、六十枚はある。

浅草を出るときは、小遣いとして、二、三千円足らずの金だったが、出てきたときより、増えた計算になる。

これだけの金があれば、帰りにまたどこかの賭場を荒さなくてすむ。

「じゃあ、ありがたくいただいておきます」

八人は、そろって礼を言った。

長谷川は、部屋を出るとき、あらためて稲川の顔を見た。

〈とてつもなく恐ろしい男だ。が、いままで会ったどの男にもない、いうにいわれぬ男の魅力がある……〉

森田も、稲川の横顔を見ながら、おのれに言いきかせていた。

〈いったい何者だろう……ただ者じゃねえな……〉

# 7

長谷川春治と森田祥生は、そろって正座をし、両手を畳について丁重に頼みこんだ。二人とも、当時流行のホームスパンのトップズボンスタイルであった。

「どんな厳しい修業にも耐えます。どうかわたしたち二人を子分にして下さい……」

昭和二十一年の五月であった。横浜港から初夏の風に混じって磯の香が強く漂ってくる。横浜野毛の国際劇場裏にある鶴岡政次郎邸の奥座敷であった。この国際劇場で、鶴岡親分の目をかけた天才少女歌手美空ひばりが、デビューしていくわけである。

鶴岡政次郎は、腕を組んだまま気難しい顔をつづけていた。

「なんとかお願いします……」

長谷川と森田は、あらためて頼みこんだ。

二人は、昨年の暮に湯河原の賭場で暴れ、稲川に追い返され地元の千葉に帰った。しかし、いつまでも愚連隊をつづけているのも虚しくなった。野犬のようにただ暴れ回っているだけでは、いつまでたっても愚連隊にすぎない。やはり、大きな親分のもとに身を寄せ、男になりたかった。

そう思うと、いつまでも千葉の田舎に燻《くすぶ》っているのがいやになった。自分たちの郷里から出た大親分である綱島一家五代目の鶴岡政次郎親分の身内にしてもらおうと、横浜の親分の屋敷を訪ねたのであった。

鶴岡親分は、ようやく口を開いた。

「おまえたちを正業に就かせる話なら、いつだって聞いてやる。しかし、博打うちにするという話では、どうしても聞くわけにはいかない……」

鶴岡政次郎は、あらためて二人を見た。柔和そうな眼の底は、厳しい光を放っている。角刈りにした頭の半分は、白い。

「なあ……おめえたちを博打うちにしたんじゃあ、おめえたちの親たちに、申しわけがねえ」

長谷川が、顔を上げて言った。

「わたしらは、どんなことがあっても博打うちになると決めてきたんです！」

鶴岡親分は厳《いか》めしい顔を崩し、苦笑いした。

「困ったやつらだな……」

鶴岡親分は、しばらく宙を睨んで考えていたが、あらためて厳しい表情に戻り妻に命じた。

「おい、硯《すずり》と巻き紙を持ってこい！」

気《き》っ風《ぷ》のよさそうな姐さんが、硯を運んできた。

鶴岡政次郎は、筆を取り、二人の名前を訊いた。

二人の名を織りこみ、巻き紙にすらすらと筆を走らせた。

巻き紙に封をすると、森田祥生に手渡した。

「おれは、おめえたちを引き受けるわけにはいかねえ。しかし、みどころのある若い親分が、いま湯河原にいる。稲川という男だ。添書を書いておいたから、稲川のところに行って面倒を見てもらえ」

二人とも、不服だった。

鶴岡政次郎という大親分のもとで、男になろう、と思いつめてきたのである。他の親分に紹介されても、はいそうですか、とよろこぶ気にはなれない。しかし、鶴岡親分にこれ以上頼みこんでも、頑として首を縦にふりそうにはなかった。

「わかりました。では、添書はありがたくいただいておきます」

森田祥生は添書をポケットにしまいこんだ。

鶴岡邸を出たときは、あたり一面夕焼けに染まっていた。凪《なぎ》が訪れているらしい。風が、ぱたりと止まっている。ひどく蒸し暑かった。

桜木町駅あたりに闇市があるのだろう。そのあたりから、並木路子の歌う「リンゴの唄」の甘い声が流れてきた。鬱屈《うっくつ》した二人の胸に、その唄が妙に沁みた。

長谷川が、途方に暮れたように言った。

「おい兄弟、稲川って親分のところに行ってみるか……」

森田が、答えた。

「鶴岡親分が、せっかく言ってくれたのだから、行ってみようよ……」

「そうだな。そうしよう」

長谷川と森田は顔を見合わせ、にやりと笑い合った。

「世の中はむずかしいものだな……」

二人は、そう思いながら湯河原へ向かった。


二人は、鶴岡親分から添書をもらうと、その足で湯河原の「下田旅館」を訪ねた。稲川は、「下田旅館」に寝泊りし、そこを本拠としていた。

しかし、稲川は留守であった。あちこちの賭場を回っていて、いつ帰ってくるかわからないという。

二人は、それでも半日ばかり旅館で待っていた。が、やはり帰ってこない。

夜がふけ、二人はつい近くの賭場をのぞいた。

長谷川は、しばらくして、ハッとし、森田の顔を見た。

森田も、血の気の引いた顔をして長谷川を見た。

〈おい、あの男だぜ……〉

賭場に入りこんできたのは、昨年の暮、二人が湯河原の賭場を荒し回っていたとき出会った喧嘩屋であった。「湯の屋」の二階で仲間と八人で花札を引いているところに、地元の親分が差し向けたらしい喧嘩屋が単身日本刀を持って乗りこんできた。そのときの、鬼のような男であった。

二人は、この男が、鶴岡親分から訪ねて行くように言われている稲川であることを知らなかった。

〈とんだ賭場に入りこんだものだ……〉

とうろたえていた。

稲川は、盆に座る前に、鋭い眼でまわりの客をじろりと見回した。

その瞬間、森田の眼と合った。長谷川の眼とも合った。

二人とも、ゾッとした。背筋に日本刀の刃を当てられたように冷たいものが走った。

「てめえたち、またのこのこと賭場を荒しに出てきたのかい」

そう言われた気がし、体が金縛りにあったようになって動かない。昨年の暮、日本刀で威《おど》かされた恐怖が、なまなましくよみがえってきた。

今回は、べつに賭場を荒しにきたわけではない。しかし、そのまま、寸分も身動きせず座りつづけた。まるで、蛇に睨まれた蛙のようなものであった。恐ろしい威圧感を感じていた。二人とも、そろって額に脂汗が噴き出ていた。

稲川は、背筋をぴんとのばして座った。

着流しの懐に手を入れ、胴巻きから金を取り出した。長谷川と森田は、稲川のふるまいの一挙手一投足を魅入られたように見つめていた。

稲川は、百円札の束をさっと右手で摑むと、アトに張った。いわゆる大銭打ちであった。

中盆が低い声で言う。

「盆出来《でき》！」

賭場が、いっそう張りつめる。

そのとき、天井からするすると黒いものが降りてきた。盆のちょうど上である。二十人近い客の眼が、いっせいにその黒いものに注がれた。

女郎蜘蛛《ぐも》であった。

三センチ近い大きさであった。黒と黄の美しい縞模様をしている。腹のうしろの方には、真紅の大型の斑紋がある。

女郎蜘蛛は、不気味な感じでするすると下り、花札の上に降りそうになった。

そのとたん稲川の手がのび、ぱっと女郎蜘蛛を摑んだ。

森田と長谷川が度肝をぬかれたのは、次の瞬間であった。

稲川は、摑んだ女郎蜘蛛を、いきなり口の中に放り込んだ。蜘蛛の脚が、稲川の口の外でうごめいている。

森田や長谷川だけでなく、まわりの親分たちもどきりとしたように稲川の口を見た。

稲川は、口に放りこんだ女郎蜘蛛を食いはじめた。

森田の右隣りに座っていた親分らしい貫禄の男が、右隣りの男にささやいた。

「あれが稲川だ。何をするかわからん男だ……」

森田は、さらに驚いた。

〈こ、この男が、稲川……〉

まさか、鶴岡親分から添書をもらった稲川が、眼の前に座っている喧嘩屋とは思ってもみなかった。が、間違いない。たしかに右隣りに座っている男が、稲川とはっきり言ったのだ。

森田は、世の中に恐ろしい者なんかいないと思っていたが、この男が稲川だと知るとゾクゾクするほどの興奮をおぼえた。

森田は、長谷川を見た。

長谷川も、賭場のささやき声を耳にしたらしい。森田を見た。眼が、よろこびに輝いている。

〈おい、おれたちの親分は決まったぜ……〉

二人とも、口に出さなくても、胸の内の言葉はわかり合っていた。

やがて、それまでのバッタが終わり、手本ビキに変わった。

関東の博打はバッタがほとんどである。この夜の胴師は、関西からやってきていた。森田が耳にしたところでは、関西で、一、二位を争う胴師ということであった。

森田と長谷川は、稲川の張る姿を熱い眼差しで見つづけた。

賭場は熱くなり、みごとな胴師の繰り出す札についていけず、ほとんどの客が負け、手を休めていた。

最後に残ったのは、三人だけである。稲川と、蠣殻町《かきがらちょう》の旦那と呼ばれている商家の旦那風な白髪の年寄り、それにお銀と呼ばれている姐さんであった。歳のころ三十五、六歳の臈《ろう》たけた姐さんである。髪をアップにした襟足《えりあし》が匂うように美しい。白地に緋牡丹の着物を、粋に着こなしている。荒々しい殺気立った賭場に、一輪の花が咲いたような美しさである。

賭け金もしだいにふくらんでいた。

なかでも胴師は、稲川をもっとも手強い相手と感じているようであった。

森田と長谷川は、食い入るように勝負に見入った。

平家蟹のような顔をした胴師は、羽織を肩にかけ、六枚の札を右手に摑んだ。その六枚を一から二、三、四、五、六と順序に間違いなく手にしたことを、稲川、蠣殻町の旦那、お銀姐さんの三人の張り子に見せた。

表面のピン以下、順序に間違いがないことが確かめられると、六枚の札を摑んだ右手を背中のうしろにさっと回した。羽織の中で勝負に出そうという札を、右手でくる。

瞬間、息づまるような緊張感が賭場に張りつめる。見ている客も、咳払《せきばら》いひとつしない。

手本ビキは、その胴師がくって一番上に置く数字をあてる博打である。いま羽織の陰で何枚の札がくられているのか、一枚くられたのか、それとも二枚か……。

稲川の鋭い眼が、胴師の顔から襟もと、肩先の動きにそそがれる。胴師のどんな動きも見逃すまいとするかのように、爛々と燃えている。

蠣殻町の旦那の血走った眼も、胴師の動きにじっとそそがれている。

お銀姐さんの切れ長の涼しい眼も、胴師の動きにそそがれ、きらきら光っている。

賭場は、水を打ったようにシンとしている。その静けさの底に、熱く燃えている気配がある。

胴師は、平家蟹のような顔の表情を、まったく変えない。眉ひとつ動かさない。ぴくりとも肩を動かさず、札をくった。

胴師は、左手で日本手拭いを四つ折りにした紙下に、六枚の札をはさみ盆の上に置いた。

稲川は、中盆の前の胴師の金に眼をはなった。胴には二万円しかない。稲川は、低い声で言った。

「胴は前限りですか」

胴師は太い声で言った。

「受けますよ」

稲川は四枚の札の大に五万円を張った。

稲川の持ち金すべてである。

昭和二十一年当時、はがきは十五銭、現在五十円である。約三百三十倍である。二十一年当時の五万円は、現在の千六百五十万円ぐらいにあたる。まさに大銭打ちである。

〈よほど自分の腕に自信があるんだな……〉

長谷川は、稲川の張りっぷりのよさに度肝をぬかれていた。

蠣殻町の旦那は、三千円張っていた。お銀と呼ばれる姐さんも必死に胴師に勝負を挑み、二万円も張っていた。

女だてらに二万を張ったので、見ている客の中から思わず、ほォ、というため息に近い声が漏れた。

中盆が、低いが、よくとおる声で言った。

「勝負」

賭場の客の眼が、いっせいに胴師の指にそそがれた。

胴師が、前にある六枚の綱札《つなふだ》の中から、三間《さんげん》にあった五の札を抜いた。右端に置いた。

紙下を開けた。

紙下から、同じ五の数字があらわれた。

稲川は、黙って四枚の札を手元に引きよせた。

お銀は、一番下の小、中、大のなかの大の札をしなやかな白い指で軽くめくった。五であった。張り子の札が胴といっしょなら、張り子の勝ちである。

長谷川と森田は、稲川の顔を見た。稲川は、くやしそうな表情ひとつ見せない。むしろすっきりした表情で言った。

「いい気持で、抜けました」

森田と長谷川は、稲川の勝負師らしいいさぎよい負けっぷりに、いっそう惚れこんでいた。

そのとき、お銀が、稲川に声をかけた。眼差しは熱い。

「よかったら、あたしの金を使って下さい」

稲川も彼女をジッと見た。それから軽く礼をして言った。

「ありがとうございます。今夜は十分楽しみました」

稲川は、ひと言残して立ち去った。

「それじゃ、ごめんなさいよ」

長谷川と森田もすぐに席を立ち、稲川を追った。

森田と長谷川の二人は、湯河原の「下田旅館」の稲川の部屋に上がり、頼みこんでいた。

「その添書にありますとおり、鶴岡親分から、男になるには稲川親分のところで修業しろと言われてきました……」

しかし、稲川は、すぐには返事をしなかった。

二人は、身を乗り出すようにして頼みこみつづけた。いくら断わられても、子分にしてやる、と言われるまでは、どんなことがあっても、一歩も動かぬ気構えでいた。もうおれたちには、この人しか世の中に親分はいねえ、と決めていた。

稲川は、二人の若者の面構えを睨みすえるように見た。

「博打うちは、筋の通った生き方をしてるんだ。愚連隊とちがって、甘くはねえぞ」

稲川は狂犬のような生き方をしてきた愚連隊に、すぐに厳しい博打うちの修業が耐えられるとは思っていなかった。博打うちは、仁義に生きる世界である。中途半端で生きられる世界ではない。中途半端な気持のまま博打うちになろうとしているなら、いまから千葉に追い返した方がいい。

森田が、眼を輝かせて言った。

「わかっているつもりです。その覚悟はできております」

稲川は、ドスのきいた声で念を押すように言った。

「おれのところへ来ると、長い懲役もあるぞ。それを承知か！」

二人は、よろこびに震える声で言った。

「よろしくお願いします」

二人にとって、稲川を親分に選ぼうと決心したときから、懲役は覚悟の上であった。他の親分とくらべ、桁《けた》ちがいの命知らずである。二人とも、そのことは目のあたりに見て知っていた。命を惜しんだり、懲役の長いことを恐れていては、とてもではないが、稲川の子分になれるはずがない。

稲川は、眼を細め、あらためて二人を見た。

〈まだ純朴な面構えをしているが、いい根性をしている……〉

稲川は、二人をなかなか見どころがありそうだと思っていた。

稲川は自分が命知らずだから、命知らずの若者が好きだった。二人とも、小賢《こざか》しい計算はしそうになかった。若者らしい一途《いちず》さがあった。その点も気に入っていた。愚連隊根性を鍛え直せば、一人前の博徒に育つかもしれない。

「ただし、おれは、まだ縄張持ちではない。おまえたちを、ここに置くわけにはいかねえ」

森田と長谷川は、「わかりました」と答えた。

「おれはいま、鶴岡親分のところに預かりの身になっているが、おれの親分は、堀井一家三代目の加藤伝太郎だ。加藤親分のところに、おまえたち二人をしばらく預ける。そこに、横山新次郎という、りっぱなおれの兄貴がいる。そこでみっちり修業しろ」

「はい」

二人は、そろってはずんだ声を出した。

稲川は、浴衣の胴巻きから、百円札の束をわし掴みにして二人に渡した。当時にすれば、破格の金であった。長谷川と森田の二人にとっては身分不相応なほど、多額の金だった。賭場での張りっぷりもみごとであったが、金の切れ方も気前がよかった。

「これをとっておけ」

長谷川と森田は、感激して親分の手から金を受け取った。

口では厳しいことを言っていても、情のこまやかさがある。二人の胸に、親分の心遣いが熱く沁みてきた。

稲川も、感慨に胸を熱くしていた。

〈おれも、いよいよ本格的に子分を育てていく時期がきたな〉

稲川は、あらためて心に言い聞かせていた。

〈人間の運命ってやつは、わからねえもんだ……昨年の暮に、おれと刃物を持って向かい合っていた二人が、いまこうして子分になっている……〉

稲川は、長谷川、森田の子分を中心に、やがて七千人を超える大組織の頂点に座る運命をたどるようになるとは、このとき、まったく想像もしていなかった。

# 第3章　熱海の縄張持ち親分に

## 1

稲川の太い眉が、ぴくりと動いた。

「なに、金山の野郎が湯河原に入りこんでいかさま博打をやってる……」

稲川が本拠としている「下田旅館」の二階であった。

森田祥生が、稲川親分の前に畏まって言った。

「『湯の屋』の二階の賭場でいかさまをやったのが、見破られたそうです」

稲川は、腕を組んだ。虎のように鋭い眼が、怒りに爛々と燃えていた。

〈あの野郎……許せねえ……〉

金山太吉は、東京の新宿で金貸しをしている。金を貸しておいては、相手が返す日になると姿を消す。接触できなくしておいては、「てめえ、返す気がなかったな」と、片にとっておいた家や店をぶん取るので悪名高かった。

博打が好きで、戦前からよく賭場に出入りしていた。しかし、いかさまをすることで評判であった。

博打に命を賭けて生きている稲川には、いかさまが許せなかった。

戦後、賭場が開けるようになって間もなく、一度、稲川は金山の胸ぐらを摑んで言い渡しておいたことがある。

「おい、二度と六郷《ろくごう》橋を渡ってこっちへ入ってくるんじゃねえぞ。そのときには、命を奪《と》る」

六郷橋というのは、東京と神奈川の境にかかっている橋のことであった。

長谷川春治が言った。

「親分、金山の野郎、いかさまが見破られても、『やれるもんなら、やってみろ！』って、賭場で居直ってるらしいですぜ。用心棒を大勢連れ、いきまいているそうです」

昭和二十二年九月下旬の夜であった。

森田と長谷川は、一年前に稲川の親分である加藤伝太郎に預けておいたが、事情があって八カ月目にして加藤伝太郎のところから、鶴見の山瀬惣十郎親分のところに預けなおしていた。

このとき二人は、稲川親分のもとに賭場の手伝いに来ていた。

稲川は、怒りを抑えかねていた。

〈おれたち日本人が、戦争に負けたからって、なめやがって……〉

金山太吉は、朝鮮人であった。

敗戦下においては、戦勝国民となった朝鮮人や台湾人が、勢いをのばしていた。戦争中日本人に苛《いじ》めぬかれていた鬱憤を晴らすかのように、暴れ回っていた。

当時警察力は弱く、彼らは暴れ放題であった。

金山も、彼らの仲間の力を背景にのさばりはじめていた。気が大きくなり、六郷橋を越え、湯河原にまで足をのばしてきていた。

〈こともあろうに、おれが賭場を開いている湯河原に来て、いかさまをしやがって……〉

稲川は、朝鮮人をはじめ人種に対する差別感を、まったく持っていなかった。

稲川には、関東大震災のときの幼い日の記憶が強烈に焼きついていた。

関東大震災のとき、朝鮮人が震災に乗じて井戸水に毒を入れる……などのデマが流された。

そのため、朝鮮人はつかまり、なかには殺された者までいた。

稲川の家の近所でも、朝鮮人が逃げこんできた、ということで、朝鮮人狩りがおこなわれた。

日が暮れ、夜になったとき、稲川の父親が、家の前の蓮田《はすだ》に、朝鮮人が隠れているのを見つけた。

稲川の父親は、その朝鮮人をひそかに家に招き入れた。

風呂に入れ、着替えをさせてやった。

それから、飯も食べさせた。

小遣い銭まで持たせて逃がしてやった。

朝鮮人は、振り向き、何度も何度も頭を下げた。

父親は、稲川に、今夜のことは内証にしておくように……と釘をさしたあと、言った。

「人間は、みんなおなじなんだ……」

稲川には、そのときの父親の言葉がいつまでも焼きついていた。

朝鮮人だからといって、差別することはない。朝鮮人であろうと、日本人であろうと、悪いやつは悪い。いいやつは、いい。そういう強い信念を持っていた。

稲川は、長谷川と森田に声をかけた。

「おれに、ついて来い！」

稲川は、長谷川、森田の二人を引き連れ、「湯の屋」に向かった。

稲川が「湯の屋」の二階で開かれている賭場に顔を出すと、金山は、盆の上に胡坐《あぐら》をかいて座っている。そのまわりに、四人の用心棒がいっしょになって胡坐をかいて座っていた。

なにしろ、相手が相手である。へたに手を出すと、何十人何百人だって仲間を引き連れてきて暴れかねない。博打うちは、手が出せないで苦りきっていた。

稲川は、金山を睨みすえた。

金山も、まさか稲川が乗りこんでくるとは思っていなかったのであろう。びくっとしたようだった。

稲川は、金山を一喝した。

「てめえ、六郷橋を渡って生きて帰れると思っているのか！」

稲川の気迫に押され、金山の用心棒の四人が立ち上がった。金山のまわりを取り囲んだ。

長谷川と森田は、すでに身構えていた。

稲川は、金山を取り囲む四人を怒鳴った。

「どけ！」

稲川は、二人の用心棒の足を払った。

次の瞬間、立ち上がりかけている金山の腕を取った。

長谷川と森田が、残りの二人に飛びかかった。

稲川は、金山の体を、宙に持ち上げた。稲川の形相は、鬼のようであった。額に、青筋が浮いている。

どど……と窓まで行き、稲川は、二階の窓から、下の土めがけて、思いきり投げつけた。のちのちのことなど考えなかった。

金山の体が、土の上でバウンドした。

金山は、バウンドしたのち泡を吹きはじめた。おそらく、助かるまい。

四人の用心棒は、捨てゼリフを残して階段を駈け下りて行った。

「おぼえてやがれ……」


金山が殺された、という報《し》らせが彼の仲間うちの間を走った。

百人近くが、大挙して湯河原に押しかけた。

「稲川の命をとる」

彼らは、四方八方に散り、稲川の居場所を探った。

実際には、金山は死んでいなかった。金山の用心棒たちは、金山がすっかり死んだものと思い、湯河原から逃げていた。彼らが、金山が死んだ、と言いふらしたのだった。

稲川は、長谷川と森田に、金山を湯河原の厚生年金病院へ連れて行かせていた。稲川は、金山は今夜で終わりで、明日を迎えることはできまい……と思っていた。それでも、念のため運ばせていた。ところが、その夜生命を保った。どうやら、生きのびそうであった。

大騒動に発展したので、片瀬の加藤親分から、稲川に至急片瀬へ帰るよう指令が飛んだ。

いま稲川が預かりの身になっている鶴岡政次郎親分も、片瀬で待っているとのことであった。

しかし、稲川を湯河原から出すな、と金山の仲間たちは非常線を張っている。

稲川は、寝泊りしている「下田旅館」を去り、知り合いのしもた屋に身を潜めていた。

長谷川が、心配そうに訊いた。

「親分、どうやって非常線を突破します」

稲川は、しばらく考えていたが、いいことを思いついた。

妻の一二三は、稲川の生まれた横浜の浅間町にいた。昭和十五年に生まれた長男の裕紘につづき、長女の秋子が、この年に生まれていた。

稲川は、一二三と、生まれてまもない秋子を湯河原に養生のため呼び寄せていた。

車を一台頼み、親子三人が乗りこんだ。秋子のねんねこの間に、拳銃を隠した。親子三人なら、敵もまさか稲川とは思いもしない。

「運転手さん、頼むぜ」

稲川は、馴染みの運転手に頼んだ。運転手も、危険を覚悟で闇の中を走ってくれた。台風が近いのか、風が強い。

風の音が、獣の唸り声のように鳴りつづいた。

途中、車の前に数人の男が立ちはだかった。

稲川を狙っている連中であった。懐中電灯が、車の中を照らした。一二三の胸に抱いたねんねこが、照らされた。

「よし、通れ」

非常線を突破するや、稲川は一二三に言った。

「すまねえ」

一二三は、ホッとしたように稲川の手を握った。

片瀬の加藤伝太郎の家の応接間には、加藤親分、鶴岡政次郎、それに稲川の兄貴分の横山新次郎の三人が待っていた。

鶴岡政次郎が、白髪混じりの眉を寄せた。

「稲川、川崎の金井、市川の北の野郎まで出てきて、おまえを渡せ！　と息まいている」

川崎の金井光安、市川の北勇は、彼らのボスであった。

横山新次郎が、鋭い眼をきらりと光らせた。

「なにしろ気の荒い連中だ。話がつくかどうかはわからない。しかし、おれと稲川の二人で、やつらと話をつけてみましょう」

横山新次郎は、稲川を連れ、湯河原へ引き返した。


湯河原の「秋葉館」のまわりには、十人近い男が立っていた。おそらく、全員懐にはピストルを隠し持っているはずだ。全員殺気立っている。

横山新次郎、稲川、そのあとにつづくようにして、長谷川春治、森田祥生が彼らの前を通り、玄関に入った。

女将が出てきて、緊張した顔で言った。

「みなさん、お二階の広間にお見えになっております」

四人は、ゆっくりりした足取りで階段を上がって行った。

二階に上がると、横山が長谷川と森田に眼で念を押した。

〈いいな。作戦どおりにするんだぞ……〉

長谷川と、森田は、眼で答えた。

〈わかっています……〉

稲川も、子分たちの眼を見た。

〈…………〉

二人の子分は、黙って頭を下げた。事と次第によっては、見おさめになるかもしれない。

横山新次郎と稲川は、部屋に入って行った。

長谷川と森田は、広間の外の障子の前で待つことにした。

横山新次郎から、命じられていた。

「途中、おれが大きい声を出したら、交渉決裂だ。そのときは、相手を殺る。おまえたちも、大きい声と同時に、広間へ飛びこめ」

広間には、川崎の金井光安と、市川の北勇、それにやはり大物が一人加わっていた。

なにしろ、彼らはやられた方である。大人しく手打ち話に応じるわけがない。戦争に敗けた四等国民が、何をふざけた真似をしやがって……という怒りが露骨に顔にあらわれている。

横山新次郎は、三人の顔を見ながらあらためて思った。

〈容易に、まとまりそうもないな……〉

しかし、まとまりそうにないとなると、よけいにすんなりまとめることに情熱が燃えた。

〝天一坊〟と呼ばれていたほどの頭の切れる男であった。

稲川は、当事者ゆえにほとんど口をきかなかった。口をきけば、事を荒だてるだけであった。

当り前の筋を通しただけで、何も頭を下げる必要はない。そう思っていたから、少しでも口を開いて口論になれば、何をしでかすかわからなかった。

横山新次郎からは、この席にのぞむ前にあらためて釘をさされていた。

「稲川、今回は、すべておれに任せろ。向かっ腹《ぱら》が立っても、おれが怒り出すまでは我慢してくれよ……」

北勇が、高飛車に出てきた。

「金山は、死ぬかもしれねえんだぞ……」

障子の外では、長谷川や森田が耳を澄まし、張りつづけていた。二人とも、法被《はっぴ》の下には拳銃を隠し持っていた。安全装置を外し、いつでも撃ちこめるように用意していた。

階段の下には、金山の用心棒たちが、動物園の熊のように行ったり来たりしていた。

おそらく、彼らは彼らなりに作戦を練ってきているはずである。交渉が決裂すれば、稲川の命を取りに階段を駈け上がってくるにちがいない。稲川の命は、確実に狙われる。長谷川と森田は、命を賭けて親分を守らねばならなかった。

部屋の中の気配と階段の下の気配を、同時にうかがっていなくてはならない。緊張に額に脂汗が滲む。

この二、三日、風は強い。風の唸る音が、不気味に近づく。

二十分、三十分と話し合いがつづいた。

やがて、横山新次郎、稲川が部屋から出てきた。

稲川が、歩きながら長谷川と森田に声をかけた。

「おい、話がついた！」

長谷川と森田は、額に噴き出た汗をゆっくりと拭った。


鶴岡政次郎が、稲川にあらたまった口調で言った。

「稲川、おまえ、兄弟のところから、あらためておれのところにくる気はないか」

昭和二十二年二月の凍えるように寒い夜であった。

横浜国際劇場裏の鶴岡政次郎邸であった。

稲川は、鶴岡政次郎の眼を見た。鶴岡親分の眼には、いつもの厳しさが消え、やさしい光をたたえていた。

稲川は、加藤伝太郎のところから鶴岡政次郎のところに預かりの身になっていた。しかし、あくまで預かりの身であって、親分は加藤伝太郎であることに変わりはない。

「稲川、おまえ、このまま加藤伝太郎のところにいつづけると、結局は鉄砲玉に使われるだけだ。命を落とすのが、眼に見えている……」

鶴岡は、心から稲川を鉄砲玉に使うのは惜しい男と思っていた。

加藤伝太郎では、とうてい稲川を御《ぎょ》してはいけまい。稲川の方が、はるかにスケールが大きい。無鉄砲な命知らずだが、底知れぬ大きさが感じられる。鉄砲玉として使われ命を落とせば別だが、長く生き残れば、途轍《とてつ》もない大親分になる可能性がある。加藤伝太郎には、稲川の命知らずの面しか見えていない。稲川をおれのところに預かりの身としたことも、結局稲川を生かしきれず、持て余しはじめたからだ。

〈おれなら、この男をうまく生かして使いきれる……〉

鶴岡政次郎には、自信があった。なんとかして稲川を子分に欲しかった。

現在、横浜を中心に愚連隊どもが暴れ回っている。彼らは、横浜四親分といわれる笹田照一、藤木幸太郎、加藤伝太郎、それにおれのところの賭場にだって、平気でハジキにくる。

しかし、稲川の賭場だけは荒さない。彼にだけは、なぜか一目置いている。愚連隊どもにもわかる恐ろしさと、魅力があるにちがいない。

稲川をおれの傘下に置けば、おれも天下に敵無しとなる。

〈稲川にとっても、おれにとっても、これほどいいことはない……〉

稲川は、突然のことにとまどっていた。

たしかに、加藤伝太郎親分には世話になった。十九歳のときから、博徒の渡世の厳しさを叩きこんでもらった。

しかし、正直、物足りなさも感じはじめていた。

加藤伝太郎は、堀井一家を自分の身内で固めようとしていた。

稲川は、親分の身分であろうとなかろうと、道に外れたことは外れたこと、と遠慮なく厳しく当っていた。親分の威光を笠に着て三下どもをいじめる甥《おい》を、片瀬の松林に連れて行き、叩きのめしたりもした。

加藤親分は、稲川をしだいに煙たく思い始め、遠ざけ、ついには鶴岡親分への預かりの身にしていたのであった。

いまひとつ、かわいい子分の長谷川と森田を、加藤親分のところへ預けた。ところが、博打の手伝いに毎夜行く森田や長谷川を前に、加藤親分がハッキリ言ったという。

「おまえらは、稲川のところの者だから、仕込んでも仕込み甲斐がねえ」

しかも、仕込み甲斐がないから、と加藤親分のところの中兄いに稲川の子分二人を若い衆としてつけようとした。

稲川は怒り、加藤親分のところから二人を引き揚げさせ、鶴見の山瀬親分のところに預けたのであった。

鶴岡は、稲川に念を押すように言った。

「どうだい、稲川」

稲川を見どころのある親分として、森田と長谷川を紹介したのも、鶴岡親分であった。

稲川は、鶴岡親分にそこまで見込まれたことに、胸を熱くしていた。

「お任せします……」

稲川は、兄貴分の横山新次郎も決して反対はすまい、という確信があった。


それから三日後の夜であった。烈しく吹雪いていた。

稲川は、鶴岡政次郎といっしょに車に乗っていた。席には、もう一人、鶴見を縄張とする山瀬惣十郎が乗っていた。

車は、小田原から箱根に向かう角で止まった。

そこに、一台の車が先に来て止まっていた。加藤伝太郎の車である。おたがいに博打場に行く途中待ち合わせたのだった。

山瀬惣十郎が降り、鶴岡政次郎が降りた。稲川が、つづいた。

止まっていた車から、加藤伝太郎が降りてきた。

鶴岡政次郎が、加藤伝太郎に言った。

「兄弟、稲川は、今日からおれがもらうからな……」

前もって、話はついていた。

兄弟分だから、話がつけば簡単であった。

加藤伝太郎が、しんみりした口調で言った。

「兄弟、頼むぜ」

立会人は、山瀬惣十郎であった。

稲川は、このときから鶴岡政次郎の子分になった。これをきっかけとして、一つの壁を突き破ったように、稲川は、横浜から東海道にかけてめきめきと頭角をあらわしていった

## 2

井上与市は、伊豆長岡の「甲州旅館」の二階でうとうとしていた。そばに出方男の谷岡健が大鼾《いびき》をかいて寝ていた。昭和二十二年十二月十二日の夜十一時過ぎであった。外では、天城《あまぎ》おろしの風が唸りを増していた。

宵の口からその部屋ではじめた博打は、勝負の転びが悪く、十時には盆を上げていた。いま一人の井上与市の若い衆は、女郎買いに出かけていた。

そこに、突然、男たちが暴れこんできた。

「起きろ！」

井上の枕を、いきなり蹴とばした。

井上は、驚いてふとんの上に跳ね起きた。見ると、血相を変えた六人の男が立っていた。

六尺を超える大男が二人、親分らしい男をはさみこむように突っ立っている。親分らしい男は、樫《かし》の木刀を右手に持っている。

〈ふざけやがって……〉

井上は、カッとなった。向こうっ気は強い。

木刀を持った男を睨みつけた。

井上の若い衆も跳ね起き、いつでも飛びかかれる体勢を整えていた。

親分らしい男が、回らぬ舌で言った。

「だれに断わって賭場を開いた！」

いくらか酔っているようであった。親分だけでなく、まわりの子分も、目が据わっていた。

井上は、食ってかかった。

「ふざけたことをぬかすんじゃねえ！　ちゃんと若い衆にもたせてある。『藤屋』の主人に確かめてみろ！」

暴れこんできた相手は、大場一家七代目総長の下田武雄であった。

大場一家は、伝統のある一家であった。初代の大場の久八は、清水次郎長や黒駒《くろこまの》勝蔵らより先輩で、次郎長は久八を「兄貴」と呼んでいたようである。大場一家の縄張は、伊豆の長岡、三島、伊東と広い。

しかし、親分の下田武雄は、ほとんど賭場に顔を出さず、代貸どもに任せていた。長岡も、芸者屋をしている代貸の大滝仁作に任せていた。

下田武雄は、この夜荒れ狂っていた。

三日前に三島で開くつもりであった大相撲が、雨のために二日も流れ、この日ようやく開くことができた。相撲取りたちを二日間も寝泊りさせ飲ませなければいけなかったうえ、予定が二日も狂った。客の入りも悪かった。

下田武雄は、長岡に足をのばし子分どもと自棄《やけ》酒を飲んでいた。そこに断わりもなく博打をやっている野郎がいると聞き、「甲州旅館」へ暴れこんできたのであった。

井上は、「藤屋」の主人を通じて、きちんと地代として一万円を届けていた。それなのに、突然の言いがかりである。それでなくても井上は、博打の転びが悪くて虫のいどころが悪かった。

井上与市は、明治四十年、北海道の函館本線の岩見沢近くの奈井江で生まれた。父親は、炭坑夫であった。兄弟は五人で、男は彼一人であった。

小学校を卒業すると、士別へ出、魚の行商をはじめた。しかし、生来の博打好きのため、大借金をこしらえた。士別には居られなくなり、樺太に逃げた。十九の年であった。

樺太で丸太を流す流走人夫をしながら、博打に狂った。荒くれ男たちの間で二年間過ごし、二十一歳の年に、函館に移った。

函館で、今度は競馬狂いをはじめた。六月頃函館で、全国のどこよりも先がけて競馬が開かれる。そのあと、札幌、福島、新潟とつづいて開かれる。井上は、東京の目黒、中山、横浜、大阪、京都、小倉、宮崎と、当時十一カ所あった競馬場を馬といっしょに流れ歩いた。

競馬場で顔を合わす顔ぶれも決まってくる。競馬仲間や、別当《べっとう》たちと博打もするようになった。彼らは博打うちにくらべ、張り方が甘い。プロの博打うちは、うかってくるとどんどん張る。取られはじめると、張らないで見ている。が、彼らはその逆で、取られるとよけいに張り、うかってくると、おっかながって張らなくなる。井上は、彼ら相手にずいぶんと稼がせてもらった。

井上は、戦後は横浜に腰を落ち着け、熱海、湯河原あたりの賭場に顔を出しはじめた。いつの間にか、「競馬のあんちゃん」と呼ばれ、博打うちの間で親しまれていった。自分でも、時折テラを取りはじめていた。

この夜も、東京の競馬関係の知り合いを「甲州旅館」に集め、井上がテラを取って賭場を開いたのであった。

井上与市は、下田親分を睨みつけたまま怒鳴った。

「『藤屋』のおやじに確かめろと言ったろう！　地代を払ったかどうか、ちゃんと確かめたらどうなんでえ！」

体は五尺二寸五分と小さかったが、声は大きかった。

下田武雄は、確かめようともせずに言った。

「大きな口を叩きやがって、てめえ、どこのもんだ」

「おれは、どこの者でもねえ、親分なしだ。てめえこそ、どこのもんでえ！」

「大場一家の下田武雄だ！」

井上は、大場一家についてはよく知っていた。下田親分のことも聞いていた。しかし、下田親分は、ほとんど賭場には顔を出さない。東海道の賭場にいつも顔を出している井上が、下田親分と顔を合わすのは初めてであった。

井上は、負けてはいなかった。いくら相手が古くからの一家であろうと、五人も引き連れていようと、筋の通らねえことは通らねえ。

「大場一家が、何だって言うんでぇ！」

下田武雄は、狭い額に青筋を立てた。

「てめぇ、おれを誰だと思ってる。鶴岡政次郎だって、藤木幸太郎だって、おれが電話一本かければいつだって飛んでくるんだ」

井上は、横浜の大親分である綱島一家の親分の鶴岡政次郎も、海岸の藤木幸太郎も、よく知っていた。その大親分を呼び捨てにする下田武雄を許せねぇ！　と思った。

「ふざけたことをぬかすんじゃねぇ！」

次の瞬間、井上はふとんを蹴立てて下田武雄に飛びかかっていった。

井上の子分の谷岡健も、同時に大男に飛びかかっていた。

下田武雄の眼をめがけて拳を叩きこんだ。が、次の瞬間、樫の木刀が右脛に飛んでいた。

「うッ！」

そのまま座りこんでしまいたいほどの痛さであった。

井上は、よろめいた。それでもなお、相手の腹に拳を叩きこんだ。

相手は、腹を押さえた。

まさか寝こみを襲われるとは思ってもいなかった。ドスも日本刀も用意していなかった。

素手で立ち向かうしかなかった。

下田が腹を押さえたのも、一瞬であった。次の瞬間、酔った眼を血走らせ、木刀を井上の頭上めがけて振りかざしてきた。

「この野郎！」

ぐしゃ、と頭蓋骨の砕けるような音がした。井上は、頭を押さえてうずくまった。気が遠くなった。

しかし、井上はよろめきながらも立ち上がった。井上の左肩に、なお木刀が振りおろされた。左腕が、痺《しび》れる。

次の瞬間、また背中に木刀が振りおろされた。

「うッ！」

あとは声が出なかった。

息ができなくなった。井上は意識を失ってしまった。

稲川は、鶴見の親分辻本孝太郎から、事情を聞くなり血相を変えた。

「井上のあんちゃんが、下田武雄にやられた……」

地代のことで因縁をつけられ、六人に食ってかかったが、井上の方はなにしろ二人、こっぴどく締められた。すぐに病院に駈けこむと、警察沙汰になる。そうなれば、賭場を開いたことがばれ、逮捕されてしまう。近くの肉屋から馬肉を買ってこさせ、傷口を冷やした。朝になってタクシーで湯河原までできて、病院に入院したという。

辻本孝太郎が言った。

「稲川、下田のやったことは許せねえ。話をつけてやってくれ。このままでは井上がかわいそうだ」

辻本孝太郎は、稲川の気性と腕を知りつくしていた。暴れ者で通っている下田武雄に話をつけるのは、稲川をおいてないと思っていた。

湯河原の「下田旅館」二階の賭場であった。辻本孝太郎は、湯河原に足をのばしていた井上の話を耳に入れるや、やはり稲川が湯河原に来ていることを知り、稲川に会った。

稲川は、怒りに燃えていた。

「辻本親分、すぐにも長岡に走ります」

稲川は、井上がやられたと聞いたとたん、辻本親分に言われなくても、下田親分の始末をつけに走るつもりであった。

〈あんちゃんがやられて、黙っておれるか……〉

稲川は、井上には一生忘れられない恩義があった。

稲川は、博徒として男を売り出すため、賭場から賭場を渡り歩いていた。三日とつづけて家にいることはなかった。

　女房はわかってくれたが、子供たちに父親の立場をわかってくれ、と言っても無理であった。

　久しぶりに家に帰ると、長男の裕紘は、いつでも父親に飛びついてきて甘えた。片時も稲川と離れようとしなかった。稲川が便所に行くときさえ、いっしょについてこようとする。

　裕紘は、稲川が帰るたびに訴える。

「父さん、ずっとウチにいてよ！」

　稲川は、心が痛んだ。

　妻の一二三から、裕紘が学校で苛められることを耳にしていた。

「稲川は、ヤクダの子だぞ……」

　子供たちは、裕紘をヤクダの子、と親から聞きかじった言葉で苛めていた。しかし、負けん気の強い裕紘は、苛める友だちに食ってかかっては、大喧嘩をしていた。

　親が考える以上に、子供なりに辛い思いをしているはずである。それなのに、父親を責めることもなく、「お父さん、ずっとウチにいてよ！」とすがりついてくれる。

　しかし、修羅の世界に身を投じた稲川には、できない相談であった。それゆえに、いっそう子供たちが不憫《ふびん》であった。

三カ月前、稲川が九州の博多にまで足をのばしている留守中のことであった。裕紘が、肺炎寸前になり、高熱を発し、病院に入院させた。生きるか死ぬかの境をさまよった。

しかし、家には病院の費用もなかった。

まだ縄張も持っていない。台所は火の車であった。妻の一二三が朝起きて米櫃を見ると、米がない。裕紘に弁当を持たせてやることができない。学校へ送ってから、ようやく米を手に入れる。急いで弁当をつくってやり、学校に届けてやったこともたびたびであった。

その裕紘が入院した話を井上与市がどこから聞きつけたのか、果物籠《かご》を持って見舞いに来た。井上は、稲川の賭場にもよく顔を出し、二人はどことなく気が合っていた。

「くれぐれも気をつけて下さい。わたしにできることがあれば、いつでも言って下さい」

井上は、そう言って帰っていった。

一二三があとで果物籠を開けてみると、封筒の中に五万円が入っていた。

一二三は、思わず涙が出るほどうれしかった。井上の温かい思いやりが、胸に沁みたという。

あとで一二三から事情を聞かされた稲川は、胸に熱いものがこみあげてきた。

〈あんちゃん、すまねえ……〉

井上の恩義は、生涯忘れまいと思った。

その井上が、因縁をつけられ木刀で締められたというのだ。

〈下田の野郎……〉

稲川は、そばにいた若い衆に言った。

「おい、これから長岡へ出かける。すぐに用意しろ！」

稲川は、このとき三十三歳であった。売り出しの真っ最中で子分も急増していたが、若いときと変わらぬ熱い血が滾っていた。

十数分後、湯河原にいた七人の子分たちが集められた。

稲川は、「下田旅館」の玄関を出た。そのとき、玄関に「下田旅館」の親父が駈けつけてきた。

稲川が乗りこもうとしたタクシーの前に立ちはだかった。

「稲川さん、待って下さい！」

「下田旅館」の親父は、大場一家の親分下田武雄の実の弟であった。

稲川が大場一家へ喧嘩に行くとの情報を聞くや、駈けつけてきたのであった。

「兄は、カッとなると何をしはじめるかわからぬ男です。もし稲川さんと騒動になれば、わたくしとしても、立場がなくなります。どうか弟のわたしに免じて、今回だけは……」

必死で止めに入った。

「…………」

稲川は、困った。

堀井一家の加藤伝太郎親分から、鶴岡親分のところに預かりの身になっているとき、湯河原で賭場が開けテラが取れたのも、ひとえに「下田旅館」の親父のおかげであった。

「下田旅館」の親父は、山崎屋一家の親分でもあり、湯河原を縄張としていた。稲川は、「下田旅館」の親父に地代を払い、賭場を開かせてもらっていたのである。いわば、稼業上の義理があった。

「下田旅館」の親父は、白髪の混じった頭を下げた。

暴れ者の兄でも、彼にとっては、かけがえのない肉親の兄弟なのであろう。

稲川は、井上の悔しさも、「下田旅館」の親父の肉親を思う情も、わかりすぎるくらいわかった。身を裂かれるような思いであった。

稲川は、木枯らしに吹かれながらしばらく玄関先に立ちつくしていたが、きっぱりと言った。

「わかった」

ひと言、あとは無言であった。

## 3

稲川は、親分である綱島一家五代目の鶴岡政次郎の供をして三島の競馬場に向かっていた。鶴岡親分は、背広姿であった。稲川は、ジャンパーを着た身軽な喧嘩支度で鶴岡親分を守っていた。

昭和二十二年十二月十九日の正午過ぎであった。風の強い日で、近くの竹藪が唸り声をあげて揺れていた。真正面から襲いかかってくる富士おろしの風は、頬や腕が切れそうなほど冷たい。

三島競馬場は、草競馬であった。現在の静岡県三島市の郊外にあった。東側に箱根山がのぞめる。北側には富士山が手にとるように近い。まわりは田んぼで、競馬場は草原の中に柵をこしらえて競馬がおこなわれていた。一周は、四百メートル近くであった。年に二回開催され、一開催一週間くらいつづけておこなわれていた。現在は廃止され、跡地は私立三島高校の敷地になっている。

二人を囲むようにして七人が両側にいた。稲川の若い衆であった。

競馬場に近づくと、稲川の姿を見て二人のやくざ風の男があわてて走り去った。別の五、六人が、稲川たちの一団の左右を遠まわしにはさみこむようにして歩きはじめた。稲川は、心の中で吐き捨てるように言った。

〈下田の野郎、おれたちと勝負する気だな……〉

三島の競馬場は、これまで大場一家の縄張であった。しかし、競馬場の開催執務委員長である佐藤虎次郎が、今回の開催から大場一家にかわって横浜の鶴岡政次郎親分に警備を頼んだ。

大場一家に任せておくと、カスリを何度も要求するなどもめごとが相ついだ。嫌気のさした佐藤委員長が、鶴岡親分に頼んだのであった。

それを知った大場一家総長の下田武雄が、怒った。

「佐藤虎次郎の野郎、ふざけてやがる。相手が鶴岡であろうと、かまうこたあねえ！　警備のことに口出しはさせねえ！」

昨日の初日、鶴岡の若い衆が警備に当ったが、追い帰されていた。

二日目のこの日、鶴岡は下田武雄に話をつけるために競馬場に向かったのであった。

稲川は、下田武雄が鶴岡親分に食ってかかっていると聞き、「許せねえ！」と思っていた。

〈今度こそ、下田の野郎、締めてやる……〉

そう決心して、鶴岡親分について来たのであった。

下田武雄が、伊豆長岡の「甲州旅館」で井上与市を木刀で半殺しにした一週間後のことであった。

稲川は、すぐに下田武雄のところに乗りこもうとしたが、武雄の弟の「下田旅館」の親父に頭を下げられ、大場一家と事をかまえることは止めた。

ところが、あとでそのことを弟から聞いた下田武雄が、いきり立ったというのだ。

「稲川の野郎が、おれと勝負しようとした……売り出し中だと、思いあがりおって……今度見かけたら、叩っ殺してやる」

稲川は、ひとまず「下田旅館」の親父には、義理を立てた。今度相手から勝負を挑んでくるなら、井上の仇《かたき》は取ってやる。殺してもいい。そう腹に決めていた。そのいい機会だと思っていた。そう思い、あえて長谷川や森田たちを連れてきたのであった。

競馬場の入口が、五十メートルばかり前に見えてきた。競馬場から、歓声が聞こえてくる。一レースの決着がついたらしかった。

そのとき、長谷川が、稲川に声をかけた。

「親分、右の土手に……」

右の土手に、竹藪を背にして三十人近くが仁王立ちになっていた。真ん中に、二十七、八貫はあろうと思われる下田武雄親分が立っていた。冬でも、着流し姿であった。手には、折れた弓幹《ゆがら》を持っていた。下田武雄は、いつも弓の折れたのをステッキがわりに持って歩いていた。弓は、樫の棒とかわらぬ凶器に変じた。

まわりの者は、それぞれ木刀などを持っている。鶴岡親分を待ちかまえているらしかった。

下田武雄が、弓を振り上げ、何やらわめいた。

竹藪が、不気味な音をあげて唸る。その音にかき消され、聞きとれない。

風の切れ切れに、

「やっちまえ！」

という声が聞こえた。

その声に合わせ、三十人近くが土手から木刀を振りかざしながら駆け下りてきた。

「うおッ！」

という声をあげ、いっせいに襲いかかってきた。

鶴岡親分が、怒った。

「何を血迷ったことをしやがる！　稲川、容赦することはねえぞ」

稲川は、ジャンパーを脱ぎ捨てた。

下田は、五、六人の若い衆に囲まれるようにして後方に控えていた。下田武雄は、ひときわたくましい体をしていた。しかし、まわりを固めて守っている若い衆たちは、それ以上にたくましい体つきをした男たちばかりであった。

稲川は、下田武雄を狙い、素手で飛びかかっていった。稲川組の親分として日頃は堪えに堪えることが多かったが、怒りを爆発させたときは、自分でも何をやるかわからなかった。鬼と呼ばれていた若いときと少しも変わらぬ激しさであった。

長谷川と森田は、親分に先を越されては……と敵陣に躍りこんでいった。二人とも、愚連隊あがりである。喧嘩は、飯より好きであった。無謀な喧嘩は、親分から固く止められていた。しかし、今回は久しぶりに親分から喧嘩の許しが出た。

〈待ってました……〉

とばかり、まるで水を得た魚のように飛びこんでいった。

他の五人の若い衆も、長谷川、森田につづき、敵の中に躍りこんだ。

稲川は、木刀を振りかざして襲いかかってきた大男をよけるようにして身をかがめた。次の瞬間、大男の懐に飛びこんで、肩車をかけ、投げ飛ばした。柔道実力三段の腕は、少しも衰えてはいなかった。

稲川のまわりでは、長谷川や森田たちも暴れていた。

何組かの取っ組み合いがはじまっていた。砂埃《さじん》が舞う。

背後から、稲川の体が羽交い締めにされた。太い腕であった。凄まじい馬鹿力である。ぐいぐいと締めてくる。

下田武雄が、叫んだ。

「稲川を狙え！」

真正面から、稲川の右肩めがけて木刀が振りおろされた。

稲川は、とっさによけるや、力をこめて両肘《ひじ》を後ろに突き出した。

「う……」

相手の脇腹に当った。羽交い締めにしていた腕の力が一瞬ゆるんだ。その隙を逃しはしなかった。

次の瞬間相手は、稲川のシャツと肌着を摑んだまま、地面に叩きつけられた。

稲川のシャツと肌着が破れ、背があらわになった。

稲川の背には、朱と黒の色の鮮やかな児雷也《じらいや》の入れ墨が踊っていた。横浜の彫師、彫留から入れてもらったものであった。

児雷也は、汗ばみ、波打っていた。

まわりに、競馬に来ている客も集まりはじめた。

稲川は、破れたシャツと肌着を完全に脱いだ。上半身は、晒ひとつになった。

切るような風が吹きつけてきたが、全身は熱く燃えていた。稲川の形相は、文字どおり鬼のような形相だった。

下田武雄のまわりにいる四、五人の木刀が、いっせいに稲川に襲いかかってきた。

稲川は、かまわず、下田武雄めがけて飛びこんだ。

「この野郎！」

まさに電光石火の早業であった。

得意の見事な左からの大外刈りであった。
二十七、八貫もある下田武雄の巨体が、もんどりうって転んだ。まさに、一瞬の早業であった。
稲川もいっしょに下田の体の上に肘から落ちた。鳩尾に肘が決まった。

「うッ！」

下田武雄は、うめいた。

ふつうの相手なら、その場で気絶する。しかし、下田武雄はひとうめきしただけであった。

稲川は、すかさず下田の手から弓幹を奪いとった。

すぐに立ち上がるや、弓を下田の顔面めがけて振りおろした。

「この野郎！」

が、下田は右腕で撥ねつけた。太い、固い腕であった。

稲川は、下田武雄の肩に打ちこんだ。

下田武雄は、それでも顔色ひとつ変えない。それどころか、

「うおッ！」

という獣のような声をあげて、なお起き上がろうとした。

稲川は、下田武雄のふくらんだ腹を弓で打ちこんだ。

「うッ！」

下田武雄は、うめき声をかすかにあげるだけで、なお音をあげない。

稲川は、下田武雄の頭、肩、首筋、腕、と滅多打ちにした。

ふつうの男なら、それで息の根は止まる。が、下田武雄は、滅多打ちにしてもなお音をあげない。

稲川は、最後の止めに、ふたたび頭をめがけて弓幹を振りおろそうとした。

「稲川、殺すんじゃねえぞ！」

背後から、声がした。鶴岡親分の声であった。

鶴岡は稲川の性格を知りぬいていた。そのまま放っておけば、稲川は本当に殺すに決まっている。何事も、半端なことの嫌いな男であった。しかし、それは稲川のためにもならない。

これからのある男だ。

「稲川、そのへんで勘弁してやれ……」

稲川は、あらためて下田武雄の顔を見た。

眼こそこちらを睨みつけているが、すでに顔は土気色であった。生きた人間の顔色ではなかった。唇も、青紫色である。

鶴岡親分は、まわりの者にも声をかけた。

「やめろ！」

鶴岡の一声に、稲川組の者も、大場一家の者も、手を引いた。東海道一の大親分である鶴岡の一声には、それだけの重みがあった。

森田が、あわてた声を出した。

「親分、警察がやってきました……」

稲川は、競馬場の方に眼を放った。まわりには、人垣ができていた。警官が七、八人こちらに向かっていた。その時、すでに喧嘩は終わっていた。

事情を聞いたそのうちの責任者らしい警官が、鶴岡親分に言った。

「このまま、すぐに引き揚げるか。鶴岡親分が、やった者を連れてすぐに引き揚げるなら、このまま逮捕しないで見逃す。ただし、このまま三島にいつづけられると、治安の問題もあるので……」

鶴岡親分は、うなずいた。

「わかりました。すぐに引き揚げさせます」

鶴岡親分は、稲川の汗まみれの肩に手を置いた。

「稲川、引き揚げよう」

稲川は、立ち上がった。下田武雄は、口こそきけなかったが、なお稲川を睨みすえていた。

しかし、すでに呼吸困難に陥っていた。早く病院に運ばなければ、命を落とすことになりかねない。

戸板が運ばれてきた。その上に、下田親分の太った体が乗せられた。

鶴岡が、稲川に言った。

「あとは、佐藤さんに任せよう」

稲川は、はじめて弓幹を投げ捨てた。

この喧嘩で、稲川の方は、二人の怪我人が出た。相手のほうも相当な怪我人が出た。

後日、鶴岡が三島競馬場の開催の執務委員長である佐藤虎次郎にもめごとのあと始末について訊いた。

佐藤は、答えた。

「すべて話をつけました」

佐藤は、鶴岡の舎弟だが、当時、静岡選出の代議士をつとめていた。のちに静岡県知事に立候補して落選したが、しまいには清水市の市長にまでなった人物である。

しかし、この喧嘩で、負けた下田武雄がすっかり稲川に惚れこんでしまった。

泣く子も黙ると言われた大場一家の総長下田武雄のかつての喧嘩の中で、稲川のように強い男は初めてであった。稲川も、生涯を通じて、下田との喧嘩は、強烈な印象として残った。

当時、東海道では、しばらくの間、この喧嘩のことが評判となった。稲川の名前が、東海道でなおいっそう知れ渡った。

それから十数年後、下田武雄は跡を継ぐいい子分がいないから……と稲川の子分に大場一家の跡目を継いでもらいたい、と頼んできた。

稲川は、自分の若い者を大場一家の跡目にすえた。大場一家の縄張は広く、三島を高橋衛、伊豆長岡を須和田房雄、伊東を小林輝二の三名に分けて跡を継がせた。

なおのちに下田武雄が死んだとき、稲川は葬儀委員長となり、立派な葬儀をおこない、手厚く葬った。

4

「勝負！　サキ、七ケン、アト、五ス。サキと出ました」

威勢のよい中盆の声とともに、アトに張られた札束がサキにツケられた。

「ちぇッ！」

リーゼントスタイルにアロハシャツ姿の若者が、舌打ちした。大きな眼で中盆をじろりと睨んで言った。

「なんだいこれは、イカサマじゃねえのか」

中盆は、むっとした。

まわりに座っている客人たちも、いっせいに若者を睨みすえた。

若者は、かまわず中盆に声をかけた。

「おい、もう五千円貸してくれ」

中盆は、頬を紅潮させ返事をしなかった。

「聞こえねえのか」

若者は、ドスのきいた声で言った。

賭場に、刺々《とげとげ》しい空気が流れる。浅草神社裏にある旅館の二階の賭場であった。六区のあたりから、威勢のいい歌声が流れてくる。

笠置シヅ子の「東京ブギウギ」だった。昭和二十三年の三月ごろであった。

若者は、出口辰夫であった。通称〝モロッコの辰〟と呼ばれていた。このとき、二十六歳であった。

戦前、『モロッコ』というアメリカ映画が、日本で大ヒットした。

出口辰夫は、男のゴミ捨て場のような外人部隊の崩れた雰囲気に、強く惹《ひ》かれた。少年ながら、ゲーリー・クーパーとマルレーネ・デートリッヒの恋に胸をときめかせた。

〈いつ死んだっていいが、死ぬ前に一度だけ、おれもモロッコに行ってみてえ……〉

そう思いつづけ、まわりの者にその夢を語りつづけていた。いつの間にか、彼は〝モロッコの辰〟と呼ばれるようになっていたのである。

生まれは神奈川県の鶴見であったが、浅草を中心に、横浜、東海道を愚連隊として暴れ回っていた。愚連隊仲間では、小田原生まれの井上喜人と二人でコンビを組み、京浜地区から東海道にかけて名がとどろいていた。

昭和二十一年に、二人はそれぞれ傷害、恐喝などで横浜刑務所に収監された。モロッコが一年で、井上が三年の刑であった。

モロッコは、娑婆に帰るや前以上に暴れはじめた。

子分どもに「モロッコの辰」とだけ書いた名刺を持たせて賭場を回らせ、いわゆるハジキに行かせていた。

「モロッコの使いです」

そう言って子分どもがその名刺を差し出せば、ほとんどの賭場の博打うちたちは顔を立てて、当時の金で二、三千円は差し出してくれた。

ところが、今回は子分に名刺を持たせたのに、相手は金を出すのを断わってきた。

〈ふざけやがって……恥をかかせたな……〉

モロッコは、カッとなり、舎弟分の田中敬を連れて賭場に乗りこんだのであった。彼は、カッとなると前後の見境がなくなる。どんな残忍なことでも平然とやってのけた。

賭場には、一銭の金も持たないで座った。まずは五千円借り、その五千円を張った。負けた。なお五千円借りようとして断わられたのであった。

賭場には、素人の客に混じり、五人ほどの屈強な若者たちが顔をそろえていた。その賭場は何回となくモロッコにハジかれていた。今度こそモロッコが顔を出したら決着をつけようと待ち構えていた。懐には、ドスを呑んでいた。

モロッコは、懐からいきなり拳銃を取り出した。それも二挺であった。

一挺は、黒光りするS&W・U・S・アーミーM1917であった。口径は四十五。全長は二十七・五センチであった。六発装弾されている。進駐軍から流れたものであった。

いま一挺は、コルト38ディテクティブ・スペシャルであった。スナブノーズ、いわゆるしっ鼻型と呼ばれている。口径は三十八。全長は、十七・四センチで短い。

田中敬も、アロハシャツの懐に手を入れ、拳銃を取り出した。

コルト38ポリスポジティブであった。口径は三十八。全長は二十一・八センチであった。

田中は、以前から井上の舎弟であった。三人そろって横浜刑務所に入っていたが、モロッコと二人で一足先に娑婆に出たので、モロッコと行動をともにしていた。二十七歳になったばかりであった。度胸ばかりでなく、頭の回転のいい若者であった。

まわりが、いっせいに殺気立った。懐に手を入れ、ドスの柄に手をかけた若者もいた。

モロッコは、S&W・U・S・アーミーM1917を盆の上にごろりと置いた。

「これで五千円だ」

いま一挺のコルト38ディテクティブ・スペシャルは、いざのときのために、懐にしまいこんだ。

田中も、コルト38ポリスポジティブを懐にしまいこんだ。

モロッコは、大きな血走った眼であらためて賭場を睨みまわした。狂気じみた眼の光であった。ぎらぎらと燃えている。背たけは、一メートル五十五センチにも満たない。しかし、小さな体の全身に殺気というか妖気《ようき》のようなものがみなぎっていた。

モロッコは、にやり、と薄気味悪い笑いをもらした。残忍なことをする前の、モロッコの癖である。

〈文句が、あるのか！〉

モロッコは、殺気に満ちた眼で一人一人の顔を睨みかえしていった。死ぬことなど、屁《へ》とも思っていなかった。

どの連中も、モロッコの視線を避けた。モロッコの勝ちであった。

モロッコが、中盆に言った。

「さあ、勝負をはじめろ！」

中盆は客人の手前、しぶしぶと声を出した。

「どっちも、どっちも……」

やがてコマがそろった。

「勝負」

の声がかかった。

中盆が、花札を三枚ずつサキ、アトと開いた。

モロッコは、再びにやりと笑った。今度はサキが四ツヤでアトが五ス。アトの勝ちである。

モロッコは、ゆっくりと田中に声をかけた。

「おい、そろそろ引き揚げようか」

モロッコは、札をわし摑みにすると、小柄な体を揺するようにして立ち上がった。


モロッコは、湯河原の旅館「静山荘」二階の賭場に座っていた。真白い背広を着ていた。進駐軍から流れたモダンな背広であった。しかし、小柄ゆえに寸法が合わず、衣紋掛けが突っぱったような感じであった。

子分の田中を連れて、金を借りては張っていた。

負けがこむや、モロッコは背広の内ポケットから例によって二挺の拳銃を取り出した。

モロッコは、拳銃を中盆に向けた。

中盆の顔が、引きつった。

まわりの客の顔からも、血の気が引いていった。

一瞬、賭場が死んだように静かになった。モロッコは、にやりと笑った。S&W・U・S・アーミーM1917を盆の上にごろりと転がした。

「こいつで五千円だ！」

モロッコは、もう一挺のコルト38ディテクティブ・スペシャルを懐にしまった。

そこに、一人の男が入ってきた。着流し姿であった。

男は、その場の雰囲気で賭場荒しだなと、すぐにわかった。

男は、背筋をぴんとのばし静かに座った。

男は、じろりとモロッコを見た。威圧感のある視線だった。稲川であった。

賭場は一瞬、静まり返った。稲川は、じっとモロッコと拳銃を睨んでいたが、おもむろに懐に手を入れた。胴巻きから百円札の束を取り出し、モロッコの前にぽんと放り投げた。

「おい、ここは、喧嘩場じゃねえ」

モロッコの前に放った札は、相当な額であった。

モロッコは、大きな眼をひん剝いて稲川を見た。貫禄の差はかくせない。何か得体の知れない威圧感に、モロッコの方が、度肝をぬかれた。

モロッコは、いつの間にか拳銃を懐にしまった。

モロッコほどの愚連隊でも、この場は逆らわずに、そうするしかなかった。

モロッコは、そのまま出口に向かった。

障子に手をかけようとしたとき、振り返って、稲川に声をかけた。

「どちらの親分ですか……」

稲川は、ぴんと背筋をのばして座ったまま、モロッコをじろりと見た。

虎の眼を思わせる、爛々と燃える眼であった。心の奥の奥まで見すかしてしまうような、独特の恐ろしさを持つ眼であった。

稲川は、静かな低い声で言った。

「いたずらの場所で名乗るほどのこともねえ。客人に迷惑だ。文句があるなら、いつでも来い！　稲川だ」

モロッコは、あらためて稲川にジッと見入った。

ひと言も言えずに、頭を軽く下げた。それからくるりと背を向け、田中を連れて賭場を出て行った。

「世間には、変わったやつがいるな……」

モロッコは、独り言でつぶやいた。

田中には、どうしても信じられなかった。これまでモロッコの兄貴がこういう場合でひと暴れしないで席を立ったことはなかった。それなのに、大人しく引き下がった。

〈いったい、モロッコの兄貴に、どういう心境の変化があったのか……〉

蟬《せみ》の声が、降るように聞こえてくる。まわりの木の葉が、少しすれ合っただけで発火しそうなほどの暑さであった。昭和二十三年八月十三日であった。

群馬県前橋刑務所の低い、赤レンガの塀の前にトラックが二台、国産のポンコツ自動車が二台横づけになっていた。百人近い、当時流行《はや》りだしたリーゼントスタイルの若者が、そのそばにならんでいた。

彼らの服装は、なんとも派手派手しかった。雪駄ばきの上に、小粋な縞の背広を着ていたり、アメリカンスタイルのケバケバしいシャツを着ている。それぞれが、流行の最先端を気取り、ナイスボーイぶりを競い合っていた。横浜の愚連隊たちであった。闇ルートで流れてきた進駐軍の古着を身につけていた。

若者たちの中心に、モロッコの辰がいた。真夏というのに、眼の覚めるようなブルーの背広の上下を身につけていた。

モロッコは、苛々《いらいら》しながら刑務所の門の開くのを待っていた。隣りに、田中敬がいた。兄弟分の井上喜人が、刑を終えて出てくる。その放免に集まってきたのであった。

井上とは、少年院時代からの仲間であった。

井上は小田原の出身で、鳶《とび》職の息子であった。子供のころから手のつけられない暴れ者で、十五歳のころから、たびたび警察ざたを起こしていた。その後、少年院を出たり入ったりの生活であった。

二人が知り合ったのも、少年院の中であった。モロッコの方が、井上より二つ年上であった。

昭和二十一年二人そろって横浜刑務所に収監されたが、すぐに二人で横浜刑務所を支配した。

刑務所の中には千二、三百人の囚人がいた。戦後まもないころで、手のつけられない愚連隊どもがそろっていた。喧嘩が絶えず、食糧事情なども悪く、いつ暴動が起きるかもわからない状態であった。それなのに、囚人の数の多さに比べて、看守の数は少なかった。囚人を押さえこめる力はなかった。

その中で、囚人どもを支配していたのが、井上とモロッコであった。二人に逆らう者があれば、半殺しの目にあわせた。

日曜日の夕方、五時の最終点呼の前に、その囚人の房に井上とモロッコをふくめ、各房からよりすぐった猛者《もさ》たちが入れ替わって入る。日曜日は、看守の数もより少なくなる。当時、点呼は、房の中の員数さえあっていればよかった。

日曜日の夕方五時から、翌朝七時の点呼まで、二人に逆らった囚人の私刑をはじめた。

部屋に備えてある食事用の御膳で、頭を叩き割る。布団蒸しにして、息の根を止める寸前まで追いこむ。気を失えば、何度も水をかけては、また殴る、蹴るを繰り返す。「許して下さい。もう二度と逆らいません……」と詫びるまで、一晩中私刑をつづけた。モロッコも井上も、狂暴きわまりなかった。

囚人たちを押さえこむと同時に、したい放題のことをしていた。

ところがそのうち、モロッコと井上の二人を同じ刑務所に置いておくと、のちのち、より大きな事件が起きかねない、ということから、井上は、ついに前橋刑務所に移送されたのであった。

前橋刑務所の門が、開いた。

モロッコの胸が、熱くなった。まるで恋人に会うようなうれしさだった。

井上が、右手を頭の上にかざしまぶしそうに出てきた。海坊主のように、頭はつるつるである。青光りしている。

絽《ろ》の着物に、絞りの帯であった。

「兄弟……」

モロッコは駈け寄り、手を握り合った。

百人近い子分どもが、いっせいに取り囲んだ。

「兄貴、お帰りなさい」

井上は、切れ長の細い眼で子分どもを見回し、うなずいた。

それから数日後の夜、モロッコの舎弟分で当時浅草、上野でいい顔をしていた福山兄弟の行きつけの浅草の料亭で、井上の放免祝いが開かれた。

上座に座った井上が、ビールを飲みながらモロッコと、これからの娑婆での生き方について話し合っていた。

「兄弟よ……いま、横浜は『京浜兄弟会』と呼ばれるグループがのしてきている。強力な博徒の親分七人が、おたがいに手を結んでしまったのさ。おれと、ムショから出てきた兄弟の命を取ろうって、おれたちを狙ってるぜ」

当時の横浜は、博徒の鶴岡政次郎、藤木幸太郎、笹田照一という戦前からの有名な親分に連なる鶴岡町の雨宮光安、伊勢佐木町の秋山繁次郎、神奈川の滝沢栄一、高島町の高橋鶴松、鶴見の山瀬惣十郎、海岸の外峯勇、鶴屋町の漆原金吾の新興親分七人が兄弟分の縁を結んで、「京浜兄弟会」をつくり、勢力を誇示していた。

井上の細い切れ長の眼が、ぎらりと刃物のように光った。

「おお、命を取るっていうなら、取ってもらおうじゃねえか！」

まわりの子分どもがびっくりするほどの大声であった。

田中は、井上とモロッコのやりとりをひと言も聞きのがすまいと、そばで耳を傾けていた。

「兄弟、そう興奮するなよ……」

モロッコが、なだめた。いつもは、モロッコが歯止めのきかない突っこみ型で、むしろ井上が抑える。しかし、刑務所から出てきたばかりの井上は気が立っていた。井上は、大声で言った。

「殺ってやろうじゃねえかよ！　七人兄弟だろうと、八人兄弟だろうと、かまうことはねえ！　兄弟とおれに、恐いもんなんかあるもんか！」

モロッコは、ぐいとビールをひと飲みすると、井上の肩に手を置いた。

「兄弟、おれの言うことをよく聞いてくれ……」

井上は、酔ってくるにしたがっていっそう腸が煮えくりかえってきた。七人兄弟とやらを、全員撃ち殺してやる！　と思っていた。

モロッコは、酔いに血走った大きな眼をいきいきと輝かせて言った。

「じつは、兄弟に会わせたい男がいるんだよ」

井上は、別に興味もなさそうにビールを飲んだ。

「湯河原に、稲川って、いま売り出している親分がいるんだ。なんとも腹の据わった男で、その稲川が、近々熱海の縄張をもらって跡目に座るという噂がある。おれもあることが縁で、何度も会っている。じつにいい男だ。兄弟、このさいどうだ、おれたちはこの男の舎弟になろうじゃないか」

モロッコの脳裏には、湯河原の賭場で初めて会ったときの稲川の姿が鮮烈に焼きついて離れなかった。

この世に恐いものなしで突っ張ってきたモロッコが、生まれて初めて恐ろしい男という者に出会った気がしていた。これまで、たくさんの暴れ者たちに会ってきた。関東、東海道の博打うちのほとんどの親分にも会ってきた。どんな親分に会っても、屁とも思わなかった。しかし、今度だけは別であった。恐ろしい男がこの世にいる、ということを思い知らされたのであった。何とかして、井上を稲川に会わせたいと思っていた。

井上は、むっとした。

「兄弟、冗談じゃねえ。おれと兄弟は、いままで兄貴も親分も持たねえで、愚連隊一筋でやってきたじゃねえか。兄弟とおれと組んで、できなかったことは、何もねえじゃねえか！稲川って男がどんなにえらい男であっても、いまさら舎弟になるわけにはいかない」

モロッコは、これまで井上の言うことなら最終的には聞いてきた。しかし、今回は決意が固く、譲らなかった。

井上は、モロッコのいままでと違う強い言葉に、頑固な心が揺れはじめていた。

モロッコは、口でうまく説明できないことがもどかしくてたまらなそうに言った。

「兄弟、とにかく、稲川って男に会ってくれ。会えばわかる……ものがちがうぜ」

5

「稲川の親分さん、いらっしゃいますか」

出口辰夫が、声をかけた。相手は、稲川の若い衆、長谷川春治であった。稲川が本拠としている湯河原の「下田旅館」の玄関先である。出口といっしょに、前橋刑務所から出たばかりの井上喜人もいた。

長谷川は、出口と井上を見た。

出口も、井上も、進駐軍流れの粋な縞模様の背広を着ていた。

長谷川は、稲川の若い衆になる前は愚連隊であった。二人が愚連隊であることは、すぐに察しがついた。しかも、井上の頭は坊主頭であった。刑務所から出たばかりだと、すぐに察しがついた。

「どちらさんでしょうか……」

長谷川は訊いた。自然に、玄関に立ちふさがる姿勢になっていた。万が一、二人の愚連隊がふいに階段を駈け上がり稲川親分の命でも狙うようなことがあれば、身を挺して防がねばならない。

　出口が、名乗った。

「出口辰夫と申します」

　井上も、名乗った。

「井上喜人と申します」

　長谷川は、二人の名前を聞いてすぐにわかった。〝モロッコの辰〟と呼ばれている出口辰夫と、〝ハマのキー坊〟と呼ばれている井上喜人のコンビについては、噂に聞いていた。京浜・東海道を股にかけ賭場を荒し回り、親分たちを困らせていた。

　長谷川は、油断のないように二人を見すえていた。

　そこに、森田祥生が下りてきた。モロッコと井上を、じろりと睨むように見た。やはり二人が愚連隊であることはわかる。

　長谷川が、あらたまって言った。

「稲川の若い者で長谷川と申しますが、御用件は、何でしょうか……」

　用件次第では、体を張って追い返さねばならぬ。

　モロッコが言った。

「先日、賭場で親分に大変やっかいになりました。お礼かたがた、兄弟分に会ってもらいたくて……」

モロッコは、あくまで殊勝な言い方をした。二人の若い衆に、敵意のないことを知らせるためであった。

長谷川と森田は、眼と眼を見合わせた。

〈どうする……〉

モロッコと井上には、どうやら他意はなさそうであった。言葉どおりに受けとってよさそうであった。

長谷川が、二階に上がって行った。

森田が、かわりに玄関に立ちふさがるように立った。

しばらくして、長谷川が二階から下りてきた。

「どうぞ、お上がり下さい」

モロッコと井上は、玄関を上がり、二階に向かった。

二人の前を長谷川が歩く。一番背後に森田がつづいた。モロッコと井上を長谷川と森田がはさみこむ形となった。

モロッコと井上は、二階の奥の右手の部屋に通された。夏の終わりの夕刻だが、うだるように暑い。まわりの樹々から、蟬の声が火に炙《あぶ》られ鳴きわめいているように響いてくる。

床柱を背に、稲川が座っていた。腕を組み、背筋をぴんとのばしている。薩摩上布《じようふ》の着流しであった。

長谷川がモロッコと井上が来たことを伝えに上がったときは、稲川親分は浴衣姿であった。しかしいつの間にか、着流しに着替えていた。たとえ相手は愚連隊であろうと、きちんと挨拶をして訪ねてきている。稲川の、人を迎えるときの礼儀でもあった。

井上は、稲川を睨むように見た。稲川の眼と合った。稲川の眼は、厳しかった。寸分の隙もない眼で二人を見た。

威厳を示そうと肩をいからせていた井上は、面くらった。これまで、どんな相手にも突っかかっていき、荒っぽいものを叩き潰す自信はあった。が、今日は違っていた。

眼の前にいる稲川は、こちらが突っかかっていっても悠然とかまえていた。暖簾《のれん》に腕押し、といった感じである。奥行きが深い。井上は、相手に得体の知れない迫力を感じていた。

井上は、モロッコに引かれるようにして稲川に会いに来たのであった。

「兄弟、騙されたと思って、稲川という男に一度会ってみろ」

モロッコにそう言われてきたのだが、なるほど……と思いはじめていた。引きつけられるものを感じていた。

モロッコと井上は、座敷に入った。森田に座布団をすすめられたが、断わった。二人とも、畳の上にそろって正座した。

モロッコは、稲川にリーゼント頭を下げた。

「この前、賭場ではお世話になりました」

稲川は、苦笑いして答えた。

「いや、礼を言われるほどのことでもない」

数カ月前、湯河原の賭場で賭場荒しに来ていたモロッコに会ったとき、稲川は名を名乗り、モロッコに言ったことがある。

「文句があるなら、湯河原へいつでも来い！」

稲川はモロッコが、刑務所から出た井上喜人を連れて、何のために来たのかなと思った。

ところが、突然頭を下げ、礼まで言いはじめたのである。

モロッコは、相棒の井上喜人を稲川に紹介した。

「わたしの兄弟分の井上喜人です。つい先だって前橋刑務所から出たばかりですが、今後とも、よろしくお願いします」

稲川は、あらためて井上を見た。切れ長の細い鋭い眼をしていた。

稲川は、長谷川を呼んで、何か耳打ちした。長谷川が「はい」と答えて、下に降りていった。

やがて祝儀袋に包んだものを持って来た。稲川は、それを受け取って、井上の前に静かに置いた。

「長いこと、御苦労だったな。垢落《あか》としの足しにでもしてくれ……」

ムショの味は、やくざも愚連隊もいっしょであった。

井上は、初対面の稲川から思いもよらぬ情のこもった金を渡され、一瞬とまどった。これまで、数えきれないほど賭場を荒し、相手の懐に手を突っこむようにして銭をふんだくってきた。井上は、ふいに胸が熱くなった。

モロッコも、思わず熱いものがこみあげてきた。自分が銭をもらったことより、兄弟分の井上を労《ねぎら》ってもらったことの方がよけいにうれしかった。

モロッコは、畳に手をついてお礼を言った。

「ありがとうございます」

つづいて井上も礼を言った。

「どうもありがとうございます」

二人が、丁重に礼を言ったあと、モロッコが急に畏まって言った。

「親分、わたしたちを舎弟にして下さい」

稲川は、舎弟分と聞き、きっぱりと言った。

「おれは、この渡世では兄弟分も舎弟分も、持たない……」

稲川の本心であった。

兄貴分の横山新次郎に、じっくりと言われたことがある。

「稲川よ、おまえが兄弟分を持てば、おまえの若い衆がのびられなくなる。兄弟分を持つのはやめろ」

兄貴の言ったことが、稲川の心に沁みていた。

稲川は、モロッコと井上を見た。

モロッコが返事をする前に、井上が坊主頭を下げていた。

「いや、舎弟分ではなく、若い衆でけっこうです！　親分に命を預けます」

井上は、すっかり稲川に惚れこんでいた。

今度は、モロッコの方が驚いた。

〈あんなに、強がりを言っていた兄弟が……〉

稲川は、だまってうなずいた。が、ようやく重い口を開いた。

「わかった。いずれ、うちの者たちにも会わせよう」

こうして二人は、稲川の若い衆になった。モロッコ、井上についていた子分たち百数十名もいっしょに、稲川の傘下に入ったわけである。これによって、稲川の勢力は、関東でも揺るぎないものとなっていった。


井上喜人は、小田原の古い旅館「海月屋」二階の賭場に座った。

中盆は、井上の姿を見るなり、顔を強張らせた。

まわりの客の数人も、露骨に嫌な顔をした。

井上は、小田原の生まれであった。小田原の賭場は、十代のころから荒し回っていた。博徒だけでなく、賭場に出入りする旦那衆まで、愚連隊の井上のことを忌み嫌っていた。

小声でささやく者がいる。

「おい、やつはムショに入ってたんじゃねえのか……」

「どうやら、出てきたばかりらしいぜ……」

井上の坊主頭を睨みながら言う。井上が刑務所から出てきたので、またひと暴れされることを恐れている。

井上は、着流し姿であった。愚連隊時代には、あまり着たことのない姿であった。連れてきた舎弟の田中敬も、やはり着流し姿であった。二人とも、きちんと座り、背筋もぴんとのばしている。

切れ長の細い眼でまわりの客をギロリと一舐《な》めした。刃物のような鋭さは昔と変わらないが、どこか雰囲気がちがっていた。

井上は、懐に静かに手を入れた。

中盆が、そばの代貸に目で合図した。また例によって懐からドスでも取り出すのかと思ったのだ。井上がいつものように金を貸せといえば、金を貸して勝負させるべきか。それとも、はじめからあっさりいくらかでも渡し、帰ってもらった方がいいのか……。

ところが、次の瞬間、中盆が信じられない顔をした。

井上が、胴巻きの中から百円札の束を取り出し、盆の上に置いたのであった。

まわりの客も、狐につままれたような顔をした。

中盆は、とりあえず勝負を進行させることにした。

「どっちも、どっちも」

井上は、きちんと百円札十枚をアトに張った。

井上は、真剣に博打うちとしての道を学ぼうとしていた。

稲川に惚れこんで若い衆になった井上喜人とモロッコの辰であったが、二人は対照的な生き方をとっていた。井上は、それまでの狂犬のような愚連隊生活にきっぱりと別れを告げた。

長谷川、森田同様、稲川親分のもとで、本格的な博徒になるための修業に励んでいた。

博打うちとして大成していきたい、と願いはじめていた。モロッコに誘われて稲川に会ったが、いまやすっかり博徒稲川の生き方に惚れこんでいた。おれも、稲川のような博徒になろう、と心に誓っていた。

いっぽうモロッコは、愚連隊時代とまったくといっていいほど変わらない生活をつづけていた。相変わらず賭場荒しはやめなかった。いつも三、四人の子分どもを連れ、賭場から賭場をまるでつむじ風のように荒し回っていた。

モロッコには、どうしても博打うちの世界の堅苦しさや厳しさが性に合わなかった。しきたりとか、一家内の掟《おきて》とか、いついつまでにきちんとこれをやれと、期限を切られることは大嫌いであった。

モロッコは、博打うちに惚れたのではなかった。稲川の男っぷりに惚れこんだのであった。博徒の渡世には、まったく興味がなかった。博徒として厳しい修業をし、一人前の博打うちになろうなどとは、さらさら思いもしなかった。自由に、てめえの生きたいように生きたかった。

しかし、稲川親分のためになら、いつでも鉄砲玉として死ぬ気であった。親分を想う気持は、組の誰にも負けないと思っていた。

モロッコは、愚連隊時代と同じ気持で賭場を荒し回っているのではなかった。

モロッコは、モロッコなりに計算して賭場を荒し回っていた。愚連隊時代は、どんな賭場であろうと、金にさえなれば荒していた。しかし、稲川の子分になってからは、荒す賭場の狙いを付けていた。稲川より力の低い親分の賭場へは一切出入りしなかった。当時、世間的に稲川より力のあるとされていた親分衆の賭場ばかりを荒し回っていた。

これから稲川が男としてのびてゆく前に立ちふさがるであろう、京浜兄弟会の博徒七人衆の賭場をとくに狙っていた。

モロッコと井上が百人を超える子分を連れ稲川の子分になったことは、まだ正式に世間的には披露されていなかった。

しかし、京浜兄弟会の七親分は、稲川の動きに絶えず目を配っていた。稲川が、かならずや自分たちを追い抜いていく。その前に、七人が固く手を組み、事あれば稲川を封じこもうとさえしていた。七人兄弟の耳には、モロッコ、井上が子分になったことは入っていた。

モロッコは、七人兄弟たちの賭場で暴れ回りながら暗黙のうちに彼らにこう言っていた。

〈てめえら、下手に稲川親分に逆らうと、反対に手痛い目にあうぜ……〉

あえて七人兄弟の賭場を荒し回ることは、モロッコの稲川親分への惚れこみの証しであった。

モロッコは、一人になると、いつもおのれに言いきかせていた。

〈おれにはおれのやり方でしか、親分に尽くせねえんだ……〉

山崎屋一家の石井秀次郎親分が、しんみりした口調で言った。

「鶴岡親分、わたしももう年だから、そろそろ引退しようと思ってます……」

綱島一家の鶴岡政次郎の邸宅の奥座敷であった。碁を打っている途中であった。年の明けた昭和二十四年春のことであった。座敷には、やわらかい陽差しが射しこんでいた。

山崎屋一家は、網代《あじろ》の手前から熱海を中心に、真鶴までを縄張とする古くからの博徒であった。子分は十四、五人いた。

「そこでお願いですが、親分さんのところのだれかを、わたしの跡目にしてもらいたいんですが……」

鶴岡政次郎は、腕を組み、眼をとじた。

鶴岡親分の脳裏に、とっさに稲川の顔が浮かんだ。

〈稲川に、継がせよう……〉

鶴岡は眼を開け、言った。

「うってつけの男がいる。お前さんも知っているだろう。稲川だ」

石井親分が、白い眉を寄せた。

「若すぎはしまいか……」

稲川は、このときまだ三十五歳であった。

鶴岡親分が言った。

「なーに、稲川なら若くても大丈夫だ。おれが太鼓判を押す。いまの熱海は、警察も手を焼いている連中がのさばっている。これを征伐するには、稲川しかいない……」

石井親分が、なお不安そうに言った。

「たしかに、力は認めます。しかし、勢いがよすぎて、なにかともめごとが起きはしまいか……」

鶴岡親分が、苦笑した。

「勢いがよすぎるぐらいでないと、これからの博徒はつとまらんさ。博徒の世界も、変わっていくぜ……それに、おれにいい考えがある」

鶴岡親分は、翌日さっそく稲川を呼んだ。堀井一家の加藤伝太郎のもとに稲川がいた時代から稲川の兄貴分である横山新次郎も、いっしょに呼んでいた。

鶴岡親分は、眼を細めて稲川を見た。

「稲川、そろそろ縄張持ちの親分になっていいころだ。山崎屋一家を継げ。石井親分が、引退する」

横山新次郎の癖のある鋭い眼が、にわかにいきいきと輝いた。

「稲川、いい機会じゃねえか……」

鶴岡親分は、まるで自分のことのようによろこんでいる横山新次郎に言った。

「横山よ、じつは、おまえもいっしょに継いでほしい」

横山新次郎は、一瞬不思議そうな顔をした。二人がいっしょに跡を継ぐ、という例は珍しかった。

鶴岡親分が、説明した。

「稲川は気性も人一倍激しい。しかし、将来はかならずや大親分になる。その途上で、勇み足があって潰れたんじゃ、もったいねえ。そこでおまえが、ま、言ってみればお目付け役のような形で稲川を守ってほしい。利かん気の稲川も、おまえの言うことならじっくりと耳を傾けるだろう」

横山新次郎は、恭しく頭を下げた。

「稲川の役に立つことなら、よろこんで引き受けさせていただきます」

稲川も、深々と頭を下げた。

縄張持ちの親分になる……稲川の胸は、熱く燃えていた。なにより、長谷川、森田ら若い衆のために、正式に縄張が持てることがうれしかった。

6

熱海の海岸通りにある「鶴屋旅館」二階の大広間は、緊張した雰囲気に包まれていた。関東から東海道にかけてのほとんどの親分衆が、詰めかけていた。三百人は超えていた。

会場は、旅館の大広間である。襖《ふすま》は取りはらわれている。ただし、間にある鴨居には白紙が巻かれている。割ることを忌むためで、白紙を巻くことによって一部屋とされる。部屋の四方には、「四方同席」と書かれていた。

床の間左手には、大きな紙が張られていた。

引退　石井秀次郎
継承　横山新次郎
　　　稲川角二

と大書されていた。

「鶴屋旅館」を借り切って、横山新次郎、稲川角二の二人名前による跡目披露がおこなわれていた。昭和二十四年春のことであった。

旅館は、熱海名物のお宮の松のすぐ前にある。勢いのいい波の音が、親分衆の耳に響きつづける。

床の間を背に、真ん中に今回引退する山崎屋一家の石井秀次郎親分が座っていた。

石井親分の左側に、横山新次郎が座っていた。

右手に、稲川が座っていた。

三人とも、紋付羽織袴姿であった。

三人をはさむようにして、両側に水戸の金成豊彦、蠣殻町の鈴木伊之助、鶴見の辻本孝太郎、小金井一家五代目総長の渡辺国人、横浜の海運業のボス楠原三之介、それに鶴見の松尾組松尾嘉右衛門ら錚々《そうそう》たるメンバーが上座に座っていた。

松尾嘉右衛門は、大正の荒神山騒動と呼ばれ、関東と関西の荒くれ男二千人もが入り乱れて争った〝鶴見騒擾《そうじょう》事件〟の立役者であった。

さすがに、稲川の親分である鶴岡政次郎の肝煎《きもい》りでおこなわれた跡目披露だけのことはあった。

披露宴の前に、稲川の若者、出口、井上、長谷川、森田など主だった者三十数名の若者が正式に古式に則《のっと》った儀式によって、親子の盃事がおこなわれた。

その後に、跡目披露の式がはじまった。

石井秀次郎が、丁重な口調で言った。

「横山新次郎、稲川をわたくしの跡目にいたしました。今度ともよろしくお願いします」

三百人を超える熱い眼差しが、横山と稲川にそそがれた。

横山が、大広間いっぱいに響き渡るような声で言った。

「ただいまお聞きのように、わたし横山新次郎と稲川が山崎屋一家を継ぎました。二人名前になっていますが、稲川が継いだということです。若い稲川をひとつ、よろしくお引き立てのほどお願いいたします」

横山新次郎は、親分衆に深々と頭を下げた。

横山は、鶴岡親分から稲川といっしょに山崎屋一家の跡目を継いでくれ、と言われたときも、きっぱりと言っていた。

「おじさん、稲川はりっぱに一人で十分やっていけます。いまさら二人で継ぐなどと言わないで、稲川一人に継がせてやって下さい」

鶴岡親分も、そのあたりのことはわかりすぎるほどわかっているようだった。

「稲川を加藤親分のところからもらい受けたときから、目をかけてきた。わかっている。ただ、老い先短けえ石井の気持も汲んでやってくれ……」

横山は、石井秀次郎の気持を汲んで、あえて連名による跡目を引き受けたのであった。しかし、稲川のための披露目と思っていた。

横山は、あらためて各親分衆に丁重に挨拶をした。

「親分衆、今後とも稲川を頼みます」

稲川は、どのような場所でもあくまで自分を立ててくれる兄貴の志がうれしかった。稲川は、集まってくれた親分衆たちに、

「先代同様、今後ともよろしくお願いします」

と、深々と頭を下げた。

その夜、跡目披露の花会《はなかい》がおなじ「鶴屋旅館」で開かれた。盆には、三十数人の親分衆が座った。

どの親分衆の前にも、二つ折りにした百円札の束が積まれていた。ズクで、胡坐をかいた親分衆の膝が隠れるほどであった。

〝ズク〟とは賭金のことで、自ら卑しめて〝クズ〟としたのが、いつのまにか逆に〝ズク〟と呼び始めたのであった。

一人、五十万から百万ぐらいの持ち銭を持って座っていた。全員で一千五百万円以上の金が集まったことになる。当時の金の一千五百万円といえば、はがき一枚、当時二円、現在五

十円で二十五倍だから、現在の金で三億七千五百万円にあたると見てよかろう。この夜の花会がいかに豪勢であったかがわかる。

明け方、花会が終わったとき、鶴岡親分と稲川の二人は、集まったテラ銭をダンボール箱に入れて隣りの部屋まで運んだ。箱の中には、当時の金にして一千万円近くの百円札が詰まっていた。

鶴岡親分が、稲川に言った。

「稲川、いい博打だったな。おまえも、これで立派な親分になったな……」

稲川は、両肩に縄張持ちの親分となった重みをあらためて感じていた。

モロッコの辰は、小柄な体の肩をいからせるようにして糸川べりを歩いていた。熱海の海岸沿いにある渚町の糸川べりには、遊郭が集中していた。糸川といえば、赤線の別名であった。

モロッコは、愚連隊時代と変わらぬ派手なアロハシャツを着ていた。髪の毛も、リーゼントスタイルであった。稲川が、熱海の縄張を継いで二カ月後の、昭和二十四年六月の夜であった。

潮の香りの混じったムッとするようななま温かい風がまとわりついてくる。

当時流行った高峰秀子の「銀座カンカン娘」を口ずさんでいた。

モロッコのうしろには、稲川組の若い衆が数人つづいていた。遊郭の中の道は、狭い。二人がすれちがえば、肩と肩が触れ合うほどであった。

モロッコの大きな眼は、ぎらぎらとした光を放っていた。獲物を狙う豹《ひょう》のような眼であった。


〈野郎たち、どこに潜りこんでやがるんだ……〉

モロッコは、自分たちと敵対する朝鮮人グループの連中を捜しまわっていた。

彼らは、敗戦を機に熱海でも暴れはじめていた。どこからか熱海に流れこみ、糸川の遊郭に入りこんでいた。そこを根城《ねじろ》にして暴力をふるい、遊郭に来た客を恐喝したりして暴れ回っていた。

まかり間違って彼らに手向かうと、どこからか何人でも仲間を連れてきて、集団リンチにあった。

「戦争に負けた四等国民が、ふざけた真似をするンじゃねえ！」

恐ろしくて手向かうものがなかった。警察も、彼らの横暴さには、手を焼いていた。

彼らは、ますますのさばってきた。昼日中でも、拳銃を持ちまわり暴れ回っていた。警察は、日本人が拳銃などの武器を持ち歩けばすぐに逮捕したが、彼らが拳銃を持ち歩くのは見すごしていた。

熱海を縄張としている山崎屋一家の前の親分石井秀次郎は、はじめのうちこそ彼らに手向かっていた。しかし、彼らの狂暴な力の前に屈していた。

彼らは、石井親分のところに顔を出し、紙に図を書きながらせせら笑った。

一本の線を、横に引く。

「いま、日本はこれよ。つまり、みんな平等よ。平らね」

つぎに、三角形を書く。

「あなたたちやくざ、これね。ピラミッド。封建的よ、古いね。解散するといいよ」

石井親分が引退を決意したのも、彼らを押さえきれないことを痛感したからであった。

石井親分にかわって熱海の縄張を預かった稲川のところに、遊郭と旅館の主だった人たちがそろって頼みこんできた。

「このままでは、熱海に客が来なくなる。なんとか、彼らを追い出していただきたい……」

稲川は、縄張持ちの親分として、堅気の衆から熱海の治安を頼まれたことに誇りを感じた。

稲川は、きっぱりと言った。

「命を賭けても、熱海を守ってみせます！」

その話を聞いたモロッコは、勇み立った。

〈いまこそ、おれの出番だ……〉

モロッコは、眼をぎらつかせながら遊郭の中を歩きまわっていた。愚連隊時代なら、懐に平気で拳銃をしのびこませて歩いていた。しかし、稲川組の看板をしょっているかぎり、それはできなかった。モロッコは、よけいに苛立っていた。

しばらく行き、角を右に曲ったとき、三十メートルくらい先から興奮した声が響いてきた。

「兄貴！　暴れてますぜ！」

モロッコが先発隊として出していた稲川組の若い衆だった。

三人連れが、遊郭の店先で客を蹴とばしていた。

モロッコは、三人組のところに走った。走りながら、モロッコはにやりと頬に不敵な笑いを浮かべた。残忍なことをする前の、モロッコの癖である。

モロッコの眼が、敵の眼と合った。

次の瞬間、モロッコは体を躍らせていた。跳び上がるようにして、先頭の男の鳩尾を蹴りあげていた。

「ぎゃあー」

遊郭中に響き渡るような叫び声をあげ、相手の男はのけぞった。

背後の男が、背広の胸元から素早く拳銃を取り出した。薄闇の中で、銃口が不気味に光る。

モロッコは、拳銃を持った男に、すかさず足払いを食わせた。

相手は、もんどりうって転がった。拳銃が、土の上を転がる。

モロッコは、その拳銃を素早く奪った。

「動くんじゃねえ！」

一人は、立ったまま震えている。あとの二人は、転がったまま顔を引きつらせている。

モロッコは、銃口を次々と三人の顔に突きつけていた。

三人とも、ぴくりとも動かない。

モロッコが、吐き捨てるように言った。

「てめえら、大勢でつるんでなけりゃ、大きな口は叩けねえのかよ……」

三人とも、ひと言も口をきかない。眼に、怯《おび》えの色が走っている。

モロッコが、仲間に言った。

「おい、三人をこの店の二階に上げろ！」

モロッコたちは、その三人を二階に連れて行くと、三人とも軒先に荒縄で逆さ吊りにした。

旅館の下には、大勢の人間が集まりよろこびの声をあげている。なかには、拍手する者もいる。これまで彼らに残酷な目にあってきた鬱憤を晴らそうとしているのであった。

モロッコは、あらためてにやりと笑った。

木刀を持つと、一番狂暴な顔をした男の逆さになった顔面を殴りつけた。

「ぎゃあ、おお！」

断末魔のような声をあげた。

他の逆さ吊りになっている二人が、恐怖に体を動かす。いも虫のように、くねくねする。

モロッコは、二人目の顔面めがけて木刀を打ちこんだ。

「ぎゃッ！」

大声をあげた。

三人目の男は、鬱血して赤黒くなった顔を引きつらせている。

モロッコは、ぎらぎらと眼を光らせながら、その男の顔面を割るように打ちこんだ。

「ぐおッ！」

一声叫んで気を失った。

次の瞬間、一番狂暴な顔をした男がおろおろ声を発した。

「た、助けてくれ……」

モロッコが言った。

「もう、暴れねえか」

「暴れねえ……勘弁してくれ……」

モロッコは、舎弟に命じた。

「三人の縄をほどいてやれ」

モロッコは、ホッとしている彼らに言った。

「文句があるなら、いつでも仲間を連れてこい！　稲川組が相手になってやる」

稲川組の事務所のある咲見町から少し離れた海岸通りの映画館東宝では、関東浪曲名人大会が開かれていた。

初代広沢虎造の「清水次郎長伝」の渋い喉《のど》に、館内をびっしりと埋めている五百人を超える客が聞き惚れていた。

森の石松が登場し、得意の「馬鹿は死ななきゃなおらない」のところに行くと、場内は拍手の渦であった。

稲川組は、事務所の看板を稲川興業とかけていた。稲川は、小さいときから大の浪曲好きであった。小遣いをもらえば、すぐに浪曲小屋へ走っていた。

子供ながらに、清水次郎長をはじめ侠客たちの意気のよさに惚れ惚れしていた。親分子分の情に、胸をじんとさせていた。稲川組としては、本格的な歌謡ショーなどの興行もやっていたが、好きな浪曲には人一倍力を入れていた。浪曲だけは、みんなに聞いてもらいたいと思っていた。

この日の興行は、無料であった。稲川が熱海を預かった、という熱海のみなさまへの挨拶がわりの名人大会であった。このためにも、広沢虎造だけでなく、ふつうなら一本興行を打つ寿々木米若、東家浦太郎、松平国十郎ら豪華なメンバーを呼んでいた。

客には湯河原厚生年金病院の入院患者や熱海近辺の老人ホームの人たちも招いていた。子分どもにバスで送り迎えをさせていた。

興行は盛大であった。

後半浪曲が熱気をおびてきて広沢虎造が出演中のとき、木戸から入ってきた四人組がいる。熱海で暴れまわっている朝鮮人グループであった。

静かな場内に聞こえるように、

「あれが虎造か」

などと言って場内に入ろうとした。

長谷川春治と森田祥生の顔が、強張った。二人とも、客席で間違いが起こらないように、一番うしろに立っていた。

二人は、木戸口で、ケチをつけている声を聞くと、ドアをさっと開けて木戸口に出た。場内には、一歩も入れさせてはならない。

森田が、四人を鋭い眼で睨みつけた。

長谷川が低い声で言った。

「表に出ろ！」

せっかくの楽しみにきている客に迷惑をかけてはいけなかった。懐のふくらみぐあいから、四人とも拳銃をしのばせていることはわかった。

長谷川も森田も、懐にドスを呑んでいた。もし大切な興行の最中でなかったら、相手のどてッ腹に刺しこんでいただろう。

しかし、いまは興行を無事終えることが先決であった。彼らと勝負をつけるのは、明日にでもできる。二人ははやる気持をぐっと抑えた。

二人の命を張った気迫に押されたのか、四人は後ずさりし、木戸口から外に出た。

森田が言った。

「何でもいいから、海岸まで来い」

とにかく、劇場から彼らをできるだけ遠くに離す必要があった。

四人組も殺気立っていた。

「いい度胸だ。どこへでも行こうじゃねえか」

長谷川と森田を四人で取り囲むようにして渚町の海岸まで歩きはじめた。彼らは仲間がモロッコにやられたその復讐に燃えているようだった。

やがて海辺に出た。波の音が高く響いてきた。月は皓々《こうこう》と冴えわたっている。

四人組が、そろって懐の拳銃に手をかけた。長谷川と森田の眼が光った。

7

長谷川と森田は、取り囲んだ四人を射るように見た。二人は、懐のドスの柄をしっかりと握った。

長谷川が、四人に向かって言った。

「興行が終わったら来い。いつでも勝負してやる。おれたちは土地の者だ。逃げ隠れはしない」

興行が無事終わるまでは、間違いがあっちゃならねえ……たとえどんなことがあっても、無事に終わらせなければならなかった。長谷川も森田も、命を張って騒ぎを防ごうとしていた。

だが、どうしてもやつらがわからなければしかたがない。

四人とも懐の拳銃に手をかけている。しかし、拳銃が火を噴く前に、まず二人はドスで刺せる。二人刺せば、あとの二人も始末しやすい。撃ち殺されるかもしれない。が、その前に殺れる自信はあった。興行さえやっていなければ、やつらに勝手な文句を言わせる前に締めている。長谷川も森田も、くやしくてたまらなかった。

森田がドスのある声で言った。

「興行が終わったら、はっきりと決着をつけようじゃねえか。咲見町の事務所に来い！　東京からでも、どこからでもいいから、何人でも仲間を連れて来い。いくらでも相手になってやる！」

四人組は、長谷川と森田の気迫に呑まれたのか、たがいに顔を見合わせた。

額から左目にかけて刀傷のある大男が、唇をゆがめるようにして言った。

「いいだろう。おまえら二人に免じて、今夜のところは引き下がってやろう。明日の夜七時、おまえらの事務所に殴りこんでゆく。ゆっくりと首を洗って待っていろ」

四人組はそう言うと、肩を揺するようにして海辺から去って行った。

興行を無事終えた翌日から、小雨が降りはじめた。約束の夜七時――「稲川興業」と看板をかけた咲見町の稲川組の事務所には、稲川組の主だったメンバー六十人近くが待機していた。

井上喜人も、当時小田原に住んでいたが、四人組との争いを知ると、田中敬ら若者二十数人を引き連れ、熱海に駈けつけてきた。

モロッコ、井上、長谷川、森田らは、彼らの殴りこみにそなえ、全員が拳銃や日本刀を持ち、いつでも来い……と待ち構えていた。

事務所の近所には、要所に何人か見張りを出しておいた。見張りの者たちは、やつらが何人で攻めこんでくるか、小雨を透かし、眼を血走らせて見張りつづけていた。やつらは、ダイナマイトだって事務所の中に投げこみかねなかった。

約束の七時を過ぎても、彼らはあらわれない。じりじりするような時間が過ぎてゆく……。

雨脚は、少しずつ激しくなってゆく。

事務所の中で、リーゼント頭を光らせたモロッコが、苛々しながら言った。

「やつら、おれたちの計画を知り、怖気《おじけ》づいちまったんじゃねえのか……」

昨日の夜遅く、興行を無事終えて咲見町の事務所に引き揚げてきた。ふつうの組ならそのようなとき酒で乾杯するのだが、稲川は全員に酒を固く禁じていた。若い者が、酒を飲んで酔ったようなことを言っているのは大嫌いだった。親分自ら酒を一滴も口にしなかったから、子分たちも飲まなかった。かわりにいつもジュースで乾杯していた。

そのあと、森田が言った。

「こんどこそ、やつらを錦ケ浦に連れて行って片をつけてしまおう。車に乗せたまま、崖の上から海に突き落としてやろうじゃないか……」

　長谷川も言った。

「そうだ。ひとり残らずやつらの息の根を止めてしまえ」

　稲川組が、今度こそ組を挙げてやつらと対決する。その情報は、いつの間にか熱海の市民にも知れわたっていた。

　モロッコが言った。

「やつらが怖気づいて来ねえなら、おれたちが熱海中を捜し回って片をつけてやる！」

　モロッコは、立ち上がった。

「おい、みんなで出かけようぜ！」

　腕を組み、それまで沈黙をつづけていた井上喜人が、はやるモロッコを制した。

「兄弟！　半分に分けよう。おれは残って事務所にいる。やつらは、いつここに攻めこんで来るかわからねえ……」

　二手に分かれたモロッコ、長谷川、森田ら三十人近くが、雨の中を遊郭の結集した糸川に急ぎ足で向かった。

　糸川の遊郭の立ち並ぶ中に入ると、三十人近くが五、六人くらいのグループに分かれた。

五組のグループに分かれ、彼らを捜し回った。

街灯やネオンに、雨が降りつづける。

長谷川は、太い右手に日本刀を持っていた。うしろに、四人の弟分がつづく。彼らの着衣は雨でびしょ濡れになっていた。

一軒一軒、遊郭に顔を出し、女たちに四人組のやつらがどこにいるのか訊いた。

「さっきまで、そのへんの店にいましたよ」

むしろ、進んで教えてくれた。

これまでは、彼らのあとの仕返しを恐れ、貝のように口を噤《つぐ》んでいた。しかし、これまでの山崎屋一家の親分とちがい、新しく跡目を継いだ稲川が本格的に立ち上がると聞き、危険を覚悟で教えてくれはじめていた。

長谷川の全身の血が、いっそう熱く滾った。やつらが根城にしている糸川遊郭の女たちも協力してくれはじめたのだ。いっそう戦いやすかった。

遠くの方で、森田の声が聞こえた。

「逃がすな！」

別の方向から、モロッコの叫び声も聞こえてきた。

「締めろ！」

糸川遊郭のあちこちで、衝突がはじまったようだった。

長谷川は、女に教えられた店に向かって雨の中を走った。弟分もいっしょに雨の中を濡れながら走った。

店の前に立つと、日本刀の鞘を払った。

店の中をのぞいた。「東宝」に押しかけてきて興行を潰そうとした四人組の一人がいた。

長谷川の顔を見て、顔を引きつらせた。

背後に、五人ばかりいた。額から左目にかけて刀傷のある大男もいた。まわりの騒ぎを聞き、外へ飛び出そうとしているところらしかった。

一人が、大声でわめいた。

長谷川は、背後にいる弟分に声をかけた。

「ハジキを持ってるぞ。気をつけろ！」

長谷川は、日本刀を振りかざした。拳銃よりも先に相手を叩っ斬ってやる。決死の覚悟であった。二度と熱海で暴れられないようにしてやる。全身に、殺気がみなぎっていた。

弟分たちも、店のまわりを取り囲んだ。全員、命がけであった。

雨は、激しくなるばかりであった。長谷川をはじめ、五人全員ずぶ濡れであった。

突然、轟音が耳をつんざいた。彼らが拳銃をぶっ放したのだった。

長谷川は、頭を下げた。

が、次の瞬間、長谷川は、彼らの中に日本刀を振りかざして躍りこんでいた。

六人のうちの一人の腕を斬りつけていた。

「ぎゃあ！」

叫び声があがった。あたりに、血しぶきが飛んだ。六人組も、狭い場所では、それ以上拳銃が撃てない。

六人組は、あわてて外へ飛び出した。

遊郭の中の道は、二人が肩を擦り合わせなければ通れないほど狭い。飛び出た六人と、長谷川の弟分たちとぶつかり合った。

長谷川は叫んだ。

「逃がすな！」

弟分たちが、いっせいに相手に飛びかかった。

泥まみれでもみ合った。

六人組のうちの二人は、拳銃をぶっ放しながら大声でわめき、逃げて行った。

先程斬られた男の血が道に散り、泥と血が混じっている。

轟音が、また炸裂した。転がりもみ合いながら、拳銃をぶっ放したのであった。

額に刀傷のある大男が、長谷川の弟分の一人を叩きのめし立ち上がってきた。

長谷川に、躍りかかって来た。

長谷川は、日本刀を振りおろした。大男の右肩を斬った。

「うゥッ！」

肩を斬られてもなお、大男は飛びかかってこようとした。よほどの命知らずらしい。

そのとき、拳銃の音を聞きつけて、まわりから森田やモロッコのグループが駈けつけてきた。
三、四人が大男に飛びかかった。大男をねじ伏せた。
モロッコと森田は、拳銃を持った男たちの手から、拳銃をもぎ取った。

森田が、倒れている者たちの頭や顔をふんづけながら言った。

「こいつらを、錦ケ浦に連れて行こう！」

モロッコが、暗闇の中でにやりと笑った。モロッコの、いつもの癖であった。

長谷川や森田たちは、泥と血にまみれた四人を、トラックに乗せた。雨の激しくなる中を、海岸沿いに伊東方面に向かった。その途中に、錦ケ浦はある。

運転は、若い衆がしていた。

四人の体には、モロッコ、長谷川、森田たちが、それぞれ拳銃や日本刀を突きつけていた。トラックには、ほかに稲川組の若い衆十数人が乗りこんでいた。

四人は、恐怖に引きつった顔をしていた。錦ケ浦に向かうと聞き、殺されるかもしれない……と怯えているにちがいない。

錦ケ浦は、古くから自殺の名所として知られていた。明治四十五年に県道ができ、熱海から伊東へ向かう隧道《すいどう》が掘られた。錦ケ浦に行きやすくなった。それ以来、自殺者があとを断たなくなっていた。

錦ケ浦の崖から海面まで、約六十メートルある。崖の真下から五、六メートル沖合に向けて、岩が突出している。崖の上から飛びこめば、岩の上で体が砕け散る。

おまけに、崖っぷちに形のよい松があった。身投げしやすいように、前に突き出ていた。自殺者たちはそこに登り、飛び降りていた。

あまりに自殺者がつづくので、錦ケ浦のその松の木の手前約三百メートルの隧道の出口すぐ左手に、つぎのような自殺防止の看板が立てかけられていた。

《ちょっと待て　考えなおせ　すべて疲れた者我に来たれ　我汝を休ません》

地元のキリスト教会の二代目の牧師が立てたものであった。のち昭和四十八年に、この自殺の名所一帯の土地を購入した「ホテルニュー赤尾」の手によって外されるまで、この看板は立てられていた。

錦ケ浦にトラックが着いたころは、さらに雨は激しくなっていた。波も高く、海は荒れていた。まるで獣が地獄の底で唸っているような音がつづく。

モロッコが、暗闇の中で再び薄笑いを浮かべた。四人の額を、拳銃でぴたぴた叩きながら言った。

「この前おれが逆さ吊りにしたときに、熱海から出て行きゃあ、よかったのに……。いつまでも居座って暴れているから、熱海からだけでなく、この世からもおさらばだ……」

泥まみれの四人の顔は、恐怖にゆがんでいる。

森田が、まわりの仲間に声をかけた。

「おい、トラックから降りよう」

四人組をトラックの荷台に残し、十数人がトラックから降りた。

運転していた若い衆も降りた。

モロッコ、森田、長谷川たちは、トラックの四人組にそれぞれ銃口を向けていた。

モロッコが、言った。

「おい、トラックを崖っぷちまで押せ。トラックごと落とすんだ」

四人組の顔が、あらためて引きつった。雨に洗われて、顔の泥がいつの間にか落ちていた。

恐怖に、顔から血の気が引いているのがはっきりとわかる。

崖の下からは、相変わらず獣の唸るような不気味な音が響いてくる。

モロッコが、弟分たちに命じた。

「おい、もっと威勢よく押せ！」

トラックは、道路からしだいに崖に向かって押し出されてゆく。

車を押している中の一人が声を出した。

「兄貴、前のタイヤが、そろそろ崖っぷちにかかるよ」

モロッコは、相変わらず薄笑いを浮かべたまま言った。

「落とせ！　もっと押せ！」

四人組は、あわててトラックから飛び降りようとした。

モロッコが、拳銃を突き出して叫んだ。

「てめえら！　飛び降りるなら、飛び降りてみろ！　命がないぞ！」

トラックは、じりじりと海に向かって押し出された。

あと少し押し出されれば、六十メートルもある崖下に真逆さまに落ちる。下の岩場でトラックごと砕け散る。全員、命はない。

四人組のうちの三人は、トラックの荷台に、がばと這いつくばった。

「堪忍して下さい……」

しかし、額に刀傷のある大男だけは、荷台の上に仁王立ちになり、仲間を叱りつけた。

「なさけないことを、言うな！」

それから、モロッコを睨みつけて言い放った。

「突き落とされてけっこう。やるならやってもらおうじゃねえか！」

モロッコが、叫んだ。

「いい度胸だ。おいみんな、望みどおりに突き落としてしまえ！」

そのとたん、荷台の上の三人が、大男の足元にすがりつき、涙声で訴えた。

「兄貴……頼む！　謝ってくれ！」

大男は、三人を見下して言った。

「なさけねえ野郎たちだな……」

モロッコは、今度は自分でもトラックに手をかけ押しはじめた。

荷台の三人は、大男にしがみつき訴えた。

「た、頼む……兄貴……」

大男が、大きな手のひらを広げて言った。

「待ってくれ！　大将はおれだ。こんな腰抜けどもを殺してもしようがねえだろう。おれ一人を殺れ！」

国が違っていても、男らしい男の気持は、みんなにわかった。敵ながら、男の生き様を見たと思った。興行の夜、森田、長谷川の根性を汲み、ひとまず引き揚げてくれたことを思い出した。

森田が、四人組に言った。

「てめえら！　熱海から出て行くか！」

大男が、言った。

「出て行く」

長谷川が、念を押した。

「全員を連れて引き揚げるか。二度と、熱海の町には顔を出さねえな」

大男は、みんなの顔をあらためて見て言った。

「わたしの命に賭けて、誓おう」

モロッコが言った。

「よし、助けてやれ」

翌日、咲見町の稲川組の事務所の前を五台の車が通った。熱海駅に向かう車であった。

三台の車には、昨夜命乞いをした連中をはじめ、十数人が乗っていた。

三台の車をはさみこむようにして走っている車は、熱海警察署の車であった。彼らと稲川組とが再び衝突し血の雨を見ては……と心配し、警察が保護したのであった。

これを機に、ついに熱海には、その後横暴な朝鮮人グループは姿を見せなかった。そして熱海の町も、ようやく平穏な町に戻ることができた。

事務所の前を通りすぎる彼らの車を見送りながら、稲川は山崎屋一家の先代石井秀次郎の顔を脳裏に浮かべていた。

石井親分は、彼らの横暴さに手を焼いた。彼らを退治することができないことが大きな原因で引退し、稲川に後事を託し跡目を譲ったのであった。

〈これで、石井の親分に顔立てすることができたぜ……〉

夕刻になって明るいネオンのともる熱海の町を事務所の窓からながめながら、稲川はほっと安堵《あんど》し、胸を撫でおろしていた。

# 第4章　富士屋ホテル殴り込み

## 1

綱島一家五代目親分である鶴岡政次郎は、腕を組み、稲川に言った。

「稲川、千葉の競輪場へ行ってもらいたい」

横浜野毛にある国際劇場裏の鶴岡邸の応接間であった。鶴岡親分は和服姿、稲川は、背広姿であった。

昭和二十五年一月二十七日の昼下りであった。この日は晴れわたっていたが、大雪の降った翌日で、庭に残った雪がまぶしく輝いていた。

稲川が言った。

「千葉競輪の警備は、たしか吉村親分が引き受けていたはずですが……」

千葉競輪は、前年の昭和二十四年九月に、千葉市弁天につくられた。国有地であった鉄道連隊の跡地に建てられた。

当時、警察の警備が手薄なので、市役所が土地の顔役に警備を頼んだ。千葉の何人かの親分が話し合い、千葉市内を縄張としていた博徒の吉村二郎親分に警備を任せたはずであった。

鶴岡親分が、白髪の混じった眉をしかめて言った。

「競輪場へ来る観客が増えたので、吉村のところの若い衆では数が足りなくなった。そこで、おれのところに警備の応援を引き受けてくれないか、と吉村から昨夜頼まれてな」

鶴岡親分の勢力は、横浜を中心に、東海道から、東は千葉まで広がっていた。かつて長谷川春治と森田祥生が郷土の大先輩として鶴岡親分を訪ねたように、鶴岡親分は、千葉の一宮の出身であった。千葉には顔が広い。

吉村二郎は、鶴岡親分の配下であった。吉村親分が、あえて鶴岡親分に警備の応援を頼んできたのも、そのせいであった。

鶴岡親分は、さらに厳しい表情で言った。

「それに、競輪場に、関根組の残党と称する暴れ者どもが、ハリダシをかけてくるらしい」

ハリダシというのは、難癖をつけては、なにがしかの金を巻きあげていくことをいう。

「関根組の残党が……」

稲川は、太い眉を寄せた。

稲川は、昭和十四年、関根組の木津政雄と熱海の「新花家」で渡り合い、右腕をへし折った。

その喧嘩がもとで、稲川のかつての親分であった片瀬の堀井一家と、関東では喧嘩の強いことで一、二を争う関根組とが全面戦争に入る直前までいったことがあった。関根組とは、浅からぬ因縁があった。

関根組は、全盛期には、組のバッジや半纏を質屋へ持って行っても、相当の金が借りられたほど威勢がよかった。

事業所建設祝いのときには、吉田茂自由党総裁、鳩山一郎ら自由党関係者から花輪が贈られたこともある。

しかし、昭和二十二年、組長の関根賢をはじめ多くの子分たちが、機関銃などの不法所持により連合軍軍事裁判にふされて服役した。そのため、関根組は解散状態に追いこまれた。

それでも、関根賢の右腕であった藤田卯一郎が、あらたに藤田組を結成した。

しかし、団体等規正令の適用を受け、藤田組は昭和二十四年三月、関根組はそれから三カ月後の六月、それぞれ解散を命じられた。

それでもなお、昭和二十五年のはじめころには、関根組の残党は関東一円で、依然、根強い勢力を誇っていた。

この当時、関根組の残党でもないのに、残党と名乗ってハリダシをかける者たちも多数いた。関根組の残党といえば、それほどまわりに威圧感を与えていた。

藤田卯一郎が、関根組、藤田組の残党を糾合して松葉会を結成するのは、この三年のちの昭和二十八年のことである。

さらにのちの昭和三十五年四月二日、松葉会は、毎日新聞を襲撃した事件で、世間に名をとどろかせる。毎日新聞が、『政治家の花輪がずらり、松葉会親分夫人の葬式　くされ縁にひはん』という見出しで攻撃したことに怒り、毎日新聞を襲った。砂袋や発煙筒を持って窓ガラスを破り、輪転機に砂をかけて致命的打撃を与えたのであった。

鶴岡親分は、稲川に言った。

「関根組の残党が暴れ回っているとなると、おまえに頼むしかあるまい」

稲川は、答えた。

「わかりました」

稲川は、その夜、熱海の自宅に小田原の井上喜人を呼び寄せた。

千葉の競輪場には警備のために行くのであって、喧嘩をやりに行くのではない。しかし、千葉市内には関根組の残党が幅をきかせているらしい。彼らを封じこむには、井上が最も適任であると判断した。井上には、モロッコの辰のように喧嘩の強さだけでなく、頭があった。「井上、あさってから、千葉競輪が六日間開催になる。親父から、警備の手伝いをするように頼まれた。ただし、関根組の残党がうろちょろしているらしい。おまえに任せる。頼むぞ」

「わかりました」

井上喜人は、前橋刑務所から出たときと変わらぬ坊主頭を下げながら、心の中で熱い血を燃やしていた。

〈警備の邪魔をするやつは、相手が誰であろうと、容赦はしねえ〉

井上は翌日の昼、舎弟の田中敬をはじめ十人を引き連れ、小田原を発ち、千葉に向かった。

その翌日から、井上喜人は十人の弟分どもを引き連れ、千葉の競輪場内の警備員の詰所であるテントの中にいた。テントは、競輪場の門を入って百メートルくらい進んだ右側の売店の、さらに右横にあった。

風が強く、テントが激しい音を立ててはためきつづけていた。

前節の競輪がもめごともなく無事にすむと、井上は、土地の親分である吉村二郎に挨拶をすませ、田中敬に言った。田中は、十人の弟分の中で、いちばんの兄貴分であった。

「田中、おれは親父の用事で二、三日、大阪へ行くことになった。おまえに、あとを任せる。頼むぞ」

田中敬は、責任の重さを肩に感じながら答えた。

「兄貴、わかりました」

田中は、大正十五年、東北岩手県の盛岡で生まれた。父親は東京で小さな鋳物《いもの》工場をやっていた。少年のころから軍人にあこがれ、東北で一、二の進学校である旧制盛岡中学に入学、勉学に励んだ。

が、二年生のとき、過激なスポーツが裏目に出、左目を失明し、軍人志望の道を断たれた。

それが、田中敬の人生を変えた。

父親の経営する鋳物工場が戦争の影響で、全面縮小になり破産しかかった。学資が途絶え、四年で中退した。

昭和二十年八月、東京の焼け跡の中で、一人で敗戦を迎えた。

食うためにさまざまなことをしたが、横浜で進駐軍が人夫を集めていると聞き、横浜へ流れた。学生時代、柔道やスポーツをやっていたから、力仕事には自信があった。横浜税関の中に進駐軍の人夫で入ったわけである。

東京からの人夫仲間には、蒲田グループ、品川グループ、上野グループなど、たくさんあった。そのグループには、それぞれボスがいた。

ボスは、何十人かの若い人夫を従え、仕事の指示をし、他のグループと摩擦が起きた場合も、体を賭けて解決していた。

グループの中でも、上野グループのボスが、もっとも幅をきかせていた。田中は、上野グループに入った。

当時の税関は、ルーズであった。いくらでも税関の検査をごまかせた。人夫たちは、帰るとき、タバコや砂糖、チョコレートなどを荷物といっしょに入れて持ち帰る。それを南京街や闇市で売りさばく。その金を、グループのみんなで分け合っていた。

上野グループのボスは、あこぎな人物であった。盗んだ進駐軍の品物を売りさばき、三分の二もピンハネする。グループに入っている者は、十八、九から小さい者は十五歳くらいの者までいた。

田中は、少年たちがかわいそうでたまらなかった。ボスに文句をつけた。休憩時間に、波止場で田中とボスのサシの喧嘩になった。田中は、腕に自信があった。

ボスを、叩きのめした。

そのボスを追い出し、田中が代わって上野グループのボスに座った。田中がボスになってからは、三分の一のピンハネにし、あとの三分の二は三十人の少年たちに配当してやった。

そして、半年が過ぎ、二十一年六月二十七日、田中は警察に捕まった。罪状は、拳銃不法所持であった。

田中が締めた上野グループの元ボスが、警察に田中が常に拳銃を隠し持っていることをチンコロ、つまり密告したのであった。

進駐軍の物資を盗んだ容疑もあり、アメリカの軍事裁判を受けることになってしまった。「ギルティ（有罪）」の判決が下った。一年の禁固刑であった。八月十二日、横浜の刑務所に入れられた。

作業は看病夫として医務に配置された。ところが、タバコを舎房着の中に隠し持っていたことが見つかってしまった。懲罰を食い、いわゆる〝モタ工〟に下ろされた。

〝モタ工〟とは、彼のように他の職場で反則して懲罰を食った者、仕事を怠ける者、年寄りなど、囚人の中でもどうしようもない連中を寄せ集めた工場であった。つまり、モタモタした者の集まった工場、という意味で、〝モタ工〟と呼ばれていた。その〝モタ工〟で、田中は井上喜人と運命ともいえる出会いをしたのであった。

田中が、下駄の鼻緒の芯《しん》をつくっていると、工場内にざわめきが起こった。

「おい、ハマのキー坊が来たぜ」

田中のまわりの者がささやいた。〝ハマのキー坊〟というのは、井上喜人のことであった。その当時、横浜刑務所の中には、千二、三百人の囚人がいた。戦後まもないころで、手のつけられない愚連隊どもがそろっていた。喧嘩が絶えず、いつ暴動が起きるかわからない状態であった。

それなのに、囚人の数にくらべて、看守の数は少なかった。当時、看守には、囚人を押さえこめる力はなかった。その中で、囚人どもを押さえ支配していたのが、井上とモロッコの二人であった。

〝モタ工〟に下ろされた井上は、二、三日過ぎると陽あたりのいい場所で作業をしていた田中に、声をかけた。

「あんちゃん、席を替わってくれ」

ところが、田中は突っ張った。

「担当が決めた席です」

井上喜人は、ものも言わずに、鋭い眼つきで睨みつけた。田中も負けずに睨み返した……。

午前の休憩時間で、外で日向ぼっこをしていた田中は、五、六人の同じ工場の囚人たちに取り囲まれた。

「てめえ、井上の兄貴にたてつくのか！　どこの者だ」

彼らは、口々に田中を脅しあげた。田中も負けてはいなかった。

「東京の者だ」

そう答え、黙って一人一人を睨み返した。

その場の様子をしばらく見ていた井上が、止めに入った。

「おまえら、もう、よせ」

井上は切れ長の眼を細め、にやりと笑った。

「おまえ、東京か。いい根性してるじゃねえか」

それが縁で、まもなく田中は刑務所の中で井上の舎弟になった。

それから三年後、娑婆に出た井上、モロッコが稲川の若い衆になったとき、田中もいっしょに稲川の若い衆になったのであった。

田中をはじめ十人が、競輪場の警備をはじめてから四日目の午後のことであった。第五レースが盛り上がり、カーン、カーン、カーンと鐘が勢いよく鳴りひびく。歓声がわきあがっていた。

一見して愚連隊と見える三人の男たちが、テントに向かって歩いてきた。ひどく酔っているらしい。足もとが乱れていた。

〈来たな……〉

ついた。

田中敬は、緊張した。雰囲気からして関根組の残党と名乗っている連中であるとは察しがついた。

三人のうちの兄貴分らしい片眼の潰れた男が、吉村親分に回らぬ舌でからんだ。

「親分、いくらか小遣い銭を貸してくれよ」

「酒を飲んでいるのか」

吉村親分は、ジャンパーのポケットに手を入れると、しぶしぶと千円札を何枚か出した。

これまでも何度かハリダシに来ている顔見知りの男らしかった。相手も酔っているし、ひと暴れされても……と思ったのか、大人しく金を出したようだ。金を受け取った男は、にたにたと笑いながら、千円札を数えた。

が、金額に不服らしく、食ってかかった。

「東京へ帰るんだ！　これじゃあ、少ないぜ」

次の瞬間、田中は椅子から立ち上がった。

田中につづくように、あとの九人も、いっせいに立ち上がった。

十人が、三人の男に襲いかかった。

田中は、片眼の潰れた男の鳩尾に数発拳を叩きこんだ。

片眼の潰れた男は、一度腹を押さえたが、すぐに反撃に出た。

「この野郎！」

酔っぱらっているはずであったが、凄まじい力で逆襲に出てきた。潰れていない方の眼は、ぎらぎらと血走っていた。相当に喧嘩なれした男らしかった。

田中は、相手の胸ぐらを摑み、いきなり膝で相手の腹を蹴りあげた。

「うッ！」

相手は、腹を押さえて前かがみになった。その顔面めがけ、田中はさらに拳を叩きこんだ。

相手は、体ごと跳ね飛んだ。

あとの二人も、はじめのうちは勢いよく暴れていたが、九人に二人では勝負にならない。袋叩きにあっていた。

田中は、倒れている男の胸ぐらを摑み、起こしにかかった。

そのとき、背後から腕を摑まれた。振り返ると、吉村親分であった。

「そのへんで……」

親分の顔色は、青ざめていた。

〈あとで、かならず仕返しにくる！　大変なことになる……〉

親分の眼には、怯えの色が走っていた。関根組の残党と称する連中に、よほど恐ろしい目にあってきたらしい。

田中は、他の者に命じた。

「おいやめろ！」

袋叩きにあっていた二人は、土埃《つちぼこり》を払いながら立ち上がった。

一人は、顔面血だらけであった。

片眼の潰れた男が、荒い息をしながら田中を憎しみに燃える眼で睨みつけて言った。

「てめえら、どこの者だ、おぼえてろ！」

「何をこのやろう！　おれたちは、熱海の稲川組の者だ」

稲川組と聞くと、三人は、まわりに集まっていた人垣を割るようにして走り去って行った。

吉村親分が、田中のそばに寄って来て言った。

「あんたたち、すぐに宿に引き揚げてくれ！」

田中は、首を振った。

「まだレースが残っている。競輪が終わるまで、帰るわけにはいかない」

田中は、このままでは、梃子でも動かぬ覚悟であった。

その夜、千葉駅前にある旅館の田中たちの部屋に、吉村親分がやってきた。

吉村親分は、まず、田中らにねぎらいの言葉をかけた。

「きょうは、御苦労さんでした。これ以上みなさんに迷惑をかけては申しわけない。ひとまず熱海へ引き揚げて下さい」

田中は、首をふった。

「親分が心配してくれる気持はありがたい。しかし、うちの親分から、引き揚げろ、の命令が出るまで、どんなことがあってもあと二日間は、引き揚げるわけにはいきません」

吉村親分は、苦りきった顔で引き揚げていった。

吉村親分が心配しているように、いつ昼間の連中が大勢を連れて仕返しに乗りこんで来るかわからなかった。

もし、彼らが言っているように、本当に関根組の残党たちなら、他人に聞かれて恥ずかしいような喧嘩に百人も引き連れて殴り込んでは来ないだろう。

もし関根組の残党を名乗る偽者なら、せいぜい集めて二、三十人だろう。

田中の使命は、親分に命じられたとおりに守ることにあった。喧嘩の勝ち負けは問題ではなかった。最後まで踏み止まることに、稲川組の代紋がかかっていた。

田中だけでなく、十人とも戦いぬくことに燃えていた。

ただし、田中は、任された責任者として、重い責任感と同時に、一抹の不安も感じていた。

しかし、若さが何もかも吹きとばしていた。このとき、田中敬二十四歳であった。

田中は命じた。

「交代で、見張りに立とう！」

相手は深夜、いつ襲って来るかわからなかった。

外は、木枯らしが不気味な音を立てて吹きつづける。地獄へ向けての、追い風かもしれない……。

2

田中敬は、九人を引き連れ翌日の朝も千葉の競輪場へ向かった。朝方から、冷たい風が吹きつづけていた。

夜、一晩中旅館には交代で見張りを立てた。が、関根組の残党と称する者たちは、襲っては来なかった。

〈競輪場で勝負する気かな……〉

競輪は、まだ二日間残っている。稲川組が警備の応援を頼まれたからには、たとえ相手が何人で来ようとも、十人で死守する覚悟であった。

競輪場へ入り、警備テントに向かった。

田中らの姿を見かけるや、吉村親分が飛び出してきた。

「やつらが仕返しに来ている。みんなに迷惑がかかっては、稲川親分に申しわけない。引き揚げてくれ！」

しかし田中は、稲川親分からの引き揚げろ、の命令がないかぎり、一歩も退かぬ構えであった。

全員、テントの中に入った。

吉村親分は、あわてたようすで席を立っていった。

田中が見ると、競輪場の中に立っている大きな古い樫の木の下に、昨日締めた片眼の潰れた男がいつの間にか座っていた。そのそばに四人の男が立っていた。あたりには、さらに四、五人集まりはじめた。

この分だと、敵はまだ増えるにちがいない。田中は、そう読んでいた。

田中は、あらためてまわりの仲間に言った。

「気をつけろ」

稲川は、吉村親分からの電話を受けた。湯河原の「若葉旅館」二階の部屋であった。

吉村親分は、切羽つまった調子で訴えた。

「稲川親分、きのう若い衆が関根組の残党と称する者を締めてしまいました。やつらかなりの人数で仕返しに来ています。これ以上、みなさんに迷惑をかけては申しわけないから、引き揚げてくれ！　と頼んだが、稲川親分から引き揚げろの命令がないかぎり、死んでも引き揚げないと、動こうともしません。親分から、なんとか……」

稲川は、いきなり怒鳴った。

「吉村親分！　もめごとを承知で頼みにきたはずだ！　それを、いまさら引き揚げてくれとは何だ……」

稲川は、さらに言った。

「いまから、おれがそっちへ行く！」

稲川は電話を切るや、そばにいた長谷川、森田に命じた。

「すぐに若い衆を集めろ！」

稲川は、集まって来た若い衆に激しい口調で言った。

「田中らを、あのままにしておくわけにはいかない。これから、すぐに千葉の競輪場まで出かける！」

何事も突っ走るモロッコの辰が、珍しく必死で止めた。

「親分が出て行くのは、止めて下さい！」

長谷川、森田も、けんめいに訴えた。

「親分、わたしたちで片をつけます！」

稲川は、ひときわ険しい顔つきになった。

「いいから黙ってついて来い！」


七レース、八レースとすすんでいくうちに樫の木の下の人数は、三十人近くにふくれあがっていた。

八レース目には、四、五十人になっていた。樫の根元を、三、四重に取り囲むようにして腰を下ろしていた。ほとんどの者が、懐には、ドスを呑んでいる……。

レースを見るより、田中らのいるテントをじろじろと睨みつづけていた。さすがにそれだけの人数が集まると壮観であった。

田中は、仲間たちにささやいた。

「やつら、レースが終わりしだい仕掛けてくる肚《はら》だ。ぬかるんじゃねえぞ」

この日は、全員が道具をしのばせていた。

相手は数倍の人数のうえ、喧嘩なれしている。油断はできなかった。

それだけによけい、田中敬をはじめとする十人の若い血は滾っていた。

風が強く吹きはじめていた。外れ車券が渦を巻くように舞っていた。

九レースに入り、レースは盛り上がった。カーン、カーン、カーンと鐘の音が狂ったように鳴る。

樫の木の下の一群が動きはじめた。七、八人が立ち上がった。そろそろ、喧嘩の準備に取りかかりはじめたらしい。やつらなりの布陣があるのか、立ち上がった者たちは、テントの五十メートルばかり近くをそれぞれ取り囲むようにして座った。

ジャンパーの懐に手を入れ、にたにたと笑いながら田中らを見ている。襲いかかる時機を待っているのであろう。

いよいよ最終レースがはじまろう、というときであった。

最終レースを見ずに帰る客の群れが、出口のあたりで花を開くようにパッと両側に割れた。

一瞬、ざわめきが起こった。

田中ら十人は、何事が起こったのかと門のあたりに眼を放った。

なんと、野球帽をかぶった一団が押しかけてきた。バットケースや、グローブを持っている。

人数も、はじめは十人くらいかと思っていると、四十人、五十人、六十人……あとからあとからつづいてくる。

田中は、ただ異様な姿と勢いと人数に圧倒されていた。

そのうち、ハッとした。

〈親分……〉

先頭を切って入ってきているのは、稲川親分であった！

親分の両側には、モロッコの辰と長谷川、森田がついていた。稲川が日頃面倒を見ている横浜の愚連隊をまじえ、総勢百人を超えていた。

まわりの客たちも、レースそっちのけで、何事が起こったか……と野球帽の一団を見はじめた。

あとでわかったことだが、関根組の残党と称する連中との全面戦争に入ったときの用意に、バットケースには、日本刀が入っていた。グローブには、拳銃が隠されていた。

田中の胸は、思わず熱くなっていた。

〈親分が……おれたち三下のために、わざわざ……〉

つい目頭が熱くなり、親分の姿がかすんで見えた。

田中ら十人は、テントから飛び出して迎えた。

稲川は、田中らの姿を見ると、素早く人数を計算した。十人全員そろっていることを確認すると、はじめて険しい顔をなごませた。

「田中、みんな怪我はないか……」

田中の胸がつまった。

「はい……」

稲川は、その言葉を聞くや、再び鋭い眼にもどった。

「やつらは、どこだ」

田中は、樫の木を指差した。

樫の木の根元に陣取っていた連中は、いつのまにか一人もいなくなっていた。

稲川が、吐き捨てるように言った。

「やつら、本物の関根組の残党じゃねえな……」

本物の関根組の残党なら、尻尾を巻いて逃げるわけがない。

この事件以来、関根組の残党と称していた連中は、千葉の競輪場にはまったくハリダシに来なくなった。

地元の吉村親分のところだけで警備ができるようになった。

この事件をきっかけに、

「熱海に稲川あり！」

と稲川組の勢力の大きさが、千葉一円に広まった。

千葉出身で千葉に睨みをきかせていた鶴岡政次郎が昭和三十五年に死んだのちは、千葉の親分たちは、もめごとがあれば、ほとんど稲川のところに相談に来た。

吉村親分をはじめ、土地の親分連中が年をとって引退するときには、跡目を稲川組の若い衆にとってもらうよう頼みこんできた。

現在、千葉市を中心としてその近在に多くの稲川会の縄張がある。

3

昭和二十五年四月十三日の午後五時十五分ごろ、熱海市渚町渚海岸埋立地の榎本組土建事務所から火の手があがった。

火の手があがったときには、海上から東南の風が強く吹いていた。火は、海からの強風にあおられ、またたく間に埋立地一帯をひと舐めした。

勢いを増した火は、渚町から本町、浜町、銀座通りの中心街に延びた。赤線のある糸川町をも舐めつくした。さらに清水町から天神町方面まで延びた。糸川町は、稲川組が朝鮮人グループと争った場所である。

市役所、警察署、消防署など市の心臓部は全滅、郵便局も半焼した。

かつて稲川が関根組の木津政雄の腕をへし折り、関根組との全面対決になった「新花家」

をはじめ、軒数約二百、宿泊客約三万といわれた旅館のうち、四十七軒もが焼失してしまった。

当時の熱海市の人口は、三万五千七百人、戸数は、約八千三十戸であった。そのうち、一千十五戸が焼けてしまった。被災者は、四千八百十七名を数えた。

稲川が山崎屋一家石井秀次郎親分の跡を継ぎ、熱海を縄張とした一年後のことであった。

稲川の自宅は、天神町の山の上にあった。

稲川が一二三と結婚してからしばらくは、大船に住んでいた。戦後まもなく、稲川の生まれた横浜の浅間町に移った。一年前稲川が山崎屋一家の跡目を継いで熱海を縄張とするようになって、天神山上に居を構えたのであった。

広さ、百坪、建坪五十坪の平屋建てであった。

火は、天神山下にまで襲いかかってきた。

破壊消防隊は、鉄道官舎の一角と、この天神山下で火の手を食いとめようと必死であった。

稲川の家の前にも、ホースが林のように立った。

モロッコや井上、長谷川、森田らは、屋根に上がり、水をかけた。火が移っては大変、と大わらわであった。飛んでくる火の粉《こ》を払った。

事務所のある咲見町は無事だったので、事務所からぞくぞく若い衆たちが詰めかけた。

一二三も、一二三の母親も、万一にそなえ逃げ支度をしていた。

稲川は、夜の十時過ぎに帰ってきた。博打で横浜まで足をのばしていて、熱海で大火が起こったとラジオのニュースで聞き、急いで引き揚げてきたのであった。

稲川は若い衆たちが屋根に上がって火の粉を払っていると聞くと、すぐに自ら梯子《はしご》をのぼり屋根に上がった。

若い衆たちに声をかけた。

「みんな、怪我はなかったか」

長谷川が答えた。

「親分、どうやら下火になったようです。咲見町の事務所は、無事でした」

稲川は、うなずいた。

半纏を羽織った腕を組み、火の海になっている熱海の街を見下した。

愚連隊が熱海の街で暴れ回るとか、観光客にたかるとか、酔っぱらいが暴れるとかの事件なら、いつでも始末をつけることができる。しかし、火事だけは、手助けのしようがなかった。

おのれの縄張である熱海の家々を舐めつくす炎をなすすべもなく眺めながら、苛立ちともどかしさを感じていた。

火は、夜の十二時ころおさまった。

翌日、伊豆や東海道の近くの親分衆がぞくぞくと咲見町の事務所に見舞いに駈けつけた。いっしょに山崎屋一家の跡目を継いだ稲川の兄貴分の横山新次郎も、子分の和田永吉以下十数名の若者を連れていち早く駈けつけていた。

横山新次郎は、事務所も稲川の家も無事だったことをまずよろこび、稲川に言った。

「稲川、火事のあとは気をつけておかねえと、熱海の街も、ひと荒れするかもしれねえぞ……」

〝天一坊〟と仇名されるほど頭の切れた横山新次郎は、先の先まで読めているようだった。

稲川は、大火のあと三日ばかり山の上の自宅にいた。

三日も家に居つづけることは、熱海に居を構えてから初めてであった。いや、一二三と結婚してからも、初めてであった。博打うちが火花を散らす賭場から賭場へと、博打一筋の人生であった。一二三の母親や、一二三、二人の子供たちにはすまないと思いながらも、家庭でのんびりとくつろぐ余裕はなかった。

稲川は庭に出て、久しぶりに二人の子供と遊んだ。せめてもの罪滅ぼしであった。

昭和十四年に、関根組と問題を起こし、稲川が関根親分の命を奪ろうと拳銃をジャンパーの懐にしのばせて上京したときに一二三のお腹にいた子供が、すでに十歳になっていた。小学校の四年生であった。一二三の弟が、裕紘という名前をつけていた。

一二三の弟は、裕紘が生まれた翌十六年に日華事変のため出征して戦死していた。

稲川が二度目の懲役に行っているとき、兄貴分の横山新次郎が、裕紘のために畳一畳もあるかと思われる大きな凧《たこ》をつくってくれた。刑務所で面会に来た一二三からそのことを聞き、思わず胸が熱くなったことが思い出された。

秋子は、昭和二十二年に生まれた。三歳になっていた。一二三に似て、色の抜けるほど白い子であった。

その日の夕方、喜劇役者の伴淳三郎がモロッコといっしょに訪ねてきた。

伴淳は、深々と頭を下げて挨拶した。

「このたびは、大変な災害で……でも、事務所と家が焼けなかったのが、せめてもの幸いでしたね」

稲川は、子供たちにお母さんのところに行くように言うと、伴淳に縁側に座るように言った。

のちに「アジャパー」という流行語を生み出した伴淳三郎は、戦後まもなく浅草のロック座で「伴淳ショー」を旗揚げし、座長をしていた。

ところが、浅草を中心としたテキヤの山本五郎という親分がいて、芸能社も持っていた。

山本親分が、伴淳をロック座から、締め出した。

モロッコは、当時浅草で愚連隊をしていた。

伴淳とも親しかった。モロッコは、伴淳が追い出されたと聞くや、若い衆を連れて山本親分のところに乗りこんだ。

「伴淳をロック座から追い出すということだが、やめてもらいたい！」

モロッコが出てきたとなると、相手も顔を立てなければならなかった。

伴淳は、再びロック座に戻り「伴淳ショー」を開くことができたのであった。

モロッコは、のちに稲川の子分になったとき、稲川親分に伴淳を紹介した。

それ以来、稲川は、なにかと伴淳の面倒を見ていた。

稲川の親分であった綱島一家の鶴岡政次郎が、横浜磯子区に生まれた天才少女歌手美空ひばりの後ろ楯になっていた。のちに美空が山口組の田岡一雄を後ろ楯とするのは、鶴岡から田岡が美空の興行権を譲り受けたためであった。稲川と伴淳は、浅からぬ縁もあった。

稲川は、伴淳に聞いた。

「『カメラレポート』の方は、うまくいっているのかい」

「へ、へい……何とか……」

伴淳は、バツが悪そうに言った。

伴淳は、やはり喜劇役者で、のちに「ギョッ」という流行語を生み出す内海突破《うつみとっぱ》と、四ページの週刊誌大の芸能レポート「カメラレポート」を月一回発行していた。モロッコを通じて「カメラレポート」への援助を頼まれ、稲川は設立資金として百万円、いまの金に換算して二千万円相当をぽんと出してやった。その後も、何かと伴淳の面倒を見てやっていた。伴淳は、どうやら人を笑わせることはうまかったが、経営の方ははかどっていないようだった。

伴淳は、申しわけなさそうにいつもお世話になっているお礼を言ったのち、言った。

「親分も、いつも義理で旅にばかり出ていて、大変ですね。しかし、留守を預かる姐さんは、なお大変ですね……」

その夜、稲川は一二三にしんみりと言った。

「おまえには、苦労をかけるな……」

口べたな稲川には、もっと一二三に言ってやりたいことがたくさんあった。しかし、短い言葉の中に、稲川の真実の気持がこもっていた。

妻の一二三は、一家を持った姐さんとして、経済的にも対人的にも、苦労はひとかたではなかった。子供の教育、若い者には、厳しい稲川の躾《しつけ》の中で、陰になり日向になり、若い衆の面倒をよく見ていた。若い衆も「姐さん姐さん」と本当の母親のように慕った。

稲川が家を空《あ》け、旅の空で男を売ることができたのも、一二三のおかげであった。横山新次郎も、稲川によく言った。

「おまえには、過ぎた女房だ」

稲川は、自分で開いた賭場でのテラ銭はずいぶんと取っていた。しかし、それ以上に、他の賭場で派手に張っていた。

東海道だけでなく、関東、関西、九州……と全国の賭場に顔を出していた。どこの賭場でも、他の親分たちより張りっぷりはよかった。いわゆる大銭打ちであった。関東では、張りっぷりのいいことを〝さくい〟と言っていた。全国に、稲川は大銭打ちとして名がとどろいていた。

テラをとった金を自分の懐におさめる以上に、他の親分衆の賭場では、もっと派手に張る。売り出し中の稲川の、自分に課した掟であった。

稲川は、他の親分の賭場で勝ったときは、その賭場の若い衆たちに気前よく札びらを切った。その金額も、半端ではなかった。

たとえ相手が愚連隊や半端者であっても、窮状を訴え、金を無心にくれれば、たとえ懐になくても、どこからか都合をつけて、そっと渡してやった。

それも、兄貴分の横山新次郎が身を以て示した教えであった。

稲川が、加藤伝太郎親分のもとから鶴岡親分のもとに預かりの身になっているときのことであった。

稲川は、鶴岡親分から預かった金をつい博打でぶってしまった。当時の金で五十万円、いまの金にして、一千万円相当の大金であった。ところが、すってんてんに負けてしまった。早急に金を埋めなければいけなかった。思案のすえ、大船の兄貴分の横山新次郎のところへ行った。

横山新次郎に、一部始終を話した。

横山新次郎は、聞き終わると、女房に五十万円そっくりそろえさせた。あとで姐さんから聞いてわかったことだが、そのときの金は他に入り用で、やっと工面した大切な金であった。いわゆる〝血の出る銭〟であった。

横山新次郎は、その金を何も言わないで稲川に渡してくれた。おまけに、帰りの電車賃として小遣いまで添えてくれた。親とかわらぬ親身さに、稲川は心の中で何度も手を合わせた。

稲川は、この恩義は生涯忘れまいと心に誓った。

稲川は、そのときの横山新次郎から、百万言をついやした以上の教えを学んだ。

縄張持ちの親分になり、いま売り出し中の稲川には、人のために血の出るような銭を切っても無理をしなければならないこともあった。

〈しかし……〉

稲川は、夕刻訪ねて来た伴淳の言葉を反芻《はんすう》していた。

「留守を預かる姐さんは、なお大変ですね……」

やくざとはじめからわかっていてついてきてくれた妻の一二三と、途中でやくざとわかりながらも二人の結婚を許してくれた一二三の母親に苦労をかけつづけていることを、心の底から申しわけないと思っていた。

稲川の留守中に、部屋住みの長谷川や森田らが金に困ることがある。そのようなとき、一二三の母親が、昔大森で小料理屋をやっていたときに貯めた金を、そっと一二三に渡す。そのようにして、一二三の手を通し、長谷川や森田らに何度か金が渡っていた。長谷川、森田からそのことを耳にしていた稲川は、あらためて母親と一二三に、すまない……と思っていた。

一二三は、ぽつりと言った。

「この稼業に苦労はつきものですから……」

若い衆たちの修業は、非常に厳しい。が、修業は、若い衆たちのためである。夫の稲川も意識して厳しい修業を若い衆に強いているのが、一二三にはわかっていた。

しかし、若い衆も、人間である。よろこびに笑う日もあれば、悲しみにうちひしがれる日もある。落ちこむ日もある。若い人たちは、そのような修業の中で、稲川のために、いつでも命を投げ出す覚悟をしている。一二三は、そのような若い衆を見るたびに、自分が若い衆にしてやれることは、どんなことでもしてやらなければならない……そう心に誓っていた。

横山新次郎の悪い予感は、当った。大火のあと、焼失した旅館を建て直すため、人足たちが大量に熱海に入りこんできた。

とくに、「富士屋ホテル」の大工事に入りこんできた人足たちは、荒くれ者ぞろいであった。

熱海市の銀座町に、「富士屋旅館」というのがあった。昭和十六年に建てられた木造三階建て、部屋数三十二室の大きな旅館であった。ところが、熱海大火を機に、鉄筋コンクリート六階建てのホテルを、それまでの旅館のそばに新築することにした。当時熱海では、はじめての鉄筋であった。街の話題になった。

鉄筋のホテルは、敷地面積一四四〇平方メートル、建坪二八八平方メートルで、その上に六階建てという豪華なものであった。工事も、大規模なものであった。

その工事の下請けを、東京碑文谷一家の、大森を縄張とする貸元、田代鎗七の代貸、平野満雄が請け負っていた。

代貸の平野は、百人を超える背中や腕に入れ墨のある前科者たちを駆り集め、熱海に乗りこんできた。

人足たちは、夜になると酒を飲み、街中へ出ては暴れた。他の旅館の工事に来ている人足たちとぶつかっては、血の雨を降らせることもたびたびであった。

外国人グループを追っ払ったあと、火事のためにまた新しい暴れ者たちが流れこんできた、と熱海の市民たちは眉を顰《ひそ》めていた。

稲川は、横山新次郎が予測していたとおりになったことに頭を悩ませていた。森田や長谷川らには、人足たちの動きに目を光らせるように言いおいた。

その年の十一月五日の夜——咲見町の稲川組の事務所に、土地の愚連隊の一人が駈けこんできた。

「『富士屋ホテル』の工事に来ているやつら、テラを取って博打をやってますよ！」

事務所には、主だった者では森田と長谷川がいた。

「なに……」

森田と長谷川の表情が、強張った。

人足たちの給料日である五日と二十日には、自分たちがこっそり博打を開き、テラまで取っていた。そういうことは、噂としては耳に入っていた。しかし、これまで証拠がなかった。

他のことなら目をつぶることもできる。稼業のことで米櫃に砂を入れられては、博打うちとして命を賭けても、見すごすわけにはいかない。

森田が言った。

「おれと長谷川の兄弟は、やつらに面が割れている。内藤、若い衆二人を連れてやつらの賭場のようすを見て来い」

内藤貴志は、懐にドスを呑むと、二人の若い衆と愚連隊を引き連れ、「富士屋ホテル」の工事現場へ向かった。

真夜中の十二時過ぎであった。

四人は工事現場に着いた。百人近い人足たちは、飯場の中で数組に分かれていた。それぞれ盆を敷き、酒を飲みながら、花札賭博をやっていた。

内藤が、盆茣蓙に向かって怒鳴った。

「てめえら！　誰に断わって、賭場を開いてやがるんでえ！」

盆をめくり上げて怒鳴った。花札が、四方に飛び散った。

「うるせえ！　誰に断わることもねえ！」

「ここは、稲川組の縄張だ」

内藤はそう叫びつつ、盆の上に躍りこんだ。

そのとたん、二メートル近い男が、内藤に体ごとぶつかってきた。素人相撲の元大関会津川であった。手に匕首が光っていた。

次の瞬間、内藤は脇腹を押さえ顔を引きつらせた。脇腹に、激痛が走った。押さえた指の間から、血が噴き出し、シャツを濡らした。ニッカーボッカーにまで滴る。脇腹を、いきなり刺されたのであった。

さらに数人が、シャベルを持って内藤に襲いかかった。内藤の頭から、血が噴き出した。頭から顔にかけ血みどろであった。

内藤は、悪鬼のような形相で大男を睨みつけた。なおも大男に向かっていこうとした。いっしょについて行った二人は、必死で止めた。これ以上向かっていけば、殺される。

十数分後、稲川組の事務所に、全身血まみれになった内藤が担ぎこまれた。

七、八人いた組の者が、内藤を囲んだ。みんな殺気立った。

長谷川、森田の顔が、強張った。

森田が、長谷川に言った。

「もう許せねえ！　殴り込んで、みな殺しにしてやる！」

4

長谷川は、内藤貴志をすぐに病院に運ぶように命じた。

車を呼び、二人を供につけて病院に運ばせた。森田が言った。

「やつらを、みな殺しにしてやる！」

人足たちは、三つの飯場に三、四十人ずつに分かれていて、総勢百人ばかりいるという。こちらは、事務所に二人残したとして五人の兵力である。相手は、ツルハシやシャベル、バールを持っている。前科者の荒くれ者ぞろいであった。ドスや日本刀で五人が殴り込んでも、勝ち目は薄い。拳銃を使う方が、はるかに有利であった。

長谷川が、制した。

「兄弟、ハジキは止めよう！　相手は、何百人いようと、主だった野郎を四、五人叩っ斬りゃあ、あとは有象無象《うぞうむぞう》だ。十把《ぱ》ひとからげだ。おれは、仕込みで行く！」

森田も、すぐに言った。

「よし、おれも日本刀で行く」

長谷川は、事務所にいる六人をあらためて見た。

「ケン坊とヤスの二人は、事務所に残っていろ。五人で殴り込んでくる」

その日稲川親分は、熱海の自宅にいたが、このことは親分には告げなかった。

殴り込みの判断は、長谷川と森田の二人が決めた。

それぞれに武器を持ち、熱海咲見町の事務所を出た。長谷川と森田は、それぞれトックリのセーターにニッカーボッカー、足には地下足袋をはいた喧嘩支度であった。あたりの家々は静まりかえっている。真夜中の十二時過ぎだ。そろそろ熱海に最終便の列車が着くころであった。

昭和二十五年十一月五日——海は時化《しけ》、波音がひときわ高い。どんよりとした雲間から、かすかに月明りがもれる。

「富士屋ホテル」のある銀座町に向かった。柳の並木のある通りを走った。敵のいる場所まで一キロと近い。走れば、五、六分の距離である。

両側の家々は、明りが消えていた。しかし、道は月明りに白く浮かびあがっている。

相手は、百人近い荒くれ人足たちである。仲間の内藤も、半殺しの目にあわされている。

まかり間違えば、白く光る道は、地獄への道かもしれなかった。

自分たちは、熱海の縄張を預かっている稲川の子分だ。縄張は命を賭けても守らねばならない。森田も長谷川も、むしろ心の底は逆に燃えていた。

〈男になるときがきた……〉

二人とも、二十四歳であった。二人は、やくざ稼業に入って三十歳までに目鼻をつけなければ男になれない。そう言い合っていた。体を賭け、懲役に行く絶好の機会がめぐってきた。

二人とも、同じ気持であった。

たとえ斬り死にしても、惚れこんだ親分のためだ。何の悔いもない。命を落としても、おれたちの骨は、親分が拾ってくれる。

二人に、悲壮感はなかった。あるのは、ただ、男の意地とやくざの心意気だけであった。

「富士見旅館」のすぐ下の四つ角を左に折れた。昼間は熱海でもっともにぎやかな銀座通りに入った。

海に向かい百メートルばかり走った。

右手に「富士屋ホテル」の工事現場が見えた。

三十人ばかりの人足たちが、仕事着の上に半纏をはおり稲川組の者の来るのを待ちかまえていた。手には、ツルハシやシャベルを持っている。

少し離れた左の飯場にも、やはり三、四十人立っている。

うんと離れた右側の飯場にも、三十人ばかり固まって待ちかまえている。

一時間ばかり前に内藤といっしょに偵察に来た一人が、敵の中にひときわ目立つ大男を指差して叫んだ。

「兄貴、あの大木のようなやつですよ！　内藤の兄貴の脇腹を刺したのは……」

大男は、素人相撲の元大関会津川であった。二メートル近くある。連中の首魁《しゅかい》らしかった。

長谷川と森田の血が、カーッと燃えてきた。長谷川は、仕込みの柄をあらためて強く握った。森田も、日本刀の柄をしっかりと握った。

長谷川と森田が先頭を切った。あとの三人も、長谷川、森田につづいて、大男のいる固まりに躍りこんでいった。

森田は、日本刀を振りかざし敵に躍りこんでいった。敵の一番前にいる二の腕の異様に太い男も、ツルハシを振りかざして襲いかかってきた。

「うおッ！」

獣の吠えるような声をあげて襲いかかってきた。命など屁とも思っていない男のようであった。

日本刀とツルハシがぶつかり合った。カチーンという音が響く。一瞬、闇の中に火花が散った。

森田は、さらに一歩踏み込んだ。返す刀で相手の右腕を斬り上げた。

うめき声と同時に、あたりに血が飛び散った。森田も返り血を浴びた。

相手は、右腕を斬りつけられても、なおツルハシを森田の頭上に振りおろしてきた。森田は、思わず左に飛びのいた。

よけそこなうと、脳天にツルハシが突き刺さる。愚連隊時代、長谷川と浅草のジム「革新拳闘倶楽部」でボクシングを習っていた機敏さが役立っていた。

森田は、体勢を立て直すや、別の男に斬りかかった。相手は体を引いた。シャベルで横から殴りかかってきた。まともに食らうと、脇腹がえぐられる。

森田は、すかさず一歩ばかり下がった。相手は、さらにシャベルで殴りかかってきた。

いま一歩、うしろへ下がった。そのとたん、大きな穴の中に足を踏みはずした。工事現場には、いくつも穴が掘ってあった。穴の上から、相手は、猛烈な勢いでシャベルを振りおろしてきた。森田は、血の凍る思いがした。

次の瞬間、森田の顔面めがけて襲いかかっているはずのシャベルが、カチーンという音を立てて跳ね飛んでいた。

「兄弟、大丈夫か」

長谷川の声であった。長谷川が、森田に襲いかかってきた男のシャベルを、仕込みで跳ね飛ばしてくれたのであった。

森田は、穴の中から急いで這い出た。跳ね飛ばされてシャベルを拾おうとしている男の右の肩を、すかさず斬りつけた。

「ぎゃあ！」

男は右肩を押さえ、土の上を転げ回った。森田は、転げ回る男の顔面に日本刀を突き刺した。

長谷川は、別の固まり目がけて躍りこんでいった。立ち向かってきたやつに仕込みを振りおろした。

仕込みがツルハシとかち合う。

シャベルとぶつかり合った。

肉を斬ったらしい鈍い手応えもある。

全身の血が沸騰していた。

眼に、返り血が飛び込んでくる。

長谷川は、いいかげん斬ったところで、くるりと背を見せ走りに走った。工事現場の穴に落ちこまないようにして、敵の攻撃を避けた。

背後から、二十人ばかりが追ってくる。

工事現場から離れ、左手の路地に、また右手の路地にと身を隠し、敵を待った。百対五の兵力である。まともに戦って勝てるわけがない。奇襲作戦をとる以外になかった。

三、四人の駈けてくる足音がする。長谷川は、路地からそっと顔を出してのぞいた。
駈けてくる男たち三人の顔が、月明りにはっきりと見える。森田や仲間ではない。

あらためて、両手で仕込みの柄を握りしめた。

敵の先頭の男が、眼の前にあらわれた瞬間、仕込みを先頭の男の首筋めがけて突き出した。

「ぎゃッ」

相手は、驚きと痛みの混じった声をあげ、首筋を押さえてうずくまった。

あとの二人は、ふいを衝かれて海岸通りの方に逃げた。

長谷川は、仕込みを右手に二人を追いつづけた。工事現場のあたりから、叫び声やうめき声が聞こえてくる。森田らが殺されてなければいいが……長谷川はそう思いながら、二人を追いつづけた。

海岸通りを追い、お宮の松のところまで追いつめた。樹齢百四十年を超え、直径は一メートルに余る巨《おお》きな松である。

二人とも、ツルハシを持ち荒い息をしている。長谷川も、背中を波打たせた。

激しい呼吸に、ツルハシを持つ両手が揺れている。ツルハシも波打っている。

長谷川は、一人に踏み込んだ。相手は、脅えたようにツルハシを振りおろしてきた。

次の瞬間、長谷川は左によけた。素早く体勢を立て直し、相手の右手首を仕込みで叩っ斬った。鈍い音とともに、手首が芝生の上に跳ね飛んだ。

「ううッ……」

相手は、左手で右の手首の切れたところを押さえた。うずくまった。月明りに美しい緑を浮かびあがらせていた芝生が、血でべっとりと染まっている。

男は、手首を押さえ、足をバタバタさせながら円を画くように転げ回っている。断末魔のような声をあげつづけている。長谷川の顔から胸にかけ、返り血でべっとりと染まっている。

長谷川は、いま一人を睨みつけた。相手は、長谷川の血まみれの形相に恐れをなしたか、ツルハシを長谷川に投げつけるや、叫び声をあげながら暗闇の方に向けて逃げて行った。

長谷川は、にわかに森田らが心配になった。工事現場へ走った。


三時間近い戦いがえんえんつづいた。森田や長谷川は、攻撃をかけては引き下がり、路地に隠れた。再び出て行っては、奇襲をかけた。

二人とも、三時間後には、返り血で全身血まみれであった。

相手も、疲れてきたらしい。百人ばかりいた人数も、いつの間にかほとんど姿を消していた。

長谷川らの仲間の他の三人は、肩や腕を斬られ、事務所に引き揚げていた。

残ったのは、長谷川と森田の二人だけであった。

森田は、いつ斬られたのか自分でもわからなかったが、左肩を斬られていた。火のような痛みが走りつづけるが、引き下がる気はなかった。

最後は、二人いっしょに斬り込んでいた。

〈死ぬときは、いっしょさ……〉

おたがいにそう思っていた。生まれも育ちもおなじ、九十九里の荒浜育ちであった。稲川の子分になったのも、いっしょであった。口にこそ出さないが、死ぬときも、いっしょに死のうと心に決めていた。

「兄貴！　探しましたよ……」

事務所を守らせていたヤスが、息せき切って走ってきた。

「事務所に、やつら詫びに来ましたよ。そろそろ引き揚げた方がいいんじゃないですか」

森田は、ヤスをじろりと睨んだ。

「やつらが、まだこのあたりをうろうろしているのに、こっちがおめおめと引き下がれるか！」

もし相手が一人でも残っているのにおれたちが引き揚げたら、逃げたことになる。一人残らずやつらがいなくなるまでは、一歩も引かぬ気であった。

森田は、ヤスに訊いた。

「やつら、素手で来たのか」

「いや、バールやツルハシを持ってました」

森田は、いっそうカッとなった。

「詫びに来るのに、道具を持ってくるやつがいるか」

やつら、詫びに来たと見せかけて、こちらの様子をうかがいに来たにちがいねえ。

長谷川も、ヤスにきっぱりと言った。

「てめえは、帰って事務所を守ってろ！」

ヤスは、急いで事務所へ帰って行った。

森田が言った。

「やつらは、まだうろうろしている。兄弟、もうひと暴れしようぜ」

長谷川が、血まみれの顔をゆがめにやりと笑った。

森田のひと暴れという意味は、それ以上言わなくても長谷川には通じていた。

〈いまひと暴れして、派手に男になろう……〉

という意味であった。おなじ懲役に行くなら、もっと花を咲かせて行こうじゃねえか……

心の中で、二人は言い合っていた。

森田が、長谷川に声をかけた。

「兄弟、富士屋ホテルの方へ行ってみよう」

二人は、工事現場の前を走りぬけ、ホテルに向かった。

と、ホテルの前を、工事現場に向けて十人ぐらいがぞろぞろと歩いてきた。

戸板を肩に担いでいる。会津川という相撲取りもいた。手には、バールやツルハシを持っている。

バールの地を引きずる音が、カチャン、カチャン、カチャン、カチャン……と薄気味悪く響いてくる。

戸板の上には、怪我をした男が横たわっていた。

彼らは、森田と長谷川の血まみれの姿に気づき、ぎょッとしたようだった。

森田と長谷川は、残された力をふりしぼり、仕込みと日本刀を振りかざして、彼らに向かって突っ込んで行った。

森田と長谷川の殺気に、彼らは、うしろへ下がった。

先頭の男は顔を引きつらせ、担いでいた戸板を放り出した。

他の男たちも、いっせいに戸板を放り出した。てめえたちの命が大事と思ったか、何人かが背を向けて逃げはじめた。

戸板に乗せられていた男は、血まみれのまま、道路に転がった。

長谷川と森田は、立ち向かってくる者たちと相対した。先頭の男の腰を、森田が日本刀で突いた。

「ぎゃーあー」

大声をあげ、うしろにのけぞった。

一人は、地下足袋のまま富士屋ホテルに逃げ込んだ。

首魁の会津川は逃げなかった。すごい腕力でバールを振りまわしている。

森田が、会津川の前に回った。立ちはだかり、日本刀を振りかざした。

会津川は、あわてて背後を振り返った。うしろにも、長谷川が仕込みを持って立っている。

会津川は、なおもバールを振りまわしている。馬鹿力がある。もし頭に当れば、頭が砕ける。脳漿《のうしょう》まで飛び出す。

森田も長谷川も、慎重に身構えた。

会津川は、バールを振りまわしつづける。風を切る不気味な音が響く。

会津川の異様に飛び出した額の奥にのぞく細い眼が、狂気じみて光る。

森田が、日本刀で会津川の肩口を斬りつけた。会津川は、よろめいた。

長谷川が、すかさず会津川の顔面を仕込みで斬りつけた。

「うッ!」

会津川はひとうめきしただけで、なおバールを振りまわす。会津川の額から、血が噴き出していた。血が、たらたらと流れ落ちる。眼に入っている。

会津川は顔をゆがめ、バールをまわしながら長谷川に襲いかかってきた。

長谷川の頭をバールがかすった。あと三センチ内側に入っていれば、長谷川の頭は砕けている。

会津川が森田に背を見せた瞬間、森田が会津川の首筋めがけて斬りつけた。

首筋から、血が噴き出した。

会津川は、森田の方を振り返った。バールを振りかざし、森田めがけて振りおろした。

今度は長谷川が、斜めうしろから仕込みで会津川の顔面に突きかかった。

頬骨の下に突き刺さった。刃が骨に当る手応えがあった。

「うお!」

会津川は、羆《ひぐま》のような唸り声をあげ、長谷川の方を振り向いた。顔は、血まみれであった。

顔の形も崩れかけていた。

森田が、さらに右肩に斬りかかった。

会津川は、それでもなおバールを振りかざして森田に襲いかかった。

次の瞬間、長谷川が会津川の顔面を仕込みで突き刺した。左眼から後頭部まで突きぬけてしまった。

「ぐおッ！」

会津川は吠えるような声をあげ、バールを放り出した。仕込みの突き刺さった顔を左手で押さえた。

長谷川は、仕込みを引きぬこうとした。しかし、引きぬけない。

力いっぱい引きぬこうとすると、柄がぬけてしまった。長谷川は、ぬけた柄を握ったままうしろによろけた。

会津川は、そのときばったりと腰をついた。柄の取れた仕込みの刃を、両手で握った。ぐい、と自分で仕込みを引きぬいた。気丈な男であったが、血まみれの仕込みを握りながら、ひと言、

「往生した……」

と言って、そのまま前にのめってしまった。

森田と長谷川は、あらためてまわりを見た。いつの間にかあたりは薄明るくなっていた。

首魁を失った人足たちの姿は、一人もいなかった。遠くに、二、三人の警官の影が見えた。

長谷川と森田は、仕込みと日本刀をそれぞれ持って、返り血で血まみれになった姿で、海

岸通りのほうへ走っていった。

## 5

長谷川と森田は、三時間を超える乱闘のはて、稲川組の事務所に引き揚げてきた。二人とも、傷を負い、顔や服まで血まみれであった。一足先に引き揚げていた高村康、伊原更三、山田芳彦の三人が心配そうに声をかけた。

「御苦労さんです。怪我はなかったですか」

長谷川が、事務所を守らせていたヤスに言った。

「森田が、肩を斬られている。早く治療をしてやれ」

ヤスが、森田の血に染まったトックリのセーターを脱がせにかかった。

若い衆が、表に目をやりながら言った。

「兄貴、警官が七、八人事務所のまわりを取り囲んでいますよ」

長谷川は、事務所のドア越しに外に目を放った。かすかに明けはじめた薄闇の中に、警官の姿が見える。

長谷川は、手に持っている仕込み杖《づえ》と日本刀を山田に渡した。仕込み杖は折れていた。日本刀は刃こぼれがしていて、傷だらけだった。

　長谷川が言った。

「どうせ警察へは出て行かなければならないだろう。それまで、これをしまっておけ」

　森田は、肩の傷の痛みをあらためて感じた。「富士屋ホテル」の人足どもと渡りあっているときには、緊張のためそれほど痛みは感じなかった。戦いを終えたいま、忘れていた痛みが激しくなってきた。

「親分に、連絡はとれたかい」

　ヤスが答えた。

「はい。山田の兄貴が先ほど、親分には連絡をしました」

　そこへ、稲川親分が駈けこんできた。長谷川たちが、「富士屋ホテル」の飯場に殴り込んだことを聞いて、すぐに事務所に駈けつけたのであった。

　稲川は、まずみんなの顔を見回した。命を落とした者がいないことを確かめると、次の心配をした。

「怪我はなかったか……」

　肩を深く斬りつけられている森田が、明るく答えた。

「みんな、少しずつ怪我はしていますが、たいしたことはありません」

森田の虚勢ではなかった。

稲川は、ねぎらいの言葉を一人一人にかけてやりたかった……。

しかし、若い衆たちには、親分からたったひと言「怪我はなかったか……」と声をかけられたことが、百万言を費やされたよりも胸に深く感じていた。

稲川は、みんなの顔を見た。

子分たちが世間を騒がせたことは、世間には申しわけないと思っていた。しかし、博徒が面子《メンツ》のために命を賭けて縄張を守ったことは、稼業上親分として褒めるべきことである。

稲川は、あらためて長谷川と森田の血まみれの顔を見た。

鶴岡親分の紹介状を持って愚連隊の二人が、湯河原の「下田旅館」に子分にしてくれ、と頭を下げてきたのは四年前のことであった。その二人が、自分のために命を賭けて戦ってくれたことを思うと、胸に熱いものがこみあげてきた。

〈今日まで、たいしたこともしてやれなかったのに……〉

むしろ、博徒として厳しすぎるくらいの修業を強いてきたのに、よく今日までついてきてくれた。

その若い衆たちを、これから先長い懲役にやらねばならない。そのことを思うと、重い、暗いものがのしかかってきた。

もし自分がその場に居合わせたなら、自分も真っ先に出かけ、子分たちでなく自分の手でやつらを叩っ斬っていたろう。

稲川は、長谷川に訊いた。

「殺ったのか……」

「一人は刺し殺しました。他にも、一人二人死んでいるかもしれません……」

「そうか。やってしまったことはしかたがねえ。これから、すぐに自首するんだな……」

「わかりました」

「熱海署には、おれもいっしょについて行ってやる」

事務所を取り囲むようにして集まった警察官は制服、私服をまじえて二、三十人くらいに増えていた。

入口のドアを激しく叩き、私服の刑事が入って来た。十名くらいであった。

入ってくるなり、土足で事務所の畳の部屋の方へ上がろうとした。

稲川が怒鳴った。

「他人の家へ、土足で上がってくるやつがあるか！」

一番上役らしい刑事がみんなを制した。

「土足で上がるな！」

刑事たちは、部屋から下の土間へ下りた。上役の刑事が、稲川に向かって言った。熱海署の片山警部であった。

「喧嘩をした者を、全部引き渡してもらいたい」

稲川は、今度は丁重に答えた。

「わかりました。わたしが殺った者を責任を持って連れて、かならず出頭させます。怪我をしている者もいます。治療をしたい。これから長いつとめに行かなければならないので、支度もあります。一時間だけ時間を下さい」

司法主任の片山警部は、一瞬、稲川の顔をじっと睨んで、言った。

「よし、わかった。一時間だけ待ってやる。一時間後に親分が責任を持って、かならず出頭させるように……」

稲川が答えた。

「ありがとうございます。一時間後にかならずわたしが連れて行きます」

警察官は、数名を残して熱海署へ引き揚げた。

稲川は、まわりの者に命じた。

「おい、みんな、よく傷の手当をしてから、出頭する支度をしろ」

血にまみれた体を、まわりの者が手拭いで拭いた。傷口に包帯を巻いた。

拭き終わると、全員、下着から全部着替えた。

時間が来ると、稲川は、事務所を出た。五人が、あとにつづいた。数名の刑事たちが取り囲むようにした。まわりの人だかりも増えていた。いつの間にか、小雨が降りはじめていた。

長谷川と、森田の眼が合った。

〈兄弟……〉

自分たちが、好きで選んだ道だ。稼業のことで、体を賭けたのだ。二人とも言いようのない満足感を感じていた。

親分に連れられて熱海署に向かう二人に、悔いはなかった。

熱海署に着いた稲川は、五名を司法主任の片山警部に引き渡した。長谷川、森田、他三名の者も親分に挨拶した。

「親分、ありがとうございました。行ってきます」

稲川が答えた。

「あとのことは、心配するな。体だけは気をつけろよ」

稲川は、かわいい子分たちの顔を一人一人眺めながら、そう言うだけで精一杯だった……。

自首するや、熱海署での取り調べがはじまった。五人、別々の部屋での取り調べであった。

長谷川は、寝不足の眼を血走らせて訴えた。

「会津川を刺し殺したのは、わたし一人です！　森田は、会津川をやっていません！」

どうせ一人は殺している。十年は覚悟している。

長谷川は、兄弟分二人で長い懲役に行きたくなかった。できるだけ森田や仲間の罪をかぶるつもりであった。そのため、相手の怪我は、

「それもわたしがやりました」

「その男の背中を斬りつけたのも、わたしです」

と身を乗り出すようにして訴えた。

取調官が、机を叩いて怒鳴った。

「嘘を言うのも、いいかげんにしろ！　まるでおまえの言うことを聞いていると、宮本武蔵以上じゃないか！　一人で、あっちもこっちも飛び回ってこんなにやれるわけがない！　時間的に、合いはしないじゃないか」

長谷川は、それでも訴えた。

「やったおれがそう言ってるんだから、間違いありません！」

取調官は、あきれ顔で言った。

「宮本武蔵だって、一乗寺の決闘で吉岡一門七十三人を相手にして十何人殺したと言われて

いるが、あれはあくまで小説だ。実際には、あんなにバッサバッサやれるわけがない！」

長谷川は、それでも主張しつづけた。

また森田は森田で、取調官に食ってかかるように言っていた。

「会津川に止めを刺したのは、おれだ。長谷川じゃない！」

五人が自首して出た翌日の昭和二十五年十一月七日の地元紙の朝刊には、つぎのような見出しが躍っていた。

《抜刀して〝殴り込み〟熱海の乱闘十一名死傷》

つづいて、つぎのようなリードがつけられていた。

《湯の街の夢をやぶる深夜の殺陣即死一名、重軽傷十名の血なまぐさい事件が突発した。事件は、土工飯場の賭博に縄張をかさに寺銭をよこせと渡りをつけた土地のやくざとの出入りである》

そして乱闘事件の内容が、くわしく報じられていた。

《六日午前二時頃、熱海市本町富士屋ホテル建築作業中の関東建物会社大田組飯場土工と熱海市咲見町稲川興業の若衆が渡り合い、抜刀した稲川組長谷川春治（二五）、森田祥生（二五）、高村康（二三）、ほか二名のために、大田組の東京都目黒区上目黒三、星金蔵さん（五一）は下腹部他を刺されて即死、重傷者は磯木俊彦（二九）、土原年男（四二）、沢谷林三郎

（五五）、内田幸次（二三）、林新一郎（五二）、軽傷山本清（二六）、成岡健次（三〇）、高山政一（二五）、村岡明（二八）、山田幸次郎（二七）である。事件を探知した熱海市署は非常招集を行い、加害者と目される稲川方の前記五名を逮捕。目下取調べ中である》

《市署では日本刀二尺六寸一振、桜の仕込杖にバール等凶器を押収、さらに稲川方に対する取調べを開始した。湯の街に起きた血なまぐさい事件に熱海市署は加害容疑者長谷川、森田、高村、伊原、山田の五名を逮捕、被害者側関東建物会社大田組関係者を召喚、取調べを開始した》

長谷川、森田の弁護を引き受けている稲本悟弁護士が、感心したように言った。

「稲川親分、いい子分をお持ちで幸せですね。兄弟分同士で罪のかばい合いをしていますよ」

昭和二十六年の六月であった。長谷川、森田が自首して出てから七カ月がたっていた。

結局、長谷川は殺人、殺人未遂、傷害で無期懲役、森田は殺人、傷害で十五年、高村、伊原、山田の三人は、三年の求刑を受けていた。

高村、伊原、山田の三人は数カ月で保釈になっていたが、長谷川、森田は沼津の拘置所に入れられていた。

世の中は、急速に変わっていた。昭和二十五年の六月に勃発した朝鮮戦争は、エスカレートするばかりであった。

連合軍最高司令官のマッカーサー元帥は、昭和二十六年三月二十四日、

「中国本土攻撃も辞せず」

との声明を発表。その過激な声明が原因で、トルーマン大統領から解任された。かわって、リッジウェイ中将が、朝鮮の前線から戦闘服のまま東京に着任した。

マッカーサー元帥は、

「老兵は死なず、ただ消え去るのみ……」

の名文句を残し、日本から去って行った。

巷《ちまた》では、美空ひばりの歌が流行っていた。

稲川は、熱海の自宅の応接間で稲本弁護士の言葉に耳を傾けていた。

稲本弁護士は、窓から射しこむ陽に銀髪を光らせて話しつづけた。

「保釈のことで長谷川さんに面会に行くと、かならず出るのが森田さんのことだ。『兄弟は、元気でやってますか。わたしのことはいいから、兄弟を何とか出してやって下さい』。森田さんのところに行くと、かならず『長谷川の兄弟は刑が長いから、兄弟を何とか保釈で出してやって下さい』、そして、二人とも『親分や、姐さんは元気ですか』と自分のことよりま

わりの者のことばかり心配していますよ。それから二人そろって、『おれたちは、稼業のために覚悟の殴り込みをかけたんだ。男として、いったん刑が決まれば、ジタバタしません。その通りに従います』」

稲川は、長谷川と森田を頼もしい若い衆だと思った。

長谷川や森田らが斬り込んでいった相手は、いわゆる堅気ではない。ほとんどが前科持ちの流れ人足たちだ。入れ墨も入れている。やくざと変わりはない。その連中との喧嘩は、やくざの出入りである。

長谷川の求刑も、長くて十年と踏んでいた。それなのに、無期懲役だという。

森田も十五年の求刑である。

賭場を守るため命を張った二人がかわいそうでならなかった。本当は二人を保釈で出してやりたかったが、殺人事件のため無理であった。一日でいい、無期懲役になるかもしれない長谷川だけでも、娑婆に出してやりたかった。

稲本弁護士に、稲川は頭を下げた。

「先生、このとおりです。何とか長谷川を……」

稲本弁護士は、稲川に頭を下げられ、とまどい気味に言った。

「わかりました。無理とは思いますが、万が一の可能性に賭けて、努力してみましょう」

小菅の拘置所に入れられている長谷川は、担当から呼ばれ信じられないことを告げられた。

「長谷川、明日の正午から、次の日の午後五時まで二十九時間、親の三回忌の法事に行くことが許可になった」

長谷川は、目を丸くした。一瞬、からかわれているのかと思った。思わず訊き返した。

「担当さん……本当ですか⁉」

「本当だ。稲本弁護士がつきそって行く。暴れて逃げたりするんじゃないぞ」

「そんなことはしません」

長谷川の声は、弾んでいた。

〈親分、ありがとうございます〉

事件後一年八カ月たった、昭和二十七年の初夏であった。

このとき、すでに二人に一審の判決は出ていた。

長谷川は、無期懲役の求刑に対し、十年、森田は、十五年の求刑に対し、八年の刑を言い渡されていた。判決に対して検事側は不服として検事控訴をしていた。そしてまた長谷川、森田側も、量刑不服として控訴の申し立てをした。

二人とも、控訴したため沼津の拘置所から東京拘置所に移されていた。

もしかすると、一生娑婆に出ることはないかもしれない。長谷川は、一応の覚悟はしていた。

漁師として働きつづけた親父は、二年前に死んでいた。親戚の者はその三回忌に集まる。子である自分はせめて親父に線香の一本だけでもあげてやりたい……。そう思うと、身を切られるような辛さを感じていた。ところが、親分の特別の取りはからいで三回忌に顔が出せるというのだ。親分の恩情に対して、目頭が熱くなった。

〈おれのような者のために……〉

あらためて心の中で親分に手を合わせた。

翌日の正午、長谷川は小菅拘置所から出た。

表には、稲川親分をはじめ、組の幹部たちが、稲本弁護士とともに待ってくれていた。初夏の陽が、眼に痛いほどまぶしかった。

稲川親分が、長谷川に声をかけた。

「どうだ、元気か」

「このたびは、どうもありがとうございます」

稲本弁護士が、長谷川の肩に手を置いて言った。

「稲川親分が、今夜、きみの母校の小学校で、親父さんの供養のために土地の人たちを無料で招待し、浪曲大会を開いてくれる」

長谷川は、言葉に詰まった。親分の温かい気持に頭が下がった。

長谷川は、親父の墓まいりをすませ、夜は母校の浪曲大会に顔を出した。

講堂は、村の者たちでいっぱいであった。

村の者たちは、寿々木米若の「佐渡情話」に聞き惚れていた。

後ろの席に、稲川が座っていた。

長谷川は、親分の隣りに、そっと座った。

稲川は、長谷川を見た。鋭い眼をなごませた。

「体は、大丈夫か……」

「はい……」

長谷川は、そこまで言い、あとの言葉が出なかった。思わず涙がこみあげてきた。涙が、とめどもなくあふれてきた。稲川親分も、それ以上何も言わなかった。

二人は、米若に聴き入った。

長谷川の胸に、これまで何度か聴いた米若の「佐渡情話」が、ひときわ名調子に聴こえた。

その夜、長谷川は、一年数カ月ぶりに女を抱いた。組の者が、横浜からわざわざ女を連れてきてくれたのであった。黒澤明監督、三船敏郎主演の映画『酔いどれ天使』に出てくる木暮実千代に似た、粋な女であった。長い間、女気のないところにいたので、まるで観音様のようにやさしく美しく見えた。

〈女と出会うのも、もしかしたらこれが最後かもしれない……〉

長谷川は、そんなことを思いながら、ふと拘置所にいる兄弟分の森田に思いを馳せた。

長谷川は、複雑な気持でその夜を過ごした。

一分でも眠るのがもったいなかった。小菅拘置所に帰れば、いくらでも眠れる……。

翌日の夕方、長谷川は小菅の拘置所に帰った。再び長く閉じこめられる生活が待っていた。

〈しかし、おれは……〉

親分の取りはからいでたっぷりと娑婆の空気を味わうことができた。

〈これで思い残すことはないさ……〉

長谷川は、鉄格子の独房の窓から夜空の星を眺めながら、波乱に満ちた自分の運命をあらためて思い返していた。

6

稲川組の長谷川、森田らの「富士屋ホテル」工事現場への殴り込み事件の直後、地元熱海から「稲川組追放!」の火の手があがった。

事件の起こった昭和二十五年十一月七日の地元紙も、《抜刀して、〝殴り込み〟熱海の乱闘十一名死傷》という見出しの記事の結びにこう書いた。

《市民の中には、熱海が今後観光地として内外の客を迎えんと準備しているさい、このような暴力行為を根絶するよう当局に要望する声が次第に高まり従来もしばしば血なまぐさい事件があって非難されていた折柄だけに今回の事件を契機として、これが根絶については強い要望が起こっている》

時を同じくして、熱海市の教務課長が咲見町の稲川組の事務所にやってきた。

稲川に、苦々しい顔で言った。

「稲川さん、GHQから、組を解散しろ、との命令が下りました」

「なに! 解散……」

稲川も、さすがにおどろいた。

石井秀次郎親分から熱海の縄張を預かって二年余だ。子分たちといっしょに、暴れ者の朝鮮人グループとの戦いをふくめ、さまざまな争いの中で町を守りぬいてきた。

今回だって、自分たちの米櫃に砂を入れられるようなことをされたからこそ、長谷川や森田らが命を賭けて殴り込んだのだ。この渡世で生きる者の仁義である。

〈しかし、世間を騒がせたことは申しわけない〉

教務課長は、厳めしい口調で言った。

「西沢先生が、至急会いたい、とおっしゃってます」

西沢米吉は、静岡から出ている代議士であった。特審局の係をしていた。

「わかりました。すぐに支度いたします」

稲川は、支度をすませると、教務課長の乗ってきた車に乗った。

海は荒れ狂っていた。

熱海にある西沢の別荘に向かった。

西沢邸の応接間に入ると、西沢米吉は、連合軍総司令部、つまりGHQからの指令であることを強調し、こう言った。

「稲川さん、いろいろ言い分もあろうが、しばらく博打は止めなさい」

博徒にとって、博打を止めろと言われることは、死ねと言われるに等しい。しかし、ここで突っ張れば、組が本格的な解散に追いこまれる。せっかく自分を慕って集まってきてくれた二百人を超える子分たちが散り散りになることになる。ここは、しばらく我慢するしかなかった。

稲川は、言った。

「わかりました。しばらく辛抱します」

しかし、熱海の町からの「稲川組追放」の火の手はおさまらなかった。ますます高くなるばかりであった。ついに、市議会でも取り上げられることになった。

その日、議会に乗りこんで行った老人がいた。「清海園」という熱海でも古くからの旅館の主人室田誠次郎であった。熱海市では力のある元老であった。かつて糸川の遊郭を根城に朝鮮人たちが暴れていたときに、遊郭や旅館の主人たちが、稲川に訴えてきた。

「やつらを、何とか追放して下さい。さもないと、熱海には、観光客が寄りつかなくなります」

そのときの代表者が、「清海園」の室田誠次郎であった。

室田誠次郎は、市議を前に顔面を紅潮させてぶちあげた。

「あんたたちは、稲川追放と馬鹿のひとつおぼえのように言っているが、朝鮮人が暴れ回っていたときのことを、忘れてしまったのか。あのとき、朝鮮人たちは、自分からこの熱海の町を去っていったのか。そうではあるまい。稲川組の者が、命を賭けて追放してくれたんじゃないのか。いまここにいる者たちは、みんな知っているはずじゃないか。わたしと旅館組合の幹部が雁首《がんくび》をそろえて稲川親分に頼みに行ったじゃないか！　『富士屋ホテル』工事現場への殴り込み事件も、やくざが渡世上のことでやった、やくざ同士の喧嘩ではないか。わたしは、みなさんのような薄情な態度は断じてとれぬ」

室田誠次郎は、さらに強調した。

「そのように熱海の町に功績のあった稲川を追放してどうするんだ。ああいう社会は、稲川を追放しても、また稲川に代わるべき者が、かならず来るんだ。その新しく来た者たちが稲川組以上に悪かったら、どうするんだ！　稲川追放を、考え直すべきだ！」

室田誠次郎の発言を、議会は静まりかえって聞いていた。室田元老の発言で、熱海の町からの「稲川追放」の火の手はおさまった。

GHQからの指令も、稲川組がしばらく博打を止めていたことで、やがて解除になった。

林喜一郎は、切れ長の大きな鋭い眼をぎょろりと剝いた。

「なに？　井藤が刺された……」

林が女房に経営させている横浜堀ノ内のちゃぶ屋一階の奥座敷であった。ラジオからは、津村謙の歌う「上海帰りのリル」が流れていた。昭和二十六年十二月の正午過ぎのことであった。

子分の和沢譲次が言った。

「やったのは、吉水の子分どもです。『オリンピア』の映画館の前で、腹を刺された。やつらは、二人組だったそうです」

　吉水金吾の子分と聞くや、林の切れ長の眼がいっそう殺気じみた光を放った。

「吉水の子分どもを見つけしだい、かっさらってこい！　締めてやる」

　林喜一郎と吉水金吾とは、文字どおり犬猿の仲であった。

　林喜一郎は、大正九年、横浜で生まれた。十人兄弟の長男で、男兄弟八人のうち七人までが愚連隊となっていた。林兄弟として名がとどろいていた。

　家が貧しかったから、小学校を卒業すると、鉄筋屋へ小僧で入った。しかし、十七歳のとき、その鉄筋屋を飛び出し、不良の群れに身を投じた。

　やがて、恐喝罪で懲役に行くことになった。小田原少年刑務所へ送られた。昭和十四年の末、十九歳であった。


　翌昭和十五年、徴兵検査第一乙種合格で兵役についた。中国東北部に渡り、三年あまりを過ごした。

　やがて華中へ送られ、終戦のとき、上海で八路軍に捕まった。そこで捕虜生活を送った。

　昭和二十二年、ようやく日本に帰ることができた。

　その間、弟たちは愚連隊として頭角をあらわしていた。中でも三男の三郎が群をぬいていた。子分も、四、五十人いた。しかし、喜一郎が引き揚げてきたときには、三郎は横須賀刑務所に入れられていて、やがて獄中で死んだ。喜一郎は、その三郎の子分どもを吸収し、横浜を暴れ回った。

歩いていて、向こうから馬が来ると、

「おい、その馬を貸せ！」

そう言うなり馬を取りあげて伊勢佐木町を乗り回した。

伊勢佐木町の外れで一六縁日がおこなわれているとき、出かけて行ってテキ屋に喧嘩を売った。

相手が手向かってくると、

「縁日のできねえようにしてやる！」

そう言うなり、大きな地蔵に体ごとぶつかった。林は、当時二十八貫、百十キロ近くある巨体であった。大地蔵は、撥ね飛んでしまった。

あとで横浜野毛のテキ屋の親分日野盛蔵が、鶴岡政次郎親分に訴えた。

「親分から、林喜一郎に暴れるのを止めるように注意してもらえませんでしょうか」

林は、鶴岡親分に呼ばれた。鶴岡親分は、叱りつけた。

「暴れるのも、いいかげんにしろよ！」

しかし、その後も林の暴れるのはいっこうに止みはしなかった。

血気盛んな林は、ピストルも数十丁近く隠し持っていた。

林は、外国人グループが暴れたとき、寿《ことぶき》署に行ってうそぶいた。

「おまえんとこ、応援求めたいというなら、いつでも行くよ」

いっぽうの吉水金吾も、暴れ者で通っていた。横浜の南太田に不良の巣があり、吉水はその不良どもの大将であった。四十人近い子分どもを従えていた。

戦後、新橋駅前焼跡一帯に拡《ひろ》がった膨大な闇市の利権を、一代で摑みとった風雲児がいた。通称を〝カッパの松〟といった。テキ屋関東松田組組長松田義一である。最盛期には、千人近くもの子分がいた。

が、カッパの松は、昭和二十一年、カスリの取り立てのもめごとで、舎弟に射殺された。跡目を、女房の松田芳子が引き継いだ。吉水は、女親分を助けるため子分どもを引き連れ、南太田から新橋へ出、松田組に入った。

ところが、GHQの圧力が強く、松田組も昭和二十三年七月、ついに解散に追いこまれた。吉水金吾は、子分どもを引き連れ、再び南太田に帰ってきた。

いわゆる出戻りの吉水たちと、林のグループの小競り合いが、伊勢佐木町を舞台につづいた。

昭和二十五、六年に入ると、世も敗戦直後に比べると落ち着いてきた。目的を失い暴れ回っていた愚連隊たちも、正業に就きはじめた。

横浜の愚連隊で最も頭角をあらわしていた出口辰夫と、井上喜人は、すでに稲川組に入っていた。

横浜に残る勢力のある愚連隊グループは、林と吉水のグループだけであった。しかも、おたがいに、外人相手のポン引き、パイラを使ってのパンパンハウスの経営と、他のパンパンハウスのカスリを取っていたから、対立も厳しかった。

林は、井藤茂が刺されたと聞くや、子分の和沢と米内光介に念を押した。

「いいか。やつらを生け捕りにしてくるんだぞ」

和沢と米内は、井藤を刺した二人を見つけるため、ただちに外に飛び出した。

和沢は、背広の懐にドスを呑んでいた。米内は、背広の懐に一尺六寸の日本刀をしのばせていた。

林は、井藤の入院しているという日枝町の外れにある大仁病院へ向かうため、急いで着替えた。

ダブルの背広に、白い大きなつばのハットをかぶった。横浜の愚連隊らしい、粋なスタイルであった。

和沢譲次と米内光介の二人は、伊勢佐木警察のはす向かいにある洋画館「オリンピア」の前でタクシーを降りた。

ジョン・フォード監督、ジョン・ウェイン主演の『黄色いリボン』の看板がかかり、テンポのいい主題歌が流れていた。

風が強く、砂埃が舞い上がっている。

井藤が刺された劇場前のコンクリートの上には、まだ血がこびりついていた。和沢は、「オリンピア」へ入り、キップ売場のもぎり嬢に訊いた。

「この前で人を刺した二人組は、どっちの方向に逃げた」

もぎり嬢は、怯えた顔で言った。

「劇場の裏の方に逃げて行きました」

和沢は、米内と二人でその近辺を捜しまわった。喫茶店を中心に訊き歩いた。

どうやら、井藤を刺した二人は、三輪謙と、土村清之の二人とわかった。

一時間くらい捜しまわったあげく、伊勢佐木町に近い黄金町《こがねちょう》の「ルパン」という喫茶店で、三輪と土村の二人を見つけた。

和沢と米内の二人は、喫茶店に躍りこんだ。

米内は、背広の懐から日本刀を取り出した。いきなり土村の首筋に日本刀の刃をぴたりとくっつけた。

「少しでも動いてみろ！」

土村も三輪も、顔色を失っていた。

和沢は、土村と三輪から目を離さないで電話のそばに行った。

店内には、霧島昇の歌う「チャイナ・タンゴ」が流れつづけていた。

事務所がわりにしている堀ノ内のパンパンハウスに電話を入れた。

「やつら二人を捕まえた。黄金町の『ルパン』まで至急車を回せ」

十分くらいして「ルパン」に黒塗りの外車が止まった。進駐軍から手に入れた中古であった。

和沢が、怒鳴った。

「てめえら、表へ出ろ！」

米内は、土村の首筋に日本刀を当てたまま喫茶店の外に出した。和沢も、三輪のどてっ腹にドスを突きつけていた。二人とも、一切の抵抗を見せないで外へ出た。

米内が、日本刀で首筋をぴたぴたと叩いて言った。

「早く乗れ」

土村が、間違って首筋を切られないようそろそろと外車に乗りこんだ。

和沢も、三輪のどてっ腹にドスを突きつけたまま外車に乗りこんだ。

和沢は、運転席の遠藤高雄に言った。

「大仁病院まで急いでくれ。兄貴が待っている」

兄貴が待っていると聞き、土村と三輪はそろって顔を引きつらせた。林喜一郎の恐ろしさは、二人ともいやというほど聞かされているはずである。

日枝町の大仁病院に外車を横づけにすると、和沢は病院に入って行った。

和沢は受付で井藤の寝ている病室を聞き、二階に上がった。

井藤の病室に入ると、林喜一郎が振り向いた。舎弟の和沢でもゾッとするほど恐ろしい眼つきであった。

「見つけたか」

「はい」

「どこにいる」

「表の車の中に連れてきております」

「よし、ウチに連れて行け。すぐに行く」

林は、根城に連れて行き、二人をたっぷりと締めてやろうと思っていた。

「わかりました」

和沢は頭を下げると、病室を出た。

急いで玄関に向かい、玄関を出たとたん、しまったと思った。外車の中は、もぬけの殻であった。

〈逃げたのか……〉

相手二人にこちら二人を残しておいたから安心していた。が、あとで聞いたところによると、三輪が小便がしたい、と言いはじめた。小便くらい、とつい油断したのがまずかった。

米内は、三輪の首筋に日本刀を突きつけたまいっしょに出た。大岡川のほとりに行ったとき、三輪が突然逃げた。

米内は、あわてて追った。吉水の木造三階建てのよく目立つ自宅は、そこから五百メートルの近さにあった。

三輪の逃げるのを見るや、土村も外車から飛び出して逃げた。運転席にいた遠藤も、土村を追った。

和沢の耳に、「やろう、ふざけやがって……」という遠藤の声が響いてきた。声のする方を振り返ると、大岡川の向こうで、土村と遠藤が睨み合っている。

米内は、日本刀を持っている。殺られることはあるまい。とっさにそう判断した。

危険なのは、遠藤の方だ。運転手として急いできたから、ドスの用意もないはずだ。

和沢は、遠藤の方に走った。

橋をわたると、土村に蹴りかかった。二対一だから、わけはなかった。和沢は、土村を蹴りのめした。

土村は、腹を押さえうずくまった。その顔面を、和沢と遠藤の二人で殴りつづけた。まるでサンドバッグを殴るようなものであった。

土村の顔からは、鼻血が噴き飛び、和沢と遠藤の殴りつづける拳がぬるぬるした。

いっぽう米内は、日本刀を持ったまま、三輪を追いつづけた。

「生け捕りにしてこい……」

林の命令に従い、三輪の足や手は刺したが、命を奪う危険のある本体は刺さなかった。

最後は追いつめ、足を斬った。

三輪は倒れた。

「立て！」

三輪はドスで、米内は日本刀である。殺られる心配はない。米内は、安心感から、相手の近くに寄りすぎた。

そのとたん、相手に足を払われた。よろめいて相手におおいかぶさるようにして倒れた。

次の瞬間、相手のドスが米内の心臓へまともに突き刺さった。

「う！」

米内は、心臓を押さえる暇なく、果てた。二十三歳の若さであった。

一時間後、米内が殺されたことを知った林の鋭い眼から、涙があふれていた。

〈光介……〉

いくら怒鳴りつけても、ひと言の反抗もしないで従ってきてくれた、かわいい弟のような男であった。

林は、涙を浮かべた次の瞬間には、再び憎しみに燃える眼にかえっていた。

集まった四十人を超える子分たちに、叫んだ。

「吉水の子分ども見つけしだい、その場で殺せ！」

その夜、横浜の警察は、メイン道路をことごとく封鎖した。

「市街戦がおこなわれる……」

市民の間にまでささやかれた。警察は、林グループと吉水グループの激突に備えていた。

夜に入り、風はいっそう強くなった。獣の唸るような響きを立てて横浜の街を吹き荒れていた。

堀ノ内の林喜一郎の根城には、稲川組に入っていたモロッコの辰が、子分どもを二十人ばかり引き連れて応援に駈けつけていた。モロッコは、林喜一郎の死んだ弟の林三郎と特に親しかった縁から、助っ人にやってきたのであった。

いっぽう吉水金吾のところには、やはり稲川組に入っていた井上喜人が、小田原から子分十数人ばかり連れて応援に駈けつけていた。井上と吉水とは、吉水が新橋の松田組に入っているときからのつき合いであった。

まかり間違えば、稲川組の井上、モロッコが、血で血を洗う戦いをすることになりかねない。

稲川の兄貴分である大船の横山新次郎の耳に、モロッコと井上の動きが入ったのは、その夜遅くであった。

7

堀井一家の和田永吉は、片瀬から大船までタクシーを飛ばしていた。昭和二十六年十二月初旬の、深夜一時過ぎであった。タクシーの中も、凍えるように寒かった。

〈市街戦に入っていなければいいが……〉

和田永吉は、苛々していた。

横浜の愚連隊の二大勢力である林喜一郎グループと吉水金吾グループが、全面戦争に入った。市街戦まで繰り広げようとしている、という情報が、横浜に遊びに行っていた堀井一家の若い衆から和田の耳に入った。

和田永吉があわてたのは、林のバックに〝モロッコの辰〟が、吉水のバックに〝ハマのキー坊〟がついたということであった。

出口辰夫も、井上喜人も、京浜間に名をとどろかせた愚連隊であったが、いまや稲川組の幹部だ。しかも、二人ともそれぞれ自分の弟分たちを連れて助っ人として加わっているという。まかり間違うと、稲川組の幹部同士で血で血を洗う戦いになりかねない。

〈親分横山新次郎に、一刻も早く知らせなくてはいけない〉

和田永吉は、とっさに判断しタクシーを飛ばしたのであった。稲川の兄貴分である横山新次郎なら、この喧嘩が止められる。

昭和三年に千葉の稲毛に生まれた。父親は、百五十トンくらいの小さな船を動かし海運業をやっていた。

十人兄弟の六番目であった彼は、子供のころは政治家になることを夢見ていた。

「千葉で一番いい千葉一中に入り、東大を出て、やがては政治家になるんだ」

まわりの者にそう言い、事実千葉一中に合格した。

ところが、戦火が激しくなり、四人の兄全員が兵隊に取られてしまった。

「永吉、おまえ家業を継げ」

父親にそう強制され、千葉一中へ通うことを断念させられた。

「ふざけるんじゃない！」

幼いときからこうと思いこんだらきかない和田永吉であった。父親に食ってかかり、家を飛び出し、やくざ稼業に入った。

はじめは、芝浦の高木一家に入った。親分は、阿部重作であった。のちの住吉一家三代目総長である。

和田永吉は、東海道を旅しているうち、堀井一家三代目の加藤伝太郎の幹部横山新次郎親分の助っ人として働くことになった。

年は若いが、和田には根性があった。どんな者が来ても、あとに引かなかった。男になる機会を狙っていた。命を投げだす気迫が、いつどこでも相手を殺気で圧倒していた。

横山親分が、外国人たちと喧嘩になったとき、和田が助っ人として活躍し、「見どころのある若い奴……」と横山親分に目をかけられた。それがきっかけとなって、横山親分のところに草鞋《わらじ》を脱ぐことになった。

横浜戸塚の競馬場で、加藤伝太郎と、和田の親分である阿部重作とが顔を合わす機会があった。阿部重作は、加藤伝太郎を「兄貴」と呼んでいた。

加藤伝太郎は、横山新次郎から「和田永吉を自分の子分にしたい。機会があったら阿部の親分に話してもらいたい」と頼まれていた。

加藤伝太郎は、ちょうどいい機会なので、そのことを、阿部親分に頼んだ。

阿部親分も、加藤親分のたっての頼みなら、と快く引き受けた。

その日以来、和田永吉は、正式に堀井一家の若い衆になった。

和田は、自分をそこまで買ってくれた横山新次郎のためなら、いつ命を捨ててもいい覚悟はできていた。

和田永吉は、滅多に口はきかなかった。いつも横山新次郎のそばにボディーガード役として従っていながら、横山とさえ三日でも四日でも口をきかない。「へい」とか「はあ」とか返事をするだけであった。それ以上のことは言わない。

ただ、横山新次郎の眼をいつもジッと見ていた。横山新次郎の眼の動きを見れば、おやじが何を考えているか、たいていのことは察しがついた。勘は、人並外れてよかった。

横山新次郎は、真夜中に駈けつけた和田永吉からことのいきさつを聞くと、腕を組んだ。

〈モロッコも井上も、何を血迷ったか……〉

二人をそばに呼んで殴りつけたい気分であった。

二人は、もはや愚連隊ではない。稲川組というれっきとした看板を背負った博徒なんだ。それなのに、いくら昔の愚連隊時代の繋がりがあるとはいえ、愚連隊の喧嘩の助っ人に出るとは、何事か。

しかも、二人そろって助っ人に行くというのならまだしも、二人が、敵味方に分かれて助っ人として争うとは……。

横山新次郎は、和田永吉に命じた。

「おまえ、いまからすぐに横浜へ行け！　モロッコと井上を、おれが行くまで動かさねえようにしておけ。横浜ホテルにおれが行くから、着いたら、モロッコと井上をすぐホテルへ連れて来い」

和田永吉は、

「わかりました」

とひと言答えると、外へ飛び出して行った。

一時間後、横山新次郎は、横浜ホテルの一室でモロッコと井上の顔を見るなり、怒鳴りつけた。

「てめえら、稲川の顔に泥を塗る気か！」

五尺足らずの小柄の体の、どこからそのような大声が発せられるのか。そう思われるほどの凄まじい声であった。

しばらく、重苦しい沈黙がつづいた。

横山新次郎は、静かな低い声で言った。

「いくら昔の義理があるとはいえ、愚連隊の喧嘩の助っ人に出て、兄弟分同士が喧嘩をするとは何事だ！」

日頃は威勢のいいモロッコ、井上も、そう言われて、おたがいに軽率な行為を恥じていた。

横山新次郎が、林グループについたモロッコに命じた。

「すぐに林を説得して、喧嘩を止めさせろ」

吉水グループについた井上にも命じた。

「吉水のところへ走り、すぐに兵隊を引き揚げさせろ！」

横山新次郎は、よく光る鋭い眼であらためてモロッコと井上を睨みつけて言った。

「林と吉水を説得したら、すぐにおれのところへ連れて来い！　いいな」

「わかりました」

モロッコと井上は同時に返事をし、すぐに部屋を飛び出して行った。

それから二十数分後、モロッコがホテルの部屋に帰ってきた。

「おじさん、林は寿署へ呼ばれ、事情聴取を受けてます」

それから五分ばかりして、井上も引き揚げてきた。井上の頭は、このころも前橋刑務所を出たときと変わらぬ坊主頭であった。

「おじさん、吉水は寿署へ呼ばれ、若い衆の殺人についての事情聴取を受けています」

横山新次郎は、一瞬思った。

〈林と吉水がいっしょ、とはありがてえ〉

モロッコと井上に命じたものの、たがいに顔を見たくもない、と思っている二人を同じ部屋に呼ぶのは無理かもしれない。そう考えていた矢先であった。

たとえ警察の中であろうと、二人がいっしょにいるというのはありがたかった。

横山新次郎は、モロッコと井上、それに和田永吉を引き連れ、タクシーで寿署へ向かった。

深夜の四時過ぎで、いっそう冷えこみは激しくなっていた。

寿署は、深夜というのに煌々と明りがついていた。市街戦にそなえ警棒を持った警官たちが、殺気立った顔で出入りしている。寿署全体が殺気立った空気に包まれていた。

横山新次郎は、黒いコートを脱ぐと、署長の吉田静男に面会を求めた。吉田署長は、かつて神奈川県警の殺人、強盗などの強力犯を取り締まる強力犯担当であった。そのころから、横山新次郎とは顔見知りであった。

数分して、吉田署長が出てきた。寝不足と緊急事態のためか、眼が血走っていた。

横山新次郎は、頭を下げた。

「出口と井上まで動いていると聞き、事態が大きくなることを心配して来たんです」

「二人は、何と言っているんですか」

署長が答えた。

「それが……もう狼と野犬のいがみ合いのようなものでしてね……林の方は、かわいい子分まで殺されて、このまま引っこむわけにはいかねえ。やつらを血祭りにあげてやる、といきまく。吉水は吉水で、これを機会に林グループを根絶してやる、とののしりつづけていますよ」

横山新次郎が、頼みこんだ。

「署長さん、わたしに二人を任せてもらえませんでしょうか」

吉田署長は一瞬考え、言った。

「横山さんがおさめてくれるなら、願ってもないことです。説得して下さい」

「ありがとうございます」

「では、裏の道場で待っていて下さい。二人を連れて行きます」

横山新次郎は、モロッコ、井上、それに和田の三人を引き連れ、裏手の道場に上がった。

畳に座り、林と吉水の二人を待った。広い道場の畳は、氷の上に座っているのかと思われるほど冷えきっていた。

数分して、林と吉水が署長に連れられて道場へやってきた。


吉田署長は、林と吉水に命じた。

「おい二人、おとなしくここへ座れ」

林と吉水は、畳の上に胡坐をかいて座ろうとしたが、横山新次郎の顔を見て、あらためて正座した。どちらからともなく、

「大船のおじさん、心配かけてすみません」

と深々と頭を下げた。しかし、二人ともおたがいに顔はそっぽを向き合っていた。

横山新次郎は、二人のいがみ合う姿を見ながら、想像していた以上に仲が悪いな……とあらためて思っていた。

吉田署長は、横山新次郎に言った。

「わたしがそばにいては、話しづらいでしょう。席を外すので、よろしく……」

吉田署長は、すべてを横山新次郎に任せ、道場から出た。

〈粋な取りはからいをしてくれる署長さんだ……〉

横山新次郎は、吉田署長にあらためて感謝していた。

横山新次郎は、林喜一郎の鋭い大きな眼をのぞきこんで言った。

「林、いいかげんにいがみ合いはよせ！　今度のように野犬の群れのような殺し合いをつづけて、どうするんだ。つまらない喧嘩をつづけて、おたがいに自滅するだけじゃねえか」

林は、隣りの吉水を睨むようにして言った。

「どうも心配かけてすみません」

吉水は、黙って横山新次郎に頭を下げた。

「お騒がせして、申しわけありません」

横山新次郎がつづけて言った。

「おめえたちのためにいっしょに死のうと集まってきた弟分たちを、犬死にさせちゃあかわいそうじゃないか！」

横山新次郎の眼が、鋭く光った。

「愚連隊というのは、そんな情のねえ集まりか……」

横山新次郎は、林と吉水の頬を張り飛ばしてやりたい気持になっていた。

「なあ、林、今度だって若い弟分が死んだんじゃねえか。これからあと、次々に殺していいのか。それも、何の意味もねえ喧嘩でよ……」

林は、横山新次郎から懇々と諭され、神妙な顔つきになっていた。

殺された弟分の米内光介の元気のよかったころの「兄貴……」と呼びかける笑顔が、ふと脳裏を掠めた。

横山新次郎は、吉水にもしんみりした口調で言った。

「なあ、吉水、いっしょに寝起きした弟分たちが、つまらねえ喧嘩のために、どうなるかわからねえ。このへんで、おたがいに仲直りしろ。おめえたちが仲直りすれば、弟分たちは命を落とさなくてすむんだ」

横山新次郎は、つづけて言った。

「おれの言うことを、わかってくれるか」

二人は黙って頭を下げていたが、しばらくして「わかりました」と答えた。

横山新次郎が言った。

「わかったら、手を握ってくれ」

林の右手が、吉水の右手をしっかりと握った。吉水の左手が、あらためて林の右手を上から強く握った。

横山新次郎が、心からうれしそうに言った。

「これで、仲直りできた。いつまでも、仲良くやるんだぞ……」

二人は、モロッコと井上に期せずして言った。

「二人とも、すまなかったね……」

横山新次郎は、一瞬、四人の気持が溶け合って一つになったように思った。

その日の朝、林と吉水は、寿署から出た。寿署の前にタクシーを止めて待っていた和田永吉が、二人を横浜ホテルへ運んだ。

ホテルの一室には、横山新次郎、モロッコ、井上が待っていた。

モロッコが、林に言った。

「林、いつまでも愚連隊をつづけていてもしようがねえだろう。もう、愚連隊の時代は終わったぜ……」

林は、ぎょろりと眼を剝くようにしてモロッコを見て言った。

「世の中がどう変わろうと、おれの知ったことじゃねえ。おれは、愚連隊が性に合ってるんだ」

井上喜人も、そばで言った。

「林、これからは、組織の時代だ。いつまでも愚連隊では、やがて滅びていくだけだ。やくざになれば、この道でひとかどの男になれる者ばかりだろう」

林が、頬に薄笑いを浮かべて言った。

「おれは、親分を持って頭を下げるなんて、性に合わねえよ」

井上が、うなずくようにして言った。

「おれも、前橋刑務所を出たとき、モロッコに稲川の舎弟にならないかとすすめられて、おめえといっしょのセリフを吐いたよ。しかし、いまとなってみれば、モロッコにそうすすめられたことを感謝している」

モロッコが、眼を輝かせながら言った。

「たしかに、半端な親分に仕えるなら、このまま愚連隊として通した方が気楽でいいかもしれねえ。しかし、おれがすすめるんだ。半端な男をすすめやしねえよ」

林は、再びぎろりと鋭い眼を剝いた。

「誰を親分に……」

モロッコが、即座に言った。

「もちろん、稲川だ」

稲川と聞き、林はぎろりと剝いた眼を宙にはわせた。

〈稲川か……〉

どんなに世間で偉い親分の名が出ようと、撥ねつけるつもりでいたが、稲川と聞くと、なぜか撥ねつける気になれなかった。

林は、昭和二十二年に中国から引き揚げてきてすぐに稲川と会った。林は旅をかける方で、横浜から出、湯河原、熱海と足をのばし、あらゆる賭場を荒し回っていた。

湯河原の稲川の賭場にも何度か顔を出した。

そのつど、稲川に小遣いをもらったことがある。それも、他の親分と違って、何倍かの額をもらった。

稲川は、林に小遣いを渡して言った。

「おい、林、おれのところならいいが、よそへ行ってこんな真似をするんじゃねえぞ！」

その気っ風のよさに、林はすっかり稲川に惚れこんでいた。稲川は、林だけでなく、他の愚連隊たちの間でも評判になっていた。

「稲川にだけは、恥をかかされたことがない」

愚連隊たちのそろった声であった。

林は、いつの間にか、逆に稲川の賭場だけは行かなくなっていた。子分たちにも、稲川の賭場だけは行くな、と命じていた。

林は、京浜兄弟会の一人滝沢栄一を襲ったことがあった。滝沢親分が、伊勢佐木町の金貸しから金を借りて返さない。林は、金貸しに五千円もらい、滝沢親分を連れてくることを引き受けた。

滝沢といえば、当時は稲川より格上の親分であった。愚連隊の林は、やくざの世界でいくら相手が格上であろうと、屁とも思っていなかった。

林は、三人の弟分を連れて、滝沢の家に土足で上がりこんだ。寝室へ入りこむと、いきなりふとんをまくった。

ふとんの下に拳銃が隠してあった。滝沢親分が拳銃に手をのばしたが、その手を押さえて拳銃を奪った。滝沢親分もあまりにふいを衝かれ、抵抗できなかった。

林は、その場で滝沢親分と話し合って、その件を解決した。

その後しばらくして、林は入院中の鶴岡親分を見舞いに行ったことがある。そのとき、病院の玄関口で稲川に会った。

稲川は、射すくめるように恐ろしい眼で林を見た。

「おい、林、滝沢親分にあまりひでえことをするな」

静かではあるが、肚の中にずしりと響くような感じがした。

林は、滝沢親分を恐ろしいとは思わなかったが、稲川に睨まれると、さすがに震えあがった。情のある一面と、とてつもなく恐ろしい面のある稲川に、男として惚れこんでいた。

これまで誰の子分になることもねえ、死ぬまで気楽な一匹狼で生きようと思っていたが、いまここで、あらためて稲川の子分にならないか、と言われ、気持が揺れた。

横山新次郎が、しんみりした口調で言った。

「なあ林、吉水、おまえたちと同じ愚連隊だったモロッコや井上がこれほど言うんだ。どうだ。そろそろ愚連隊としての年貢の納めどきじゃねえか。おまえたちにその気があるなら、稲川には、おれが話をしてやる」

林は、頭を下げていた。

「お願いします」

吉水も、すかさず頭を下げた。

「お願いします」

横山新次郎は、林と吉水の手をふたたび取り、しっかりと握らせた。

「これで、おまえたちは兄弟分だ。力を合わせてやるんだぞ……」

横山新次郎は、新たに加わった若い衆たちを、あらためて頼もしそうに見た。

こうして、横浜の愚連隊四天王、出口辰夫、井上喜人につづいて林喜一郎、吉水金吾と、すべてが稲川のもとに集結したわけである。

林喜一郎、吉水金吾の配下合わせて百名余が、新たに稲川組に加わった。

稲川組は、いっそう巨大な軍団へとふくれあがっていった。

稲川は、久しぶりに熱海天神町の自宅に戻ってくるや、妻の一二三にいつもの鋭い眼をいかにもうれしそうになごませて言った。

「いま、弁護士の稲本先生から電話があった。長谷川と森田が、今回の対日講和条約の恩赦で、それぞれ刑期の四分の一ずつ減刑になるそうだ」

一二三も、思わず胸が熱くなった。

「ようございましたわね……」

8

長谷川と森田が事件を起こしたのは、昭和二十五年十一月五日であった。

熱海の「富士屋ホテル」の工事に来ていた田代鎗七の代貸、平野満雄の子分たちが、挨拶もしないで飯場でテラを取って賭場を開いていることを知り、若い者をやらせた。ところが使いに行った若い者が、いきなり脇腹を刺された。怒った森田と長谷川は、三人の仲間を連れ飯場に斬りこんだ。

百人ぐらいを相手に斬り合い、十人近くに重傷を負わせ、相撲取りくずれを一人殺してしまった。

そのため、長谷川は、殺人、殺人未遂、傷害で無期懲役、森田は殺人、傷害で十五年の求刑を受けた。

これに対し、長谷川は十年、森田は八年の判決を言い渡された。

ところが、この判決に対し、検事側は不服として、検事控訴をした。

弁護を引き受けていた稲本悟弁護士も、量刑不服として控訴の申し立てをした。

が、検事側、弁護側の両者とも受けつけられず、一審判決どおり、長谷川は十年、森田は八年の刑と決まってしまった。

稲川親分とすれば、二人を思わぬ長い懲役に行かせたことが不憫でならなかった。なんとか一日でも早く娑婆に出してやりたかった。が、法で決められたことはどうしようもなかった。

ところが、昭和二十七年四月二十八日の対日講和条約発効を一カ月後にひかえ、稲本弁護士から、長谷川、森田とも講和条約の恩赦で四分の一の減刑という電話が入ったのだ。

対日講和条約には、戦争状態の終結と日本の主権の承認が定めてあった。

前年九月八日には、首席全権の吉田茂が、対日講和条約と同時に、日米安全保障条約に調印していた。

稲川は、膳の前に座ると、つぶやくように言った。

「長谷川が、これで七年半、森田が六年になるわけか……」

まるで自分のことのようにうれしかった。

一二三にとっても、長谷川、森田の二人の減刑は、自分のことのようにうれしかった。

一二三は、眼を輝かせて言った。

「今夜は、せいいっぱい二人の恩赦を祝いましょう」

一二三は、はずんだようすで立ち上がった。

とびきり上等の尾頭つきの鯛を用意するつもりであった。


正式に対日講和条約の発効された四月二十八日の午後も、稲川は珍しく熱海の自宅でくつろいでいた。

ラジオでは、首席全権の吉田茂が、前年、サンフランシスコのオペラハウスで平和条約に調印した五時間後、同じオペラハウスの別室で、日米安全保障条約に調印したことを伝えていた。

アナウンサーは、繰り返し述べていた。

「これで、敗戦後六年半にわたる占領に終止符が打たれ、日本の独立が新たにはじまるわけです」

五歳になったばかりの秋子は、父親のそばにおとなしく座り、おハジキをして遊んでいた。おカッパ頭で、抜けるように色が白い。母親の一二三に、ますます似てきていた。

稲川は、そのうち縁側に置いてある鳥籠に気がついた。鳥籠の中には、めじろが十数羽いて、せわしそうに囀《さえず》っている。

〈何度言ってもわからないのか……〉

稲川は、鳥籠に近づいた。

長男の裕紘は、鳥が大好きであった。鳥もちで友だちとめじろを獲ってきては、飼っていた。朝、学校へ出かけるとき、鳥にきちんと擂《す》り餌《えさ》をやっては出かけていた。

しかし、稲川は、鳥籠の中のめじろを見るたびに裕紘に注意していた。

「裕紘、めじろをすぐに鳥籠から逃がしてやれ！」

稲川には、鳥籠が刑務所の鉄格子のように映った。現にいまもかわいい若い衆たちが鉄格子の中に入っている。

鳥籠に入れられ自由に羽搏《はばた》けない鳥たちを見ていると、どうしても長谷川や森田のことが思われ、胸が詰まってくる。

鳥籠に入っている鳥を見るたびに、外に放ってやっていた。

しかし、裕紘はすぐに新しい鳥たちを鳥もちで獲ってきてまた鳥籠へ入れて飼う。何度注意してもやりつづけた。

〈何度言ったらわかるんだ……〉

稲川は、長谷川と森田に恩典の話があったばかりなので、なおさら鳥たちまで不憫に思われた。

鳥籠を開けて鳥たちを逃がそうとした。

妻の一二三がやってきて、止めた。

「あなた、待って……裕紘が、せっかく毎朝擂り餌をやって飼っているんですから……」

裕紘の優しい気持はわからないではなかった。しかし、自由な鳥を閉じこめるということは、やはり嫌であった。

そこに、裕紘が中学校から帰ってきた。鳥が逃がされるかと思うと、気が気ではないらしい。鳥籠のところに走ってきた。

「鳥を逃がしちゃ、だめだよ!」

鳥籠を胸に抱き、泣き声で訴える。

「逃がしちゃうと、餌をやる者がいなくて、鳥たちが死んじゃうよ……」

裕紘の澄んだ眼には、涙が光っていた。

〈芯は優しい子なんだな……〉

稲川は、あらためて息子の顔を見た。

裕紘は、久しぶりに家に帰ると、いつでも稲川に飛びついてきて甘える。片時も稲川と離れようとしない。

しかし、学校へ行けば、

「稲川は、ヤクダの子だぞ……」

仲間たちは、裕紘をヤクダの子、と親から聞きかじった言葉で苛めていた。小学校時代もそうであったが、この四月中学へ上がるやさっそく陰口を言われているようだった。

二週間前稲川が家に帰ってきたとき、一二三からしんみりした口調で言われた。

「裕紘が、顔や手に傷をいっぱい負って帰ってきたんですよ……」

裕紘が、喧嘩をしたらしい。ところが、一二三が、

「どうして喧嘩になったの？」

と何度訊いても、裕紘は口を噤んで答えようとはしない。

翌日、学校から一二三に呼び出しがかかった。出かけて行くと、先生が、苦りきった顔で言ったという。

「おたくの裕紘君が、四、五人を相手に大喧嘩し、怪我をさせた。何針か縫った子もいる。父兄から苦情が出ている。困りますなあ……」

先生は、裕紘に喧嘩の原因について訊いたが、口を固く結んだだけであったという。

ただひとこと、

「ウチのお父さんは、日本一えらい！」

そう言っただけで、喧嘩の原因については、いくら問いただしても口を開かなかったという。

稲川は、ふいにそのことを思い出した。鳥籠を抱えて涙を浮かべている裕紘が、不憫でならなかった。

稲川は、裕紘の坊主頭に手を置き、まだ喧嘩の傷の完全に癒えていない顔を見ながら言った。

「裕紘、わかった。鳥を飼ってもいい。ただし、飼うからには、半端な飼い方をしてはだめだぞ。大事に育てて最後まで、面倒を見てやれよ」

裕紘は、涙に光る眼を父親にまっすぐに向けてうなずいた。

「父さん、ありがとう……」

稲川は、心の中で裕紘に言いきかせていた。

〈裕紘、この優しい心をもって……大きくなれよ……〉

9

稲川は、鋭い眼を細めて、出口辰夫を見ながら言った。

「おいモロッコ、あまり無茶をするな。一週間前も、大船の兄貴から田浦の沖本親分とのもめごとについて聞いたぞ」

昭和二十八年の暮であった。眼の前のダンスホールから、当時流行っていた、織井茂子の歌う「君の名は」の主題歌が流れてくる。いまにも雪の降りそうに寒い日の夕方であった。

出口辰夫は、グレイの粋なつば広のハットを脱いで親分に頭を下げた。丈の長い背広も、ハットに合わせてグレイに統一されていた。

そばにいたモロッコの舎弟の川上三喜をはじめ三人とも、そろってつば広の帽子をとって頭を下げた。

当時、つば広の帽子は、モロッコのトレードマークでもあった。京浜地区のやくざや愚連隊のあいだでは、モロッコの名にちなみ、つば広の帽子を〝モロッコハット〟と呼んでいた。ただし、モロッコの舎弟の中でも幹部クラスにならないと、モロッコハットはかぶれない。モロッコハットに魅かれてモロッコの舎弟になった若者もいたほどである。

モロッコハットの一団は、横須賀の繁華街の人通りの中でもひときわ人目をひいた。

稲川は、近くの旅館で開かれた賭場に顔を出しての帰りであった。町の中を威勢よく肩をいからせるようにして歩くモロッコたちの一団とばったり顔を合わせたのであった。

稲川の横には、かつて横浜の愚連隊であった林喜一郎が巨体をぴたりとくっつけるようにして守っていた。

モロッコは、昭和二十五年ごろから横須賀に入りこみ、暴れまくっていた。

「カラスの鳴かぬ日はあっても、モロッコ軍団の喧嘩をしない日はない」

といわれたほどである。

当時の横須賀は、横浜四親分の一人、笹田照一の系統である双愛会に三親分がいた。その一人は、石塚儀八郎であった。石井隆匡は、当時この石塚儀八郎親分の代貸であった。

そのほか、横須賀一家や大島一家、それにテキヤの新門一家、羽田一家の縄張があった。

モロッコは、それらの連中に片っぱしから喧嘩を売っていた。

モロッコの軍団が暴れそうだ、という情報が入るや、商店街は早めに店じまいをしたほどであった。

一週間前も、新門一家系の田浦の沖本親分の縄張の賭場で、モロッコの舎弟の川上がひと暴れした。

あわてた沖本親分の幹部たちが、大船の横山新次郎のところに駈けつけ訴えた。稲川は、横山新次郎の言うことならきく。横山新次郎を通じて、モロッコを押さえてもらおうとした。

横山新次郎が、モロッコを呼びつけて沖本親分との話をまとめた。横山新次郎は、モロッコが横須賀一帯を暴れ回っている真意は、一番よく知っていた。稲川一家のために命を投げ出していたのだ。

〈かわいいやつ……〉

と心で思っていた。

稲川は、つねづね兄貴分である横山新次郎から言われていた。

「強い者に油断はあっても、弱い者に油断はねえ」

つまり、弱い者は、いつやられるかわからないから、どんな卑劣な手を使ってでも相手に勝とうと狙っている。強い者は、おのれの強さへの慢心から、つい油断する。稲川は、モロッコに、自分の強さを信じすぎて油断し、命を落とすなよ、と言いたかったのである。

モロッコは、痩せていっそう大きく目立つ眼をぎらぎらと光らせて、稲川親分にあらためて頭を下げた。

「親分や、大船のおじさんには、なるべく心配をかけないようにいたします」

モロッコといっしょに稲川の若い衆になった井上喜人は、博徒としての修業を積み、博徒稲川組の井上喜人として、その名を知られるようになっていた。

しかしモロッコは、稲川親分の若い衆にはなったものの、どうしても博打うちの世界の堅苦しさや厳しさが性に合わなかった。愚連隊時代同様に、自由にのびのびと、自分の生きたいように生きたかった。

しかし、稲川親分のために役立ちたい、という気持は、組の中の誰にも負けないつもりであった。

兄弟分の井上喜人は、生まれ故郷の小田原周辺に地盤を着々と築いていた。モロッコは、井上には負けたくなかった。

〈兄弟が小田原で男になるなら、おれは横須賀だ〉

そういう気概に燃えていた。すでに二十八年の暮には、横須賀のほとんどの親分たちを押さえていた。彼らは、カスリごとの金の一部を小遣いとして、モロッコに届けていた。

もちろん、モロッコの背後に、京浜地区、東海道の愚連隊のほとんどを制した稲川があってこそ、地元の親分たちが、モロッコに屈服しはじめていたのであった。

稲川は、モロッコの顔をあらためてジッと見た。

〈やはり、まともな顔色じゃねえな……〉

稲川には、モロッコの、彼なりの一所懸命な尽くし方がわかっていた。しかし、やりはじめると歯止めや抑制のきかない性格ゆえに、体が心配であった。

それに、最近、ヒロポンをひどく打っている、という噂も耳にしていた。ヒロポンというのは、いまの覚醒剤のことである。当時は、ヒロポンを酒を飲むような軽い気持で打つ者が多かった。しかし、モロッコのヒロポンは度が過ぎている、という声が耳に入っていた。ときには、みんなの見ている前で、シャツの上から注射器をぶすりと刺しこんで打つことさえあるという。

稲川は、厳しい表情で言った。

「モロッコ、ヒロポンだけは、やめろ。おまえは、まだやることがいっぱいあるんだ……」

この熱い言葉は、モロッコの胸を刺した。熱いものがこみあげてきた。

「親分、わかりました」

モロッコの舎弟である川上三喜は、モロッコの部屋に注射器とヘロインを運ぶ若い衆の姿を見かけるや、走り寄った。

「おい、ペイを貸せ！」

若い衆からペイと注射器をもぎとると、窓の外へ放り投げた。

寝まき姿のモロッコは、眼を血走らせ凄まじい形相で川上を睨みすえた。

「てめえ、出すぎた真似をしやがって！」

モロッコは、襖をぴしゃりと閉め、閉じこもってしまった。

〈兄貴、辛抱してくれ……〉

川上には、モロッコの苦しさがひしひしと身に沁みてくる。

昭和二十九年の暮であった。

モロッコは、何度か稲川親分に注意され、そのたびに「ヒロポンは二度と打ちません……」

と詫びていた。

しかし、一週間くらいは辛抱しても、また打ちはじめていた。このころからは、ヒロポンにかわってヘロインを溶かして注射し始めていた。

顔色は青白さを通りこし、紙のように白くなっていた。とても生きた人間の顔色ではなかった。

頰は、骸骨《がいこつ》のようにこけ、眼だけが異様に大きく目立ち、ぎらぎらと燃えていた。

着物の下にのぞき見える胸も、信じられないほど衰えていた。体こそ、五尺一寸足らずと小柄であったが、かつてボクシングをやっていただけあり、胸のあたりの筋肉はたくましく、逆三角形のいい体をしていた。ところが、いまやその胸の筋肉も衰え、あばら骨さえ浮きあがって見えていた。

肺をおかされていて咳込みも激しく、医者からは、半年前から外へ出ることを禁じられていた。

しかし、はじめの三カ月は、気が短く寝ているのが嫌いなモロッコは、夜でもふいに外へ出たこともあった。が、この三カ月、さすがに疲れきっているのか、部屋に閉じこもったきり、ほとんど外へ出てこなかった。

〈兄貴、死なないでくれ……〉

川上は、毎日祈るような気持でいた。再び元の元気な兄貴に戻ってもらい、モロッコハットをかぶり、威勢よく暴れ回ってもらいたかった。

川上は、襖の外に正座し、床に手をついてモロッコに訴えた。

〈兄貴！　外からの敵は、どんなことがあっても、わたしの体を張って守ってみせます。しかし、クスリのことだけは、わたしではどうすることもできません。兄貴！　兄貴の体がボロボロになっていくのを、黙って見つづけていることはどうしてもできません……鳴男さんがヒロポンで死んだときも、兄貴は二度とクスリはやらない、と誓ったじゃないですか」

佐木鳴男というモロッコの舎弟がいた。ギリシャ彫刻のように整った顔をした男で、女にももてたし、腕っぷしも強かった。いずれ稲川組の中でも幹部になるであろう、と将来を嘱望されていた一人であった。

しかし、昭和二十九年のはじめ、ヒロポンの打ち過ぎで若くして死んでしまった。骸骨のように痩せ衰え、かつての美貌が嘘のような死相であった。

モロッコや井上たち身内の者は、火葬場に行き、佐木の骨を長い箸でつまんだ。ヒロポンに蝕《むしば》まれた骨は、箸でつまむたびにボロボロ壊れ、ついにつまむことさえできなかった。

「鳴男……」

モロッコは、おいおいと声を出して泣いた。

その夜、モロッコは川上たちと弟分を前に、きっぱりと誓った。

「おれは、ヒロポンを二度と打たねえ……鳴男の霊に誓ってきた……」

しかし、ついにやめられなかった。川上は、兄貴分が佐木鳴男の二の舞いになるのを見るにしのびなかった。

「兄貴、お願いです！　クスリだけはやめて下さい！」

しかし、部屋の中から声はなかった。

一時間後、みんなが「ほしなのおばあ」と呼んで慕っていた女博打うちに頼みこみ、部屋の襖を開けてもらった。モロッコも、おふくろのように慕っていた「ほしなのおばあ」の言うことなら耳を傾けた。

　モロッコは、襖を開けて出てくると、川上に怒ったように言った。

「おれだって、好き好んでペイをやってるんじゃねえんだ！」

　顔は怒っていたが、心の中では川上の気持が痛いほどわかっているようであった。それを表面に素直にあらわすのが照れくさいのか、ますますムッとした表情になって言った。

「肺に、卵ほどの大きな穴があいてるんだ。おそらく、二度と治ることはあるめえ。咳込みが激しくなるばかりで、苦しさをとるためにはしかたがねえんだ……」

　川上は、ハッとした。兄貴の咳込みの激しさはわかっていたが、肺に卵大もの空洞があいているとは思ってもみなかった。

　モロッコは、自分の苦しむ姿を他人に見せたり語ったりすることを、極度に嫌っていた。モロッコ流の男の美学であった。それゆえに、モロッコの片腕である川上でも、兄貴がそれほどまでに肺を蝕まれていることを知らなかった。

〈兄貴……どうしてそれをもっと早く……〉

　川上は、暗澹《あんたん》たる気持になった。

# 第5章　修羅の群れ勢ぞろい

## 1

稲川は、頼もしそうに石井隆匡を見た。

〈この男は、若いときのおれのような博打をうつ……〉

稲川が、湯河原の「若葉旅館」二階で開いている賭場であった。

昭和二十九年十二月初旬の霙《みぞれ》の降る日であった。東京のあたりは激しい雪であったが、湯河原は東京に比べると暖かいので雪も霙にかわっていた。

のちに稲川組に入る石井隆匡は、その当時横須賀の石塚儀八郎の代貸であった。石塚儀八郎は、博徒というより、港湾荷役の親方であった。石塚儀八郎は、横浜四親分の一人、笹田照一の若い衆であった。いわゆる「双愛会」系の親分として、横須賀や三浦半島の一部を縄張としていた。

石井隆匡の賭場にもモロッコ軍団が押しかけ、暴れているはずである。

それなのに、石井隆匡は、どこで稲川の賭場が開かれるのを聞くのか、ときどき稲川の賭場にあらわれ、片隅に静かに座って博打をうっていた。

別に稲川に話しかけるでもない。

「こんばんは……」

と、ひと言、言葉を交わすだけであったり、ときには、眼で挨拶しあうだけである。

肩をいからせて虚勢を張るでもない。

物静かに賭場に座っている。

しかし、いざ博打となると、いさぎよい、きれいな博打をうった。

持ち銭を目いっぱいに使いきり、度胸のいい博打をうった。テラを取る親分の立場になって博打をうっていた。

稲川は、他の組の者とはいえ、気持のいい張りっぷりが、気に入っていた。

石井隆匡もまた、稲川親分の博打に惚れて、その賭場に顔を出していたのであった。

石井隆匡は、

〈いつかは、稲川親分のようなスケールの大きい博打うちになりたい……〉

そう念じていた。

いつしか霙が止み、夜が白みはじめた。盆が上がった。

石井隆匡は、稲川親分のところに挨拶に来た。

「今日は、どうもありがとうございました」

静かに挨拶し、一メートル八十センチ近い長身を折りまげて部屋を出ていった。持ち銭をきれいにとられ、それ以上に負けていたが、平然としていた。

石井隆匡の両隣りには、彼の舎弟である宮本広志と稲澤和男が、供でついていた。

客が帰り、静かになった二階の広間には、稲川と横山新次郎、稲川組の幹部である小田原の井上喜人の三人が残っていた。

稲川が、ぽつりと言った。

「石井ってやつは、いまどき珍しい、しっかりした男だな」

井上喜人が、深くうなずいて言った。

「親分、石井とは、わたしもモロッコも古くからの知り合いですが、しっかりしたいい男です」

井上は、石井が、腕っぷしの強さだけでなく、頭の切れることも気に入っていた。

いつか機会があれば、石井と兄弟分の盃を交わし、ともに稲川組のためになりたい、と心の中で思っていた。

〈親分も惚れているとなると、近いうち、石井とじっくり話す機会をつくろう……〉

稲川と井上のやりとりを聞いていた横山新次郎は、眼つきで、黙って井上を見つめていた……。

石井隆匡は、大正十二年生まれ、この当時、三十一歳であった。

横須賀生まれの横須賀育ちであった。

田浦のそば屋の長男として生まれたが、県立鎌倉中学時代には、すでに不良グループのリーダーとして頭角をあらわしていた。喧嘩が強い、というだけではなく、何か人を惹きつけるものを持っていた。いつの間にか横須賀の不良グループの中ではもっとも勢力のあるグループにのし上がっていた。配下も、三十人ぐらいを率いていた。

昭和十八年、武山海兵団に入団した。その直前には、石井のグループは、百五十人にふくらんでいた。舎弟に宮本広志を加えたことが大きかった。当時横須賀は横須賀海軍工廠《こうしょう》があり鎮守府《ちんじゅふ》があった。そこに徴用で来た者のうち荒くれ連中のほとんどを、宮本が舎弟に引きこんだのであった。

そのため、石井隆匡が兵隊に行くときには、大変な数の餞別が集まった。

敗戦を迎え、石井は、このグループを率い、石塚親分の若い衆になった。

その後勢力を増し、二十九年の暮ごろには、石井の若い衆は五、六百人近くにふくらんでいた。一大勢力であった。

ヘロインの打ち過ぎから体を蝕まれていたモロッコは、ふとんに大人しく寝ているのがいやで、川上三喜らを連れ、石井の賭場に顔を出した。モロッコがこの世で賭場に顔を出した最後であった。

モロッコは、モロッコハットをかぶったまま賭場に座った。頬はげっそりと落ち、眼だけがぎらぎらと異様に燃えていた。

座っていても、ごほんごほんと咳込みつづける。

それでも、相変わらず威勢はよかった。少しばかりの持ち銭をとられると、代貸である石井から何度も賭け金を回してもらっていたが、一向に目が出なかった。

最後に、宮本広志がモロッコのそばにきて、耳元でささやいた。

「回銭がなくなりましたので、今日のところは、このへんで……」

賭場には、たくさんの客が来ている。ここでモロッコたちに暴れられては、客に迷惑がかかる。

しかし、モロッコは聞く耳を持たなかった。

「なにィ……」

モロッコは、宮本の顔を睨みつけた。

「てめえ！　誰に向かって口をきいているんだ！」

モロッコは、ぐずりはじめた。

ちょうど、そのとき、モロッコの辰の兄弟分である井上喜人が賭場に入ってきた。井上は
モロッコの顔を見て、賭場に流れる異様な雰囲気を感じとった。

井上喜人は、モロッコに言った。

「おい兄弟……体が悪いんだ。休んだほうがいいよ……」

それから、モロッコのうしろに座っていた川上三喜に命じた。

「おい、兄弟を連れて帰れ！」

川上は、井上に言われ、モロッコの体を支えるようにして出て行った。

モロッコが部屋から出て行くと、井上喜人は、石井に詫びて言った。

「兄弟がわがままを言って、悪かったな……」

石井は、澄んだきれいな眼を井上に向けて言った。

「井上さん、わかってます……」

モロッコは、うッと口を押さえた。胸の奥から、なま温かいものがこみあげてきた。石井隆匡の賭場に最後に出て三日後であった。

〈血だな……〉

モロッコは、ふとんから起きあがった。昭和三十年一月十日の朝方であった。

その当時いっしょに暮らしていた女性は、田浦の実家に帰っていた。

モロッコは、かつておふじという女といっしょに暮らしていた。二人の間には、男の子が一人いた。しかし、二年前にその女とは別れ、いまの女性といっしょに暮らしていた。

肺の奥が、ガボッという音を立てて鳴ったように思った。血の塊が押し出されてくる。

モロッコは、血を吐いた姿を、誰にも見られたくねえ……一瞬そう思い、息をとめた。

最後の最後まで、人にぶざまな姿は見せたくなかった。しかし、それが悪かった。血を気管に吸いこんでしまった。

「うッ!」

逆に、ひどく噎せてしまった。

モロッコは、口の中に指を突っこもうとしたが、ガボ……と血が噴き出てきた。

鮮血が、パッとふとんのシーツに飛び散った。シーツが真っ赤に染まった。

〈ちくしょう……いまここでくたばってなるものか……〉

モロッコは、鮮血に染まったシーツをふとんから剝ぎとった。そのシーツを、股のあいだにしまいこんで隠した。

再び、胸の奥から血の塊がこみあげてきた。

〈親分……〉

モロッコは、稲川親分に話しかけようとしたが、ついに息絶えた。享年三十三であった。

稲川は、モロッコの死の報らせを、湯河原の賭場で聞いた。徹夜で博打をうちつづけているときであった。

林喜一郎をはじめとする若い衆を引き連れ、横須賀のモロッコの家にタクシーを急がせた。

〈モロッコ、あれほどクスリをやめろといったのに……〉

稲川は眼を閉じた。瞼に、モロッコハットをかぶったモロッコの、にやりと笑うどこか愛敬のある顔が浮かんだ。何か話しかけようと口をゆがめるが、声は聞こえてこない。

〈憎めないところのある、いいやつだった。おまえなりに、尽くしてくれた……〉

胸に、熱いものがこみあげてきた。

井上喜人は、モロッコの死の報らせを聞くや、田中敬ら弟分を引き連れ、横須賀のモロッコの自宅にタクシーを走らせた。

井上は、十代のころからモロッコといっしょであった。

モロッコといっしょに、賭場から賭場を荒し回った二十代のころのひとこまが、昨日のことのように思い出された。

横浜の刑務所を二人で支配していたころの想い出も、懐かしくよみがえってくる。

刑務所を出るや、モロッコが思わぬことを言いだした日のことも思い出された。

「おい、稲川という型破りの男がいるんだ。どうだい兄弟、稲川の舎弟になろうじゃねえか」

モロッコに引き連れられ、稲川に会いに行った。

稲川をひと眼見るなり、惚れこんでしまった。二人そろって稲川の舎弟でなく若い衆になった。

その日以来、モロッコとは生き方がちがった。しかし、組の中の誰よりも血の通い合う兄弟分であった。おたがいに何も言わなくても、眼を見合うだけで気持は通じあった。

〈が、クスリだけは、ついにやめさせることはできなかった……〉

井上も、稲川とおなじく、モロッコにクスリをやめろ、と口が酸っぱくなるほど注意しつづけた。

モロッコは、バツの悪い顔をして「兄弟、わかったよ……」とその場ではやめる口ぶりだったが、ついにクスリが命取りになってしまった。

井上は、いま、自分の片腕がもぎとられたような無念さを感じていた。

井上は、ふと、窓の外に目をやり空を見あげた。重苦しい、よどんだ空であった。

〈兄弟……ついに兄弟の憧れていたモロッコには行かずじまいだったな……〉

モロッコは、ゲーリー・クーパーとマルレーネ・デートリッヒの主演した『モロッコ』という外人部隊を描いた映画に惚れこんでいた。若いとき、

「兄弟よ、おれはいつかモロッコに行くぜ。まぶしいほどに明るいモロッコの空の下で、思いきり暴れ回ってみたい」

しかし、ついにモロッコに行くことなく、血を吐いて果ててしまった……。

井上が横須賀のモロッコの自宅に着いてまもなく、稲川親分が駆けつけてきた。

大船から横山新次郎も、やってきた。

稲川が、静かに言った。

「おいみんな、モロッコの顔を見てみろ。苦しんだとはとても見えねえな。眠ったような、やすらかないい顔してるじゃねえか」

しかし、井上の眼には、涙がいっぱいで、モロッコの死顔がかすんで見えなかった。

稲川が言った。

「おい、モロッコのために、みんなで立派な葬式を出してやろう」

事実、葬儀は稲川が施主となり、横須賀で盛大におこなわれた。

稲川が施主になったことと同時に、モロッコの破滅的であったが情のある愛すべき人柄がしのばれたせいでもあった。関東、東海道の親分たちが大勢出席して、のちのちまでも語り草となる豪華な葬儀であった。

モロッコの葬儀に石井隆匡といっしょに参加した宮本は、しみじみと思っていた。

モロッコが賭場で暴れたあと、宮本たちは兄貴に黙ってモロッコを殺ってしまおう、と考えたことがあった。このままモロッコを暴れさせておくと、兄貴にもしものことが起こりかねない。

そのとき、宮本たちの動きを察した石井隆匡が静かに諭した。

「みんな、はやまったことだけはするんじゃねえぞ。無理に体を賭けることはない。自然消滅って言葉もあるからな……」

石井は、昔からほとんど「やれ！」とは言わなかった。何事も手綱《たづな》を制するほうであった。

〈兄貴の言ったとおり、モロッコは自然に消えてしまった……〉

モロッコは、喀血《かっけつ》して果てたのであった。

石井は、葬儀の帰りの車の中で、宮本に訊いた。

「モロッコは、いくつだった」

「たしか、三十三歳と聞いております」

「そうか……おれより一つ年上か。太く、短い人生だったな……」

石井は、瞼を閉じた。

モロッコハットをかぶったモロッコの辰の苦み走った顔が浮かんだ。しかし、モロッコの面影は、すぐに人懐っこい顔になった。

〈あの男が二度と賭場に来ないとなると、逆に歯のぬけたような淋しさをおぼえるな……〉

石井には、モロッコの死は、昭和二十年代の混乱と荒廃の時代が幕を閉じた象徴のように思われた。

〈これからは、時代が新しく展開していく。モロッコの生きた時代とちがう時代がやってくる……〉

なんとなくそう思われた。

稲川を施主としたモロッコの盛大な葬儀が終わった一週間後、井上喜人は、さっそく石井隆匡に会っていた。

せっかくモロッコが開拓し楔《くさび》を打ちこみかけていた横須賀との縁を切りたくなかった。そうした意味もあって、なんとしてでも石井と兄弟分の盃を交わしておきたかった。横須賀市内の料亭の一室であった。

井上は、石井にしんみりした口調で言った。

「モロッコの生前は、いろいろと迷惑をかけてすまない」

「いや……モロッコという人は、亡くなってみると、いっそう懐かしさの増す人ですよ」

しばらくモロッコの話をしたのち、井上が石井の眼をのぞきこむようにして言った。

「石井さん、どうです。わたしと兄弟分の縁を組みませんか」

石井は、井上の眼をまっすぐに見返して言った。

「井上さん、あなたに兄弟分の縁を、と言われて身にあまる光栄です」

石井は、井上に感謝していた。これまでモロッコの軍団が暴れるたびに、井上が陰で、

「おい、石井のところだけは、暴れるのをやめておけよ」

と注意していることを耳にしていた。

それに、井上喜人に親近感を感じていた。かつて井上がモロッコと横浜、東海道を愚連隊のリーダーとして暴れ回っているころから、一種の憧れの眼で井上を見ていた。

モロッコの単細胞的純情さも好きであったが、井上喜人の頭の切れには、敬服していた。

「井上さん、個人的には、いますぐにでも兄弟分の盃を交わしたい気持です。しかし、ごぞんじのように、わたしには石塚という親分がいます。石塚は、笹田照一の系統です。それらの繋がりから、いまは、盃を交わすことはできません。いずれ盃の交わせる時期になりましたときには、こちらからお願いにまいります」

　井上は、深くうなずいた。

「わかった。兄弟になれる機会の早く来ることを、待っているよ……」


　ところが、それから四カ月後、石井は、石塚親分の家の奥座敷に呼ばれた。春に入り、やわらかい陽が部屋に差しこんでいた。庭には、つつじが咲き誇っていた。

　石塚親分は、白髪の混じった眉を寄せ、しんみりした口調で言った。

「石井、これまでよく辛抱してくれたな。じつは、おれも年だから引退することにした」

「親分……」

「そこで、おまえに言っておきたいことがある。おれは笹田の系列に入ってはいるが子飼いからの若い衆ではない。ましておまえたちは、笹田の若い衆ではないんだ。石井、おまえはおまえで、好きな道を歩め」

　石井は、その言葉の意味はよくわかった。

「親分、わかりました。わたしの好きな道を歩ませていただきます」

石井は、心の中で井上喜人に呼びかけていた。

〈井上さん、明日からでも、兄弟と呼ばせていただきます〉

石井は、井上と兄弟分になることによって、博打うちとして尊敬している稲川の若い衆になれる、という熱い期待に胸をふくらませていた。

2

井上喜人は、若い衆の話を聞き終わると心の中でつぶやいた。

〈山川修身を取りこむ、いい機会だ……〉

山川修身が、井上が近いうち自分の賭場の客として呼ぼうとしていた日本橋の呉服問屋「富士屋」の旦那を彼の賭場に呼んでテラを取ったというのだ。

山川修身は、川崎の愚連隊のボスであった。八十人近い子分を連れて幅をきかせていた。川崎には、古くからの博徒、石井初太郎や山瀬惣十郎がいたが、山川は愚連隊として暴れまくっていた。

体こそそんなに大きくはなかったが、向こうっ気の強さと突っ張りぶりは、京浜間に知れ渡っていた。

井上は、山川に惚れこんでいた。いつか山川を自分の舎弟にしたいと思っていたが、いい機会がなかった。

〈今度こそ、絶好の機会だ……〉

井上の胸は、はずんでいた。

昭和三十三年の五月はじめであった。

小田原の井上喜人の自宅の応接間であった。庭のつつじは、あざやかな紅色に萌えていた。

十代のころからの井上の兄弟分であったモロッコの辰が死んだ昭和三十年を境とするかのように、世の中は急速なテンポで高度成長への道を歩みはじめていた。

三十一年七月十七日、経済企画庁は経済白書「日本経済の成長と近代化」を発表し、技術革新による発展を強調。

「もはや、戦後ではない」

と結論した。

三十二年の六月、岸信介《のぶすけ》首相がアメリカを訪問。アイゼンハワー大統領と会談を開始した。日米が新時代を迎えたことを強調し、安保条約検討のための委員会設置、在日アメリカ地上軍撤退などを内容とした共同声明を発表。安保改定構想が動きはじめていた。

巷では、石原慎太郎の芥川賞受賞作「太陽の季節」が話題を呼び、小説に描かれたようなブルジョワの行動的ドラ息子である太陽族が出はじめていた。

昭和三十二年四月一日からは、売春防止法も施行されていた。

そのような急速な動きの中で、ますます強大になっていく稲川組の中にも変化が起こりはじめていた。

かつて井上とモロッコの辰が稲川の傘下に入ったときいっしょに入った愚連隊たちの中で、博徒としての厳しさに耐えきれない者たちは、そろそろ脱落して篩《ふるい》にかけられはじめていた。

幹部では、モロッコの辰の死と入れ替わりに、熱海の「富士屋ホテル」事件で刑務所に入っていた森田祥生が、三十年につとめを終えて静岡刑務所から帰ってきた。

長谷川春治も、三十二年、同じようにつとめを終えて静岡刑務所から帰ってきた。

どちらの放免のときも、稲川組幹部の者が身内の者大勢を引き連れて刑務所まで出迎えに行った。

親分の稲川は、森田、長谷川のために、夏物の着物のうちでは一番上等の上布の着物に総絞りの帯を彼らに届けていた。

粋な上布を着て出てきた子分を、稲川は、熱海の自宅で目頭を熱くして出迎えた。

井上は、稲川組のいっそうの拡大を願い、モロッコの辰の死の直後、横須賀で五、六百人を超える子分を引き連れていた石井隆匡に兄弟分になるよう声をかけ、ついに石井隆匡と兄弟分の盃を交わしていた。

石井は、やがて稲川組の正式なメンバーとして加わってきた。

モロッコの死後、せっかくモロッコの切り開いた横須賀の勢力を維持するため、モロッコのあとにモロッコの舎弟であった佐藤義雄を送りこんでいた。

が、モロッコとは格がちがっていた。それまでのモロッコのような睨みはきかせにくかった。そこで石井と兄弟分の盃を交わしたことが生きた。それによって石井は、横須賀でモロッコ時代以上の勢力を張ることができた。

井上が小田原、横須賀と睨みをきかせたあとに狙いをつけたのが、川崎であった。川崎へも稲川組が根を張るためには、山川修身を取りこむ必要があった。

井上は、さっそく田中敬ら七人の弟分を集めた。相手が山川修身である。腕っぷしの強い幹部クラスばかり集めた。

「おい、明日、鶴見の花月園へ行って、山川修身を連れてこい。競輪好きのやつのことだから、かならずいるはずだ」

井上は、ひとつだけ釘をさしておいた。

「いいか、山川を締めるのが目的じゃない。やつを、おれたちの仲間に取りこむのが最終目的だからな。そのことだけは忘れるなよ」

花月園競輪は、七レースのヤマ場にさしかかりわきかえっていた。狂ったように鳴りつづける鐘の音が聞こえなくなるほど歓声があがっていた。

山川修身も、興奮に熱くなり選手の動きを追っていた。弟分たち五人がまわりを固めて山川を守っていた。

山川は、連勝単式3－2を買っていた。

選手は、ゴールに二枠、三枠の順で入った。

山川は、車券をくしゃくしゃに丸めて地面に叩きつけた。

「ちくしょう！　裏目に出やがった……」

そのとき、七人の革ジャンパー姿の男たちが山川を取り囲んだ。

山川は、細く鋭い眼で取り囲んだ連中を睨みつけた。

山川の弟分たちも、さっと山川を囲んで守った。

八レースの車券を買いに走りかけていた一人も、あわてて引き返して山川を守った。

取り囲んだのは、井上喜人の命令で山川を連れにきた井上の舎弟分たちであった。

「山川さん、話がある。表に出てもらおうか」

山川は、取り囲んだ七人のうちの二人の顔を知っていた。

井上も、競輪好きである。花月園で、これまで何度か会っていた。そのとき井上のまわりにいた顔が二つ並んでいた。

山川の弟分たちが、声を出した。

「兄貴……」

山川は、弟分たちに言った。

「おれに話があると言ってるんだ。すぐ帰ってくる。おまえたちは、ここにいろ」

しかし、山川の弟分たちは大人しく引き下がってはいなかった。

「兄貴、冗談じゃねえ」

いまにも七人に突っかからんばかりに殺気立っていた。七人も、身構えた。

山川が弟分たちに怒鳴った。

「てめえら、おれの言うことがきけねえのか！」

山川は思った。もし弟分たちをいっしょに連れていけば、どうしても喧嘩にならざるをえなくなる。しかし、自分ひとりで行けば、相手も名の通った稲川組の者たちだ。一人に七人もかかってくるようなケチな真似はすまい。

山川は、七人に取り囲まれるようにして落ち着いた足どりで花月園を出た。

花月園は、横浜市鶴見区鶴見一丁目にあった。国鉄鶴見駅から歩いて四、五分の距離にあるが、山の一画を競輪場にしたものである。競輪ファンたちは、花月園のことを〝お山〟と呼んでいる。

近くに東福寺や総持寺があり、櫟《くぬぎ》の生い茂った雑木林や、竹林が点在している。

昭和二十五年につくられたものであるが、施工業者は、松尾工務店。鶴見を縄張としている松尾嘉右衛門親分が社長をしている会社であった。

松尾親分は、関東と関西の荒くれ男二千人もが入り乱れて争った、いわゆる大正の荒神山騒動と呼ばれる〝鶴見騒擾事件〟の当事者であった。

稲川が昭和二十四年の春、熱海の「鶴屋旅館」を借りきって山崎屋一家を兄弟分の横山新次郎とともに継いだ跡目披露にも出席していた。

山川を取り囲んだ七人は、花月園を出ると、近くの雑木林に入って行った。

花月園からは、八レースの歓声があがっていた。

山川は、取り囲んだ七人を細く鋭いぎょろりとした独得の眼を剝いて睨んだ。

「こんなところまで呼び出して、なんの用だ」

田中敬が言った。

「日本橋の浅間さんを、客として呼んだそうじゃないか。浅間さんは兄貴の井上が近くおれたちの賭場へ呼ぼうとしていた大事な客だ」

山川は、ムッとして言った。

「浅間さんは、おれがおれの器量で呼んだ客だ。なにもそのことでケチをつけられる理由はねえ！」

浅間は、仲のいい住吉連合の知り合いの関係で一日だけウチの賭場でと遊んでもらった客である。

山川は、食ってかかった。

「なにも、先を越されたからと因縁をつけられる筋合いはない」

田中敬が、静かに言った。

「小田原まで来てほしい」

山川は、取り囲んでいる者たちをあらためて睨みすえた。

「おれの体をもっていくというなら、腕ずくでもっていけ」

相手がいくら日の出の勢いの井上軍団であろうと、納得のいかねえ喧嘩を売られちゃあ、黙って引っこむわけにはいかない。

しかし、弟分たちに体を賭けさせて全面戦争に入ると、相手は井上軍団だけではなくなる。井上軍団だけなら、どこまでも突っ張ってやる。

ところが、井上の背後には、稲川がひかえていた。井上と全面戦争に入ることは、稲川とも戦うことになる。

山川は、稲川とだけは事をかまえたくなかった。

〈稲川には、昔から惚れこんでいるんだ……〉

昭和二十三年ごろ、稲川がまだ堀井一家総長の加藤伝太郎のところから綱島一家鶴岡政次郎親分のところに預かりの身になり、湯河原の「下田旅館」を拠点として賭場を開いていたときから賭場で顔を合わせていた。

昭和二十三年の暮の雪の降る夜のことであった。

湯河原の「下田旅館」の賭場で、売り出し中の博徒秋本次郎が、負けがこんでいて気が立っていたのであろう。怒鳴った。

「おい、そこの朝鮮人、黙っていろ！」

理の通らぬケチをつけられ、朝鮮人と呼ばれた男がやにわにドスをぬいて立ち上がり、秋本に襲いかかろうとした。

秋本も、負けずにドスをぬき睨み合った。

まわりの博徒たちの中から、秋本への声援が飛んだ。理由がどうであれ、朝鮮人への差別感が秋本に味方させるのであった。

山川修身は、朝鮮人であった。

あまりの屈辱的な言動に全身の血が逆流する思いがしていた。立ち上がって同胞を応援しようとしたとき、大きな声が放たれた。

「やめろ！」

声のした方を見ると、稲川であった。稲川は、鬼のような形相で怒っていた。本気で怒っていた。

「秋本、やめろ！　なにが朝鮮人だ。朝鮮人も日本人もあるか！」

秋本も、稲川のひと言にドスを懐にしまった。

山川は、稲川が金山太吉といういかさま博打をやる新宿の金貸しを二階から下に投げつけた話を聞いていた。あとでもめたことも知っていた。

その事件は、あきらかに金山の悪いことを、山川は知っていた。

〈日本人であろうと、朝鮮人であろうと、いいやつはいい。悪いやつは悪いんだ……〉

山川はそう思っていた。しかし、その当り前のことがわかる者は、日本人の中にも、朝鮮人の中にも少なかった。とくに戦争で日本が敗れ、それまで日本人に差別された朝鮮人や台湾人が、いまこそとばかり鬱憤を晴らしはじめた時代においては難しかった。

そのような混乱した時代の中で、稲川のような正しい眼を持ってくれている日本人の博徒がいたことがうれしかった。

〈この男こそ、朝鮮のことわざにある〝電気に伝わって生まれた〟男だ。きっと大親分になる〉

そのとき、山川はそう思いながら熱い眼差しで稲川を見た。

〝電気に伝わって生まれた〟というのは、大勢のリーダーとして人の上に立ち、人を率いる器量を持つ者は、生まれたときからすでに運命づけられていて、途中どのような紆余曲折《うよきょくせつ》があろうとも、いずれは人の上に立つ人物になるという意味であった。

山川は、一度稲川から直接に、

「おれの若い衆にならねえか」

と誘われたことがあった。昭和三十年の春、熱海の賭場で顔を合わせたあとであった。自分の口から滅多に子分にならねえかと口をかけたことがない、と聞いていた稲川にそう言われ、山川は、感激に胸を熱くした。

しかし、そのときは断わった。

〈おれのような半端者が組に入ったんじゃあ、稲川親分に迷惑をかけるだけだ。もう少しはましな人間になってから、あらためて頼みに来よう〉

心の中ではそう思っていた。

いま井上軍団と一戦交えることは、稲川をも敵にまわして戦うことになる。

七人のうちの顔見知りの男が言った。

「山川さん、おたがい事を荒立てるのはよしましょうや。兄貴が、とにかくあんたとじっくり腹を割って話してえ、と言ってるんだ」

山川は、その男の口ぶりから、

〈喧嘩が目的じゃあねえな……〉

と察した。

山川は、きっぱりと言った。

「今日は、殺されてもこのまま行くわけにはいかねえ。日をあらためてかならず出向いて行く、と伝えてくれ。男の約束だ」

田中敬ら七人にも、山川の男の心情はよくわかった。

田中が言った。

「わかった。待ってるぜ。男同士の約束だ」

山川修身は、大正九年、南千住で生まれた。

小学校に入ったときから、毎日喧嘩ばかりしていた。

友だちと仲よく遊んでいても、少しヘソが曲ると、すぐに、国籍をタテに馬鹿にされる。

「なにくそ！」

と食ってかかって喧嘩になる。腕力は誰にも負けなかったから、たちまち相手を殴り倒した。

当時の教師は、体罰は平気であった。喧嘩両成敗という建前にはなっていたが、実際は日本人にウエイトがかかっていた。山川だけ、「常習犯」ということで廊下へ立たされた。

学校へ行くのが、しだいに嫌になっていった。

学校へたまに行っても、惨めな思いをさせられるだけであった。

いい生活をしているところの子供たちの弁当は、開けると卵焼きが入っている。上に海苔まで敷いてある。なかにはカレーまで持ってきて食べる生徒もいた。

山川修身は、昼飯というと、当時母親から五銭もらって、小学校の前の文房具屋へ行って、パン二枚にジャムをくっつけた味噌パンですませていた。お腹が空いてたまらなかった。

どうしても金が欲しく、学校から帰って仲間とべーゴマをやって勝ち、それを蜜柑《みかん》箱に詰めて駄菓子屋へ卸し、その金で飢えを満たしていた。

十一歳のころから、浅草、山谷《さんや》あたりをうろつきはじめた。ヤサグレて家に帰らない不良グループたちとつき合いはじめた。

浅草の寺の賽銭箱《さいせん》から賽銭をかっぱらったり、瓢簞池《ひょうたん》のスッポンをかっぱらって蛇屋へ持っていって売るような生活がつづいた。

浅草では、伴淳三郎をはじめ、木村勝子、柳家金語楼、キドシン、シミキンら芸人にかわいがられた。シミキンには「弟子にならないか」と誘われたほどであった。

が、ついに警察に捕まり、江古田の感化院に入れられてしまった。

一年後感化院を出ると、実兄に連れられて北海道へ渡った。

北海道の飯場では、博打と喧嘩の明け暮れであった。

昭和二十一年に、北海道から東京の蒲田に流れてきた。

蒲田では、愚連隊として頭角をあらわしはじめた。

やくざや愚連隊への道を選んだというより、環境に、必然的にその道へ持っていかれたというような人生であった。

それゆえに、朝鮮人としての誇り高さは人一倍強かった。誰に会っても「おれは朝鮮人だ」とはっきりと言った。

昭和二十四年に入り、川崎に移った。そこで子分も三、四十人にふくらんでいたが、隠退蔵物資の事件にからみ、逮捕されてしまった。

昭和二十九年、五年間の懲役を終え、宇都宮刑務所から出た。再び川崎に戻り、愚連隊の親分として暴れまくった。

弟分たちもいっそう増え、昭和三十三年ごろには八十人近くのグループにふくらんでいた。

しばらくのあいだは、親分なしの愚連隊として気ままに突っ張りつづけていこう。そう思ってはいたが、いつまでもその状態がつづくとも思ってはいなかった。

〈近いうち、いずれはっきりした形をとらざるをえなくなるだろう……〉

山川は、そう考えつづけていた。

3

川崎の愚連隊のボスである山川修身は、小田原にいる稲川組幹部井上喜人の自宅に電話を入れた。鶴見の競輪場花月園で、井上喜人の舎弟たち七人に取り囲まれた五日後のことであった。

そのとき、彼らと約束しておいた。

「近いうち、かならず行く」

山川は、電話口に出た田中敬に言った。

「川崎の山川だが、今日でも明日でも、いつでもいい。おれがそちらの指定するところに出向いていく」

田中敬は、三十分後、山川に連絡を入れてきた。

「明日の午後三時、横浜ホテルの３２２号室で兄貴が待っている」

山川修身には、井上の意志がわかっていた。井上は、自分を舎弟にしようとしている。もし井上の要求を断われば、井上軍団と一戦をかまえることになる。八十人近い若い衆たちの体も賭けさせることになる。

そのうえ、昔から惚れこんでいた稲川親分に刃を向けることにもなる。稲川親分にだけは、刃を向けたくはなかった。

かつて稲川親分から、

「おれの若い衆にならねえか」

とすすめられたときには、自分のような半端者が稲川親分の若い衆になっても、負担をかけるだけだ、と辞退していた。

しかし、稲川親分の足手まといにならないくらいに力をつけたときには、いずれ挨拶に行き、若い衆にしてもらいたい、と頭を下げるつもりでいた。

神奈川県に住んでいるということは、稲川の庭場に住んでいる、ということでもあった。

いずれは、稲川組の勢いの中にのみこまれていくのが時の流れでもあった。八十人近い弟分たちのためにも、彼らを大きな木の下に入れてやる時期が来た、とも思った。

〈稲川親分の若い衆になる、いい機会だ〉

翌日の午後三時、山川修身は単身で横浜ホテルの322号室に入った。その当時稲川は、横浜ホテルの322号室を横浜での連絡事務所に借り切っていた。

椅子に座った井上のまわりには、田中敬をはじめとして花月園で山川を取り囲んだ七人が立っていた。

山川は、勧められた椅子に座るや、自分の方から切り出した。

「おれのような半端ものでもよければ、井上さん、あんたの舎弟にしてくれ」

井上喜人なら、兄貴分として仰ぐに不足はなかった。稲川の正式な若い衆にもなれる。

井上喜人は、自分から言いだす前にそう言われ、感激した。

「あんたの方からそう言ってくれるとは、うれしいぜ……」

山川修身は、井上喜人の眼をまっすぐに見て言った。

「井上さんからも、稲川親分の正式な若い衆になれるよう、頼んで下さい」

井上は、小田原、横須賀につづいて川崎にもこれで強い勢力の張れることをよろこびながら言った。

「わかった。親分には、おれからよく頼んでおこう」

森泉人は、親分である下田一家四代目佐藤昌勝親分に、大事な話があるからと居間に呼ばれた。

昭和三十三年六月の初旬であった。静岡県下田の佐藤親分の二階の部屋には、初夏のきらめくような陽の光がそそいでいた。下田港から、潮の香りが漂ってくる。

あらたまって何の話だろう、と正座して向き合った森泉人に、佐藤親分が言った。

「泉人、おまえの念願をかなえさせてやる。おまえがいつか稲川親分の若い衆になりたい、と言っていたことだ……」

森泉人は、いくらか親分に近寄るように前に出た。

「伊東の大場一家も、跡目を稲川に任せた。いずれ下田もそうなるだろう。おれは下田の跡目をおまえにと思っていたが、その前におまえを稲川さんの若い衆にしてもらう方がいいと思う」

泉人の胸に、熱いものがこみあげてきた。自分の将来のことを心配してくれている佐藤親分の気持が、うれしかった。

「ありがとうございます」

ひと言だけ、そう答えた。

佐藤親分は、つづけて言った。

「近々、おれと稲川さんの兄貴分の大船の横山新次郎親分のところへ行こう。大船へ行って、おれが頼んでみる」

森泉人は、大正十五年に静岡県の伊東市宇佐美に生まれた。家は、海産物商をやっていた。海女《あま》を海に潜らせ、サザエやアワビ、天草《てんぐさ》を採取させ、それを売っていた。しかし、経済的には苦しかった。九人兄弟の四男であった。

旧制の県立沼津中学校卒業後、昭和二十年の六月一日、四国の小豆島にあった「陸軍船舶特別幹部候補生隊」に、船舶兵として入隊した。同じ中隊に、のちに漫画家になった岡部冬彦が見習士官で区隊長をつとめていた。

昭和二十年八月十五日、敗戦を迎えた。

森泉人は、敗戦の虚脱感の中で、

〈日本は、これからどうなるだろう……〉

という不安感に締めつけられていた。

日本は、アメリカの占領下になる。アメリカが支配する。これからは、日本人が代議士になることなどありえまい。アメリカの奴隷として働くだけだ……。

森泉人は、敗戦の虚無感と暗く閉ざされた未来への絶望感に苛立ちさえおぼえていた。羅針盤のない船が、嵐の中で方向を見失ってしまったように、自分がこれからどう生きたらいいのか、判断がつかなかった。

父親は、敗戦と同時に、海産物商から近海のかつお、まぐろ網漁業に転じた。

一年目には、驚くほどの大漁であった。ところが二年目に、時化を食って大損をした。まぐろ網もやめてしまった。そのころ旧制中学の仲間たちの中には「早稲田だ」「慶応だ」と大学へ進む者もいたが、森泉人には、大学へ進学する経済力はなかった。

敗戦、倒産と相次ぐ中で、森泉人の心は、いっそう荒《すさ》んだ。

父親が、森泉人に言った。

「おれの目の黒いうちは、やくざにだけはなるな……死んだ母さんも嘆くぞ」

父親は、温厚な性格で、村でも村会議員や漁業組合長などをつとめていた。

母親は、泉人が中学二年のとき、戦時の厳しい食糧難の時代に大勢の子供たちを育てるため、働きづめに働いて過労がもとで死んだ。

泉人は子供のころ、この貧乏な母がその日に食べる米もなく苦労している顔を見て、この母のために一所懸命勉強して早く楽をさせてやりたい、そう思いつづけていた……。

しかし、その夢も虚しく、母親は泉人が少年時代にこの世を去った。

そうした状況の中で、森泉人は、親には申しわけないと思いながらも、ますます愚連隊ややくざとの関わりを深くしていった。

森泉人は、愚連隊たちとつき合いながら思っていた。

〈おなじ命を賭けるなら、賭けがいのある親分を選びたい〉

そこらの半端なやくざの子分には、なりたくない……。

伊東で幅をきかせていた博徒の親分に、下田一家の佐藤親分と、大場一家の下田親分がいた。

森泉人は、下田親分にも誘われていた。

「森よ、そろそろおまえも身を固めたらどうだ。うちの若い衆にならないか」

大場一家は、初代大場の久八が、清水次郎長や黒駒勝蔵らより先輩にあたり、伊豆の長岡、三島、伊東を縄張に持つ伝統のある一家であった。

しかし、縁というものは不思議なものである。

当時すでに下田一家は、綱島一家五代目の鶴岡政次郎親分の系列であった。当時東海道の博徒の中では、鶴岡政次郎がひときわ光っていた。

森泉人は、地元の下田一家の佐藤親分のところを訪ね、頭を下げて頼みこんだ。

「今日から若い衆として、お願いします」

下田一家は、子分は六、七人と少なかったが、森泉人は、佐藤親分を渡世の親として仰ぎ、親分のために、励んだ。

昭和二十九年の四月だった。佐藤親分のところで事件が起きた。

当時佐藤親分の姐さんは、下田で女郎屋をしていた。下田は昔黒船が入港したことで有名な港町である。駿河湾と相模灘の中間にあるために、出船、入船がひんぱんで、女郎屋は繁昌していた。

その佐藤親分のところの女郎屋で愚連隊が暴れた。佐藤親分は、店の方で騒ぎが起きたと聞くや、すぐに店に駈けつけた。愚連隊どもに怒鳴った。

「この野郎！　何をするんだ！」

佐藤親分をその土地の親分と知らない愚連隊どもは、そばにあった椅子を振り上げ佐藤親分に殴りかかった。

森泉人は、騒ぎを知らずに、五、六間先の路地裏の一杯飲み屋にいた。

そこへ、若い衆が飛び込んできた。

「大変だ、親分がやられている！」

泉人は、サンダルをはいていたが、とっさにはだしになって店に駈けつけた。

何も道具を持っていない。店の土間にあったビール瓶を二つ、両手に持った。

椅子をふり上げて暴れている図体《ずうたい》のでかい野郎の顔と頭をめがけ、右、左、とビール瓶で二発殴った。

中身の入ったビール瓶が、二本とも割れ、砕け散った。大男は、血を噴いて倒れた。

森泉人は、すかさず眼の前にいる男の胸倉を摑み、店の外へ引きずり出した。

店の前の川へ、蹴とばした。

再び店の中へ引き返し、次の男に飛びかかろうとした。

愚連隊どもは、相手が土地のやくざとわかったらしい。恐れをなし、倒れていた大男を抱きかかえて女郎屋から引き揚げていった。

喧嘩ののち森泉人は、手足を拭いて親分の家の裏にある若い衆部屋で一服していた。

「お兄さん、大変だよ！」

店の女の子が知らせに来た。

出て行って見た。先ほどの愚連隊どもが、仲間を引き連れて押しかけてきていた。

二十人くらいにふくれあがっていた。手には、丸太ン棒や出刃包丁を持っているのが月明りに見える。

〈来やがったな……〉

素手では駄目だ。森泉人は、とっさに判断した。彼は寝起きしている若い衆部屋の押入れの中のふとんの一番下に、日本刀を新聞紙にくるくると巻いて隠してあった。

「おい、殴り込みだ！」

泉人は、そこにいた二、三人の仲間にそう叫ぶと、日本刀を隠している部屋に走った。

押入れの襖を開けて、日本刀を取り出した。

玄関に向けて走りながら、日本刀の鞘を払った。

玄関へ出た。

下田一家の二人の若い衆もつづいて玄関に出てきた。森より先輩で、戦前からの若い衆であった。しかし、体を張って喧嘩をする者たちではなかった。森は、三人の中では一番若かった。

森は日本刀を振りかざし、殴り込んできた先頭の男の顔に斬りつけた。峰の方であった。殺す気はなかった。自分が身の危険を感じたら、峰から刃の方に変えて斬りつけようと思っていた。喧嘩には自信があった。

一番先頭の男が、顔を引きつらせて逃げた。

森は、つづいて向かってくる二、三人の者を、やはり峰打ちで殴った。

他の者たちは、日本刀を見るや背中を見せ逃げはじめた。

一人だけ、逃げないでこちらに向かってくる者がいた。森泉人は、威すつもりで、

「この野郎！」

と日本刀を突き出した。

そのとたん、骨にかすかに当る感触とともに、相手の左の胸に日本刀がすっと入った。まるで豆腐を刺したようであった。背中までぬけてしまった。

〈殺ったな……〉

そう思った。相手を追い返すのが目的で、殺るつもりはなかった。

男は、叫び声ひとつ立てなかった。左胸を両手で押さえたまま、倒れないでしゃがんでしまった。それから、外に向けよろよろと歩き、暗闇の中へバッタリと倒れてしまった。

翌日、森泉人は相手が病院で死んだことを知らされた。

不思議なものである。ビール瓶で殴ったときは、親分のために本気で殺すつもりであったが、死ななかった。しかし、日本刀のときは威すつもりで突き出した刃に、刺さってしまった。

森泉人は、

「わたしが殺りました」

とすぐに自首して出た。

傷害致死で裁判にかけられた。検事の求刑は、五年であった。判決は、過剰防衛ということで二年になった。ところが、検事控訴を食った。

東京の高裁までいった。佐藤親分が、なんとか保釈で出す、と言った。しかし、森泉人は、弁護士に言った。

「やはり、ひとを一人殺したんです。死んだ者のことを考えれば、殺してまだ一年も経たないうちに娑婆へ出て、女遊びしたりなんてこともできない。保釈で出ないで、このままつとめにいってきます」

高裁では、結局一年増えて三年になった。

未決の通算もあり、二年甲府の刑務所でつとめ、昭和三十二年の春に出所した。

森泉人は、箔《はく》をつけ、下田一家の兄ィとして売り出そうとしたとき、稲川親分に出会った。佐藤親分の賭場であった。

森泉人は、中盆をしていた。

同じ鶴岡系統の稲川親分の噂は、これまで何度も耳にしていた。遠くで三度ばかり見たこともあった。しかし、目のあたりに見るのは、初めてであった。博打をうつ姿に接するのも、初めてであった。

稲川親分は、紺の背広に、ネクタイをしていた。ネクタイで賭場に座るのは珍しかった。いっそう引き立った。

その日は、手本ビキであった。稲川親分は、他の博打うちたちのように、一回一回、小さく張ったりはしなかった。ここ一番という勝負のとき、当時の金にして何百万円という桁ちがいの金をポンと張った。

その張りっぷりのよさに、田舎者の森泉人は、目を見張った。これまで自分たちのやってきた博打が、いかに小さい田舎博打か思い知らされた。

〈世の中、上には上がいるもんだなあ……〉

それまで、縄張こそ小さいが自分の親分である佐藤親分にかわいがられ、自分もまた親分のために命を賭けてきた。しかし、稲川を目のあたりに見、興奮に体を熱くした。

博打が終わり、森泉人は、佐藤親分に稲川親分を伊東温泉の宿まで送って行くよう命じられた。泉人は、何人かいる若い衆の中で、その役を特別におおせつかったことを光栄に感じていた。

稲川親分は、長谷川、森田を供に従えていた。泉人は、賭場から、彼ら二人の行動を見つづけていた。ひかえめながら、親分に対しての気の配り方に感心させられていた。

これまで何度かくぐりぬけてきたであろう修羅の匂いが、いいかたちで二人に滲み出ていた。

宿までの途中は、暗い田んぼ道であった。畦道《あぜみち》を歩きつづけていた。

七月のはじめであった。夜ふけての初夏の風が、こころよかった。

森泉人は、稲川の供をして歩けることに、緊張と胸の震える思いをしていた。

稲川が、言った。

「おお、蛍が飛んでるなあ……」

博打うちにとっては賭場は、戦場である。何百万の金の飛びかう賭場での熱気が嘘のような、静かなひと言であった。

稲川の言ったこのひと言が、なぜか森泉人には、のちのちいつまでも強く印象に残った。

森泉人の若い血が燃えた。

〈おなじ修業をするなら、こういう親分のところで修業をしてみたい……〉

森泉人は、小ぢんまりとした瀟洒《しょうしゃ》な旅館の玄関まで送り、宿の女将にあとをお願いして、

「では、ここで失礼します」

と頭を下げた。そのとき、稲川親分は、背広の内ポケットから無造作に札を出した。十万円あった。当時の十万円といえば、破格の金額であった。

森泉人は、うれしかった。金額の多寡《たか》ではない。自分の仰ぐ稲川親分に小遣いをもらったことが、この稼業の者にとって何よりの誇りであった。

その夜、森泉人は、興奮冷めやらぬ中で、佐藤親分に申し出た。

さい！」

「親分、もしも親分が引退するときは、かならずわたしを稲川親分のところへ送りこんで下さい！」

佐藤親分は、自分の若いころをふり返るように言った。稲川の兄貴分大船の横山新次郎のところへ向かう車の中であった。

「おれも、はじめは鶴岡親分の系統ではなかった。横浜の一の瀬の若い衆だったが、将来、伊東と下田の親分になるために、鶴岡親分がおれを自分の若い衆になおしてから、据えてくれた」

佐藤親分は、森泉人を諭すようにつづけた。

「おまえが憧れている稲川親分は、やがて東海道一の親分になるひとだ。これからは、関東は、稲川の時代がかならず来るだろう。おれのようなちっぽけなところにおまえを置いておくのは、かわいそうだ。おまえも学校まで出てやくざになったんだ。えらくならなければ、親に申しわけないだろう」

佐藤親分は、森泉人を大船の横山新次郎の家に連れて行った。奥座敷に通され御無沙汰《ごぶさた》の挨拶をしたのち、佐藤親分は、横山新次郎に頭を下げて頼みこんだ。

「じつは、この野郎のことで、お願いに来たんです。親分、この野郎、まだ海の物だか、山の物だかわからねえ者ですが、ひとつ稲川さんの若い衆にして、仕込んでもらえないでしょうか」

森泉人は、ひと言も口をきかず、横山新次郎の眼をジッと見つづけていた。

佐藤親分が、ひと言つけ加えた。

「この野郎の根性だけは、いままでわたしが見てきました……」

横山新次郎は話を聞きながら、鋭い眼でジロッ、ジロッと森泉人を見ていた。

しばらく考えるようにして黙っていたが、やがてその場の雰囲気にしては、少し大きな声で言った。

「よしわかった。昌やん、おれの眼の玉の黒いうちは、悪いようにはしねえよ。明日にでも、稲川に話してみよう」

森泉人は、ホッとして横山親分の顔を見た。自分の将来にひとつ大きな道が拓けた思いに、胸を熱くしていた。

それから二日後、横山新次郎は、熱海の稲川の自宅に森泉人を連れて行き、正式に稲川組の若い衆にした。

そのあと横山新次郎がしみじみとした口調で言った。

「稲川、いい若い衆が勢ぞろいしたなあ。やがてこの若い衆たちが、稲川組をしょって立つだろう。それまで大きくのばしてやれ……」

稲川は、兄貴分の言葉を噛みしめながら、あらためて思った。
〈おれも、稲川組も、これからだ……〉
かくして、修羅の群れが稲川のもとに集結した。稲川、このとき四十四歳であった。
稲川と稲川組は、次の時代に向けて大きな飛躍を遂げようとしていた。

（下巻へ続く）

この作品は二〇〇二年二月に桃園書房より刊行されたものを
加筆・訂正したものです。
また、本文中、一部仮名とさせていただきました。

GENTOSHA OUTLAW BUNKO

# 修羅《しゅら》の群《む》れ

## 稲川聖城伝《いながわせいじょうでん》(上)

大下英治《おおしたえいじ》

平成22年12月10日　初版発行

発行人――石原正康
編集人――永島賞二
発行所――株式会社幻冬舎
〒151-0051東京都渋谷区千駄ヶ谷4-9-7
電話　03(5411)6222(営業)
　　　03(5411)6211(編集)
振替00120-8-767643
印刷・製本―大日本印刷株式会社
装丁者――高橋雅之



幻冬舎アウトロー文庫

ISBN978-4-344-41589-8　C0193　　O-108-3